KB068575

인간의
한계

THE LIMITS OF HUMAN

인간의
한계

남 일 현

장편소설

바른북스

목
차

1.

일본 초계기의 도발

(2048년 8월 15일 새벽, 동해상)

새벽 4시 11분.

"쿵! 쿵! 함장님! 함장님!"

취침 중이던 한정우 함장은 다급하게 문을 두드리는 소리에 침대에서 벌떡 일어났다.

사이렌 소리가 울려 퍼지고 있었다.

스피커를 통해 급박한 상황 설명이 흘러나왔다.

"비상! 200km 전방 상공에 일본 초계기 세 대 접근 중."

한 함장의 미간이 찡그려졌다. 빠르게 옷을 챙겨 입고 조종실로 들어서며 승무원들에게 지시했다.

"위치와 속도 분석해."

초계기의 속도로 볼 때 1분이면 이순신함에 근접할 것이었다. 전 승무원들에게 비상 대기 명령이 내려졌다. 함선의 통신팀은 대응 매뉴얼에 따라 일본 초계기에 경고 통신을 보냈다.

"경고한다. 현재 경로를 이탈하지 않으면 자위권을 발동할 것이다. 다시 한번 경고한다. 경로를 이탈하라."

몇 년 전까지만 해도 이런 일본의 초계기 도발은 빈번했었다. 하지만 한일 양국 모두 최악의 군사적 충돌은 피하려는 기조가 있었기에 이런 도발이 그 이상으로 발전하지는 않았다. 그러던 상황이 2년 전 통일한국과 일본 사이에 정치적 해빙 분위기가 조성됨으로써 급변하였다. 한일 양국은 실로 오래간만에 다양한 분야에서 평화와 협력 분위기가 만들어졌다. 최근의 이런 변화는 한국보다는 일본이 주도했다. 한국에 대해 매사 부정적으로 반응하던 과거의 일본과는 확연히 다른 모습이었다.

일본의 갑작스러운 태도 변화를 기만적이라고 생각하며 의심의 눈초리를 거두지 않는 사람들이 존재하는 배경이었다. 특히 군부 내에서는 여전히 대일본 강경파의 목소리가 우세했다. 박형철 국방장관이 대표적인 인물이었다. 그는 기회가 있을 때마다 일본의 도발이 있을 경우 즉각적으로 그 이상의 응징을 해야 한다는 이야기를 공공연히 하고 다녔다. 그가 일본만을 대상으로 그런 이야기를 하는 것은 아니었다. 그는 러시아나 중국의 도발에 대해서도 똑같이 강경한 대응을 주장하는 사람이었다.

인간의 한계

통일한국 내에 대일본 강경 기조와 화해 기조가 공존하는 상황이었지만, 이번 조현애 정부의 외교 방향성은 명확했다. 한반도 주변국과의 긴장을 완화하여 가용한 국가 자원을 복지와 민생에 집중한다는 원칙이었다. 2045년 한반도가 통일되면서 통일한국 내에 해결해야 할 일들이 산적해 있었다. 주변국과의 갈등을 최소한으로 통제할 필요가 명확했다. 특히 일본과는 남북통일과 함께 고조되었던 군사적 긴장 상태를 제거하는 게 절대적으로 필요하다고 판단하고 있었다.

한일관계는 여러 가지 문제가 뒤얽힌 복잡한 관계였지만, 경제적으로 대단히 밀접하다는 점에서 한일 양국은 서로를 필요로 했다. 군사적으로나 외교적으로 긴장 관계가 지속되는 것은 양국 정부에게 부담이었다. 양국의 관계는 한반도 통일을 전후한 시점에 최악으로 치달았었고 2년 전까지도 그런 분위기는 지속되고 있었다. 조현애 대통령은 상호 호혜적인 관계의 회복이 시급하다고 판단하고 있었다. 그런 상황 속에서 일본의 태도 변화는 환영할만했다. 데라우치 일본 총리가 다양한 협력 방안을 제안했고 통일한국의 조현애 대통령이 적극적으로 부응했다. 경제나 문화 등 모든 면에서의 협력이 폭넓게 추진되기 시작했다.

양국 간 군사력 감축 논의도 전례 없이 빠르게 진행되었다. 군사력 감축과 함께 우발적인 군사적 충돌을 줄이기 위한 적극적인 실천 방안들이 제안되고 실행되었다. 동해상에서 상호 방공식별구역을 자발적으로 축소하는 방안은 획기적이었다. 대단히 민감할 수 있는 문제였지만 양국 정상의 적극적인 의지가 반영되어 이 문제도 순조롭게 동의가 이루어졌다. 동해상에서 방공식별구역을 먼저 축소한 나라는 일본이었다. 곧바로 한국도 동해 쪽의 방공식별구역을 축소했다. 영해와 영공에서의 예기치 않은 충돌을 원천적으로 제거하겠다는 양국의 의사표시였다.

그런 변화된 한일관계 속에서 갑자기 일본 초계기가 전속력으로 접근하고 있다는 말에 한 함장의 신경이 곤두섰다. 그는 초계기가 세 대라는 말에 더욱 긴장했다. 과거 일본이 초계기 도발을 한다고 해도 보통은 한 대가 위협 비행을 하는 정도였기 때문이었다. 한 함장은 국방부에 급히 상황을 보고했다. 그 사이, 이순신함에 다가온 세 대의 초계기 중 한 대가 갑자기 빠른 속도로 이순신함으로 하강하며 접근했다. 300m 거리까지 다가왔다. 해상에서는 바로 코앞이라고 할 수 있는 거리였다.

"즉시 항로를 이탈하라. 경고한다."

이순신함에서 경고 통신이 급박하게 이어졌다. 일본의 초계기에서는 아무런 대답이 없었다. 한 함장의 입에서 순간적으로 욕이 터져 나왔다.

"이 새끼들이…."

하지만 다른 조치를 취하기도 전에 초계기는 다시 선회하여 고도를 높이며 멀어졌다. 그러고 나서 곧바로 다시 두 번째 초계기

인간의 한계

가 같은 고도로 하강하며 이순신함 가까이 접근했다. 이번에도 300m 거리까지 들어왔다. 한 함장은 즉각 경고 사격을 명령했다.

"경고 사격 실시. 초계기가 멀어질 때까지 계속 사격해."

한 함장은 만일을 대비해 30mm 구경의 근접 방어 기관포도 준비시켰다. 격추까지 고려한 준비였다. 이런 정도의 근접 비행은 단순한 위협 수준이 아니라고 판단했다. 초계기 조종사가 조금만 실수해도 함선과 충돌할 수 있었다. 함선의 승무원들 중 누구라도 이런 위협 비행을 공격 행위로 간주한다면 순식간에 교전으로 이어질 수 있었다. 한 함장의 머리가 여러 가지 가능성들과 시나리오들로 복잡해졌다. 경고 사격이 시작되자 일본의 초계기에서 다급한 목소리가 들려왔다.

"사격을 멈춰라. 당장 멈춰라. 사람이 죽을 수 있다."

이런 상황을 초래한 사람들이라고는 믿기지 않게 다급한 목소리였다. 전혀 예상하지 못했다는 반응이었다. 한 함장은 그들의 반응으로 볼 때 공격을 하려는 것은 아니라고 판단했다. 일촉즉발로 긴장됐던 마음이 조금은 이완됐다. 그러나 아직은 안심할 수 없었다. 이순신함의 승무원들도 계속 경고 통신을 보냈다.

"위협 비행을 멈춰라. 즉각 경로를 이탈하여 우리 해역에서 벗어나기 바란다."

"우리는 단순히 정찰 중이다. 우방국의 초계기에 대한 사격을 멈추기 바란다. 이런 적대 행위가 계속된다면 우리도 부득이하게 자위권을 발동할 수밖에 없다."

한 함장은 일본 초계기 조종사의 뻔뻔한 응답에 화가 치밀어 올랐다. 감정적인 대응은 하지 말자고 마음을 다잡았다. 그때 세 번째 초계기가 이순신함으로 300m 거리까지 접근하다가 고도를 높여 멀어져 갔다.

"경고한다. 즉시 경로를 이탈하라."

경고 통신과 함께 다시 경고 사격이 이어졌다.

"사격을 멈추기 바란다. 이제 우리는 정찰을 마치고 돌아가도록 하겠다."

여기까지가 두 나라 군인들 사이의 대화였다. 한 함장의 보고는 국방부를 거쳐 조현애 대통령에게 올라갔다. 조현애 대통령은 갑작스러운 일본의 도발이 쉽게 이해되지 않았다. 그녀는 안보 담당 보좌관들의 의견을 골똘한 표정으로 청취했다. 안보 담당 보좌관들은 이미 이순신함과 일본 초계기 사이의 통신 내용을 분석하고 한 함장의 구두 보고도 들은 후였다. 일본 초계기 조종사들이 주장하는 것처럼 단순 정찰 비행을 우리 함선 측에서 오해한 것일 수도 있었다.

그러나 정황상 그런 가능성은 적어 보였다. 보좌관들도 의도적 도발이라는 가능성에 더욱 무게를 두었다. 현재로써는 도발의 정확한 이유나 목적을 알 수 없었다. 몇 가지의 가능성들이 제시되었다. 가장 그럴듯한 이유는 일본 국내 정치의 불안을 타개하기

인간의 한계

위한 도발이라는 것이었다. 일본 데라우치 총리가 연루된 뇌물 사건에 대한 일본 국민들의 의구심이 커지고 있던 상황이었다. 일본의 정치인들은 자국 내 정치 상황이 어려워질 때마다 한국을 때리며 지지율 회복을 노리는 경우가 많았기 때문에 그런 해석이 가능했다.

과거의 사례로 볼 때 한국을 도발하는 전형적인 방법은 경제 제재나 역사 왜곡이었다. 그런 방법은 예외 없이 한국인들을 자극했고 일본 정치인들은 그런 한국인들의 모습을 이용해 일본 국민들을 결집시켰다. 군사적 도발을 하는 경우도 있었지만 일반적이지 않았다. 최근 양국의 화해 분위기를 생각해 보면 상당히 이례적인 행동이었다. 그게 조현애 대통령이 갖는 가장 큰 의문이었다. 한 보좌관이 이번과 같은 군사 도발은 2046년 평화헌법의 폐기와 밀접하게 관련되어 있을 거라고 말했다. 2년 전에 폐기된 전후 일본의 헌법을 말하는 것이었다.

"글쎄요. 그러기에는 시간적으로 너무 오래된 일 아닙니까? 당시에도 조용하지 않았나요?"

조현애 대통령이 되물었다. 평화헌법이 폐기되었을 때 일본 정부의 반응은 상당히 차분했었다. 주변국들에 대한 대대적인 무력 시위가 있을 것이라는 의견도 있었지만 어긋난 예상이었다. 초계기 도발과 평화헌법 폐기와의 관계를 주장한 보좌관은 일본 정부가 항상 그렇듯이 시간차 공격을 하는 것이라고 보았다. 평화헌법 폐기라는 오랜 국가적 목표를 달성했으나 국제 여론이 잠잠해질 때까지는 최대한 기다렸을 거라는 것이다. 2년 정도 지났으니 이제 일본이 보통국가가 됐다는 점을 주변국에게 적극적으로 알리는 목적이 있을 거라는 분석이었다. 군사적 충돌로 한일 양국이 공방을 하는 사이 일본 총리의 뇌물 연루 건은 조용히 사그라질 것이었다. 그런 잔꾀를 부리지 않는 정치인은 일본이 아니라고 하더라도 흔치 않았다. 그런 점에서 안보 담당 보좌관들은 이번 초계기 사건을 다목적용 도발일 것이라고 분석했다.

평화헌법은 2차 세계대전 패전 이후 일본이 다시는 제국주의나 군국주의로 나아가지 못하도록 미국의 주도로 만들어진 헌법이었다. 핵심 조항은 제9조로 전쟁과 무력행사의 포기, 전력 보유와 교전권을 불인정한다는 내용이었다. 한마디로 평화헌법하에서 일본은 전쟁이 불가능한 국가였다. 일본 우익들이 평화헌법을 굴욕적이라고 비판하며 지속적으로 개헌을 주장했던 이유였다. 1970년대 이후 세계적인 경제 대국이 된 일본은 정치적으로도 아시아의 맹주가 되고 싶어 했다. 하지만 이런 평화헌법을 가지고는 불가능한 일이었다. 이런 일본 우익들의 주장은 일본의 경제가 수십 년 동안 침체기를 겪으면서 더욱 많은 일본인들의 지지를 받게 된다.

그러던 평화헌법이 2046년 국민투표를 거쳐 완전히 폐기된 것이다. 1946년 제정된 평화헌법이 100년 만에 역사 속으로 사라지게 되었다. 아이러니하게도 일본 극우 세력의 숙원 사업이었던 평화헌법의 폐지는 한반도의 남북통일 때문에 일어난 도미노 사건이라고 해도 과언이 아니었다. 통일한국의 군사력 팽창이 두렵다는 논리였다. 일본 극우 세력들은 평화헌법 폐지를 꾸준히 주장했지만 국내외 여론의 반발로 마지막 순간에 번번이 무산되었었다. 그런데 통일한국의 탄생이 모든 반대 논리를 집어삼켜 버렸다.

남북통일이 평화헌법 폐지의 결정적인 원인으로 작용했지만 한국의 경제적 성장도 그런 상황을 가능하게 한 배경 조건이었다. 2020년대 중반 이후 대한민국의 일인당 국민소득은 일본을 앞서기 시작했다. 이런 격차는 2040년대까지 이어지며 그 차이가 더욱 벌어졌다. 겉으로 드러내지는 않았지만, 일본인들 사이에 한국에 대한 패배감이 넓게 퍼져 있었다. 무언가를 통해서라도 한국에게 복수하고 싶다는 근거 없는 피해의식이 은연중 팽배한 시기였다.

그러던 중 2045년 남한과 북한이 평화적으로 통일되자 일본 국민들의 한국에 대한 경계심이 극에 달했다. 이미 10년 이상 뒤처진 경제는 물론이고 이제는 모든 면에서 한국을 따라잡을 수 없을 거라는 깊은 불안감이 경계심의 근원이었다. 한국에 경제적으로 뒤처진다는 얘기는 일본인들이 일상에서조차 얘기하기 꺼려하는 주제였다. 일본인들의 그런 심리가 미디어에도 반영되어 한일 간의 경제적 격차를 깊이 있게 다루는 프로그램은 거의 존재하지 않았다. 간혹 있다고 해도 시청률이 저조했기 때문에 단발 프로그램에 그치는 경우가 많았다. 현실을 직시한 소수의 일본인들이 일본의 각성을 촉구했지만 대다수의 일본인들은 이런 사실을 외면했다.

그러나 남북통일이 되자 일본인들은 한국에 대한 적개심을 맘껏 드러낼 수 있는 주제가 생겼다. 통일한국의 군사력 팽창이었다. 일본이 군사적으로 통일한국보다 열세라는 이야기는 일본인들의 열등감을 자극하지 않으면서도 그들을 단결시키는 완벽한 주제였다. 정치인들이 이런 먹잇감을 놓칠 리 없었다. 사실 일본의 군사력은 통일한국 못지않게 강했지만, '통일한국이 막강한 군사력으로 일본을 공격할 수 있다.'는 이야기는 일본 극우 정치인들이 사용하기 좋은 선동 구호였다. 이들 정치인들이 일본인 스스로도 인식하지 못하거나 인정하기 싫어하는 뿌리 깊은 한국에 대한 적개심과 공포심을 이용하여 마침내 개헌에 성공한 것이었다.

평화헌법이 실제로 폐기되자 놀랄 만한 일이 일어났다. 일본의 정치인들은 언제 그랬냐는 듯 일제히 통일한국에 유화적인 제스처를 보냈다. 숙원 사업이던 평화헌법 폐기가 완료되면서 자신감과 여유가 생긴 것이었다. 일본은 과거 한국에 대한 침략 역사와 그에 따른 비인도적인 행위들에 대해서도 전에 없이 솔직한 태도를 보이기 시작했다. 일본 정치인들의 진솔한 사과도 이어졌다. 통일한국으로서는 다행스러운 일이었다.

인간의 한계

일본의 태도가 기만적이라는 의견도 있었지만 조현애 대통령은 그 진위 여부를 따지는 것은 실익이 크지 않다고 생각했다. 갑작스러운 통일과 함께 맞닥트리게 된 사회적 문제들이 한두 가지가 아니었다. 조현애 대통령은 남북한의 격차 해소와 민생 문제를 국정의 최우선 과제로 추진했다. 한일 간의 군사적 긴장 완화와 군비 축소가 반가운 이유였다. 물론 통일한국의 군비 감축은 남한과 북한이 통일되면서 자연스럽게 발생한 측면이 있었다. 남북한의 국경에 있는 병력만 사라졌을 뿐인데도 엄청난 군비 감축 효과가 발생했다. 이런 통일한국 내 군축 분위기가 부드러워진 한일관계를 촉매제로 더욱 가속화된 것이었다.

일본도 평화헌법 폐기 후에 우호적인 여론을 조성하기 위해 군비 감축을 할 필요가 있었다. 일본은 평화헌법 폐기의 목적이 전쟁을 일으키려는 것이 아니라 국가 방어를 위한 것이라고 주야장천 주장했었기 때문에 평화헌법의 폐기와 함께 이를 증명하고자 했다. 당시 한일 양국의 병력과 무기 감축은 두 국가 모두 바라는 일이었고 또한 필요한 일이었다.

평화헌법 폐기 이후 약 2년 동안 한일 간의 군사적 긴장 관계는 많은 부분 제거되었고 전례 없던 평화 분위기가 구축되었다. 간혹 일본 정치인들의 극우적 망언들이 문제된 적도 있었으나 두 나라 사이의 협력 관계를 망칠 정도는 아니었다. 그런 망언들의 내용도 과거의 침략이나 전쟁범죄를 전면 부정하기보다는, 일부의 사실은 인정하면서 일본인들 스스로 과거의 영광을 재현하자는 선언적인 경우가 많았다. 수십 년간 침체기를 겪고 있던 일본인들을 치유하고 결집시키고자 하는 정치인들의 언어였다. 어찌 보면 일본인들의 자존감 회복 과정이라고 볼 수 있었다.

조현애 대통령은 정치인의 입장에서 이런 일본 정치인들의 레토릭을 이해했다. 사실 일본인들의 이런 단합된 정서가 일본의 경제 부흥으로까지 이어진다면 이는 일본 국민들에게도 좋은 일일 뿐만 아니라 한국에게도 긍정적인 일이었다. 경제적 또는 정치적으로 불안한 이웃 국가는 어느 국가에게도 긍정적인 환경일 수 없었다. 토론이 이어지면서 이번 초계기 도발은 일본 내부의 정치적 문제를 희석시키고 일본의 국가적 자부심을 회복하기 위한 행위 정도로 해석하는 게 적절하다는 분석으로 중지가 모아졌다. 과잉 대응할 필요는 없다는 의견이었다. 그런 상황 분석이 가장 합리적이라고 생각하면서도 조현애 대통령은 뭔가 이상하다는 느낌을 떨칠 수 없었다.

'이런 식의 초계기 도발은 평화헌법의 폐기 이전에 더욱 빈번하지 않았던가?'

당시에 일본의 초계기 도발은 일본 정부가 평화헌법의 폐기를 위해 일본 국민들을 대상으로 하는 여론전의 성격이 강했다. 초계기 도발을 통해 한국과의 군사적 긴장 관계를 조성하고, 이를 빌미 삼아 평화헌법 폐기의 당위성을 주장하는 식이었다. 그런데 현재 시점에서도 이런 도발을 폐기된 평화헌법과 연결시키는 것은 뭔가 자의적이라는 생각이 들었다. 사후적으로 원인을 끼워 맞춘 느낌이었다. 총리가 연루된 뇌물 사건으로부터 일본 국민들의 눈을 돌리거나 군사적 자부심을 표현하기 위한 방법이라기에는 도발의 수위가 지나치게 높았다.

'더군다나 최근 한일관계 개선을 위해 더욱 적극적인 측은 일본이 아니었던가?'

'갑자기 왜?'

도발 행위에 대한 결정적인 목적이 명확해 보이지 않았다. 이런 생각을 할 즈음, 국방장관으로부터 다급한 연락이 들어왔다.

"대통령님, 일본 전투기가 포항 근처 바다에 폭격을 가했습니다."

일본 전투기 조종사는 이순신함의 경고 사격에 대한 맞대응이라는 통신을 보내왔다고 한다. 이순신함의 경고 사격 내용을 전달받은 일본군이 전투기를 출격시킨 것이었다. 야마구치현에 있는 이와쿠니 비행장에서 출동한 다섯 대의 일본 전투기들이 포항 근처에 정박해 있던 한국군의 구축함 주변에 폭탄을 투하한 것이다. 인명 피해나 물적 피해는 발생하지 않았다. 의도적으로 주변 바다에 폭탄을 투하한 점으로 볼 때 경고적인 성격의 폭격일 것이었다.

그러나 우방국 영해에 전투기 폭격을 하는 것은 용납할 수 없는 일이었다. 이에 대한 대응으로, 한국군 역시 시마네현 오키 군도 부근에 정박 중이던 일본의 구축함 주변에 폭탄을 투하하기 위해 출격했다고 보고받았다. 군 행동지침에 따른 자동 출격이었다. 조 대통령도 즉각 승인했다. 맞대응 성격이었기 때문에 한국군의 출격도 일본의 인명 피해나 물적 피해가 발생하지 않도록 주의를 기울였다. 특히 일본 민간인들의 피해가 없도록 폭격 지점에 대한 선정이 철저하게 이루어졌다. 대통령은 즉각 화상으로 안보관계장관회의를 소집했다. 5분 안에 박형철 국방장관, 문선장 국정원장, 권희선 비서실장, 신채선 안보실장이 화면에 나타났다.

"일본 측의 또 다른 움직임은 없습니까? 현재 우리 군의 상황은 어떻습니까?"

대통령이 물었다.

"현재 우리 군은 데프콘3을 발령해서 전 군이 전투태세를 갖추고 있습니다. 일본에서는 전투기가 출동한 이와쿠니 비행장 이외의 장소에서는 특별한 움직임이 보이지 않습니다."

박형철 국방장관이 대답했다. 이어서 안보실장이 말하기 시작했다.

"지금 벌어지고 있는 사건들은 처음부터 의도된 것이라는 생각이 듭니다. 초계기 건은 우발적일 수 있다고도 생각했지만, 전투기 폭격은 단순한 맞대응이라고 하기에는 지나친 면이 있습니다."

국방장관이 안보실장의 말을 받았다.

인간의 한계

"이번 행위는 전쟁 도발이나 마찬가지입니다. 이번에 확실하게 응징하지 않으면 다음에는 더욱 강하게 도발해 올 겁니다. 일본 본토의 군사 시설에 대한 직접적 타격도 고려해야 합니다."

"그렇게 되면 전면전으로 치달을 가능성이 있습니다."

권희선 비서실장이 걱정스러운 표정으로 말을 했다. 국방장관이 약간은 짜증 섞인 목소리로 튕기듯 대답했다.

"전면전의 가능성이라는 것은 항상 존재하는 겁니다. 그걸 어떤 방식으로 저지할지가 우리가 해야 되는 일 아닙니까? 일본 애들 은 강한 세력 앞에서 꼬리를 내리는 민족성을 가지고 있다는 것 은 잘 알지 않습니까? 초계기 도발이 군사적 자부심의 표현이라 고 생각하는 사람들이 있던데 그런 자부심이 왜 중국이나 러시아 에게는 표현되지 않습니까? 이유는 단지 한국을 만만하게 보기 때문입니다. 이번 기회에 응징해야 합니다."

표현은 다소 거칠었지만, 틀린 얘기가 아니었기에 비서실장도 할 말이 없었다. 조현애 대통령이 심각한 표정으로 국정원장을 바 라보았다.

"일본 내부의 동향은 어떻습니까?"

국정원장이 처음으로 입을 열었다.

"특별한 움직임은 포착되지 않고 있습니다. 초계기 사건이나 전 투기 폭격 사건도 뉴스 속보로만 간단하게 다루고 있는 정도입니 다. 일본군에서는 이와 관련하여 상황을 확인 중이라는 원론적인 논평만이 나온 상황입니다."

대통령이 국방장관에게 물었다.

"병력의 이동은 감지됩니까?"

"그런 움직임은 없습니다."

국방장관이 대답을 하고 잠시 멈추었다가 계속 말을 이었다.

"그런데 저는 일본 정부가 조용한 게 더 이상합니다. 지금쯤이면 왜 이런 행위들을 했는지 공식적인 해명이나 논평이 있어야 하는데 너무 조용합니다."

비서실장이 국방장관을 바라보며 말했다.

"일본 측도 상황이 너무 갑작스러워서 내부적으로 입장 조율을 하는 중일 수도 있을 겁니다."

국방장관이 기다렸다는 듯 말을 받았다.

"글쎄요. 저는 그렇게 보지 않습니다. 초계기 도발도 그렇지만, 전투기가 출격해 타국의 영해에 폭탄을 투하하는 행위는 절대 돌발적으로 일어날 수 없습니다. 고위급의 직접적인 명령 없이는 불가능한 일입니다. 우발적인 행동이 아니라면 의도된 도발이라는 결론이 나오는 것 아니겠습니까? 절대 가볍게 볼 사안이 아닙니다."

권희선 비서실장이 다른 사람들을 보며 말했다.

"저도 가볍게 보자는 것은 아닙니다. 하지만 최근 일본은 우리와의 군축 회의에 정말 성실하게 임하지 않았었습니까? 사실 우

22 인간의 한계

리보다 더욱 적극적인 쪽은 일본이었습니다. 방공식별구역을 축소한 것도, 병력을 줄이는 것도 우리보다 먼저 선제적으로 시작했고요. 그런 점을 고려해 보자는 겁니다."

국방장관이 비서실장의 말에 개의치 않고 확신에 찬 어조로 말을 이어갔다.

"그랬죠. 그런 점에서 저는 일본의 군축 회담 제안과 그에 따른 선제적 조치조차도 기만술일 거라고 생각합니다. 이번 초계기 사건과 포항 앞바다의 폭격 사건은 도저히 용납할 수 없는 전쟁 도발 행위입니다. 만약 이번 도발이 계획적이었다면, 그 전에 있었던 군축 회담의 진정성에 대해서도 의문을 가지게 된다는 말입니다. 일본군의 해명이나 사과가 없으면 이번에야말로 확실하게 응징해야 합니다."

국방장관의 태도는 명확했다. 대통령의 의지만 확인된다면 당장 지금이라도 일본 본토 공격을 시작할 수 있다는 의사 표현이었다. 대통령은 모든 사람들의 이야기를 조용히 듣고 있었다. 국방장관의 말도 일리가 있었지만 곧바로 일본 본토의 군사 시설을 타격하는 것은 위험 부담이 큰 작전이었다. 성공 가능성이 낮아서 위험하다는 게 아니라, 그런 본토에 대한 공격은 걷잡을 수 없는 양상으로 상황을 악화시킬 수 있기 때문이었다. 비서실장의 말대로 전면전으로 치달을 가능성이 상당히 높았다. 국방장관은 평소에도 공격이 최선의 방어라는 신념을 가진 사람이었다. 이런 일이 있을 때마다 강경 대응은 언제나 그의 첫 번째 옵션이었다. 그의 상황 판단과 제안을 전적으로 수용하기 어려운 까닭이었다. 아무도 말이 없자, 비서실장이 조심스럽게 말을 시작했다.

"일본의 도발이 실제 철저히 계획된 도발이었다면, 이런 때일수록 오히려 그들의 의도를 파악해야 할 겁니다. 만약 우리가 더 강력하게 맞대응을 하게 되면 그들의 수에 말리는 것일 수도 있을 겁니다."

회의에 참석한 사람들이 비서실장의 말을 해석하기 위해 생각에 빠진 표정을 보이자 비서실장이 말을 이어서 했다.

"무슨 말이냐 하면, 일본군의 이런 일련의 도발 행위들이 우리를 자극하려는 행동이었다면 우리가 맞대응을 강력하게 하면 할수록 그들의 의도대로 움직여주는 게 아니냐는 말입니다. 만약 이번 사건이 우리의 강력한 맞대응을 바라는 도발이었다면 그들의 숨겨진 의도를 찾는 게 우선되어야 하지 않겠습니까? 강력한 맞대응은 그때 해도 늦지 않을 겁니다."

국방장관은 비서실장의 말이 한심할 정도로 태평하다고 생각했다. 그녀의 말은 선제 타격이 현대전에서 전쟁의 승패에 얼마나 지대한 영향을 미치는지 모르고 하는 어리석은 말이었다. 국방장관은 발끈해서 비서실장의 말에 반발하고 싶었지만 조현애 대통령의 심각한 표정을 보고 입을 닫았다. 대통령이 고민에 빠진 표정이 되자 회의에 참여한 사람들도 모두 침묵했다. 대통령은 잠시 후 비서실장을 보며 얘기했다.

"일단 외교 라인을 가동해서 일본 정부와 접촉해 보세요. 그들의 얘기를 들어 보고 그들의 의도를 파악해 보도록 합시다."

이어서 국방장관을 보며 말을 이어갔다.

"상황에 따라 직접 타격도 필요할 겁니다. 타격 가능한 군사 시설들을 검토해 놓으세요. 명령이 떨어지면 곧바로 실행에 옮길 수 있도록 준비해 놓기 바랍니다."

조현애 대통령은 어떻게 해서든 전면전을 피하고 싶었다. 그러나 박형철 국방장관의 목소리를 무시할 수는 없었다. 그가 군부 내에서 갖는 위치는 독보적이었다. 단순히 계급의 문제가 아니라 많은 군인들의 존경을 받고 있다는 점에서 군부 내의 여론을 좌지우지할 수 있는 사람이었다. 대통령은 국방장관의 전쟁 철학에는 동의하지 않았지만 국방장관으로서 외부의 도발에 대해 그런 강력한 태도를 갖는 것은 필요하다고 생각했다. 또한 현재로써는 그의 정세 판단이 맞을 가능성도 있었다.

대통령은 회의를 마치고 숙고에 들어갔다. 외교와 군사적 해결 방안을 모두 고려하고 지시했지만 외교적 채널을 통한 해결이 우선이었다. 만약 양국 간에 전쟁이 발발한다면 두 국가 모두에게 씻을 수 없는 상처를 남길 것이었다. 이기고 지는 문제가 아니었다. 얼마나 많은 사람들이 죽거나 다칠지 상상할 수조차 없는 일이었다. 아직 양국 간에 인명 피해가 없다는 점은 외교적 해결의

가능성을 높였다. 그런 점은 다행이었다.

  의도하지 않았다고 하더라도 인명 피해가 발생하는 순간 상황은 걷잡을 수 없이 악화될 수 있을 것이었다. 대통령은 만약 외교라인을 통한 접촉이 성공적이지 않으면 직접 데라우치 총리와 얘기하는 방안도 생각하고 있었다. 이미 정상회담을 통해 여러 번 만나본 데라우치 총리의 인상은 나쁘지 않았다. 극우적인 시각을 가지고 있었지만 현재 일본의 정치 지형으로 볼 때 극우적인 시각을 가지지 않은 사람이 총리가 될 가능성은 전무했다. 극우 정치인들 중에서는 데라우치가 그나마 얘기가 통하는 사람이라고 생각하고 있었다.

2.

데라우치의 꿈

(2048년 8월 15일 아침, 데라우치 총리 관저)

　사건 당일 일본의 데라우치 타다요시 총리도 내각의 수뇌부들과 회의를 하고 있었다. 데라우치는 2043년에 총리에 취임해서 5년째 높은 지지율을 기록하며 총리직을 수행하고 있었다. 최근 뇌물 사건으로 언론의 따가운 시선을 받고 있었지만, 아직 일반 국민들의 지지도에 큰 영향을 미치는 정도는 아니었다. 이노우에 관방장관, 고무라 방위장관, 모리 외무장관이 참여하는 회의였다. 초계기 도발이 있기 한 시간 전부터 총리 관저에서 이미 대면 회의를 하고 있던 상황이었다. 초계기 도발부터 시작해 모든 것이 계획적으로 진행됐기 때문에 미리부터 모여 있던 것이었다. 고무라 방위장관이 먼저 입을 열었다.

"한국군이 생각보다는 빨리 전투기를 출격시켰습니다. 오키 군도 인근에 폭격을 하고 돌아갔습니다."

"추가적인 공격 징후는 없습니까?"

데라우치 총리가 방위장관에게 물었다.

"추가적인 움직임은 없습니다. 아마 이 정도가 최고 수준의 대응이 아닐까 생각합니다."

이번에는 데라우치 총리가 외무장관 모리에게 물었다.

"외교 채널을 통한 접촉은 없습니까?"

"한국의 외교부장관이 연락을 해 왔습니다. 이번 사건이 어떻게 일어난 건지 알아보는 수준이었습니다. 일단 우리도 상황을 파악하는 중이라고 말했습니다. 한국 정부에서도 상황을 자세하게 알아보도록 요청했습니다. 일본 정부의 입장은 한국과 더 이상의 군사적 충돌은 원하지 않는 것이라고도 확실하게 전달했습니다."

"최대한 시간을 끌도록 하세요. 그리고 내일쯤에는 한국 측에 연락해서 일본군에서도 이번 군사 충돌의 책임자를 찾아 그에 합당한 책임을 물을 것이라고 말해 놓으세요. 여하튼 선전포고를 하기 전 며칠간은 최대한 긴장 관계를 완화해서 한국군을 방심하게 할 필요가 있습니다."

"네. 알겠습니다."

데라우치 총리가 다시 방위장관에게 물었다.

"전쟁 준비는 끝난 상황이지요?"

"네. 한 달 전부터 이미 전쟁 준비는 완료된 상황입니다. 오늘 회의가 끝나는 대로 사세보 기지에 가서 최종 점검을 하도록 하겠습니다."

"현재까지 우리 쪽 피해 상황은 얼마나 됩니까?"

"전혀 발생하지 않았습니다. 인명 피해도 없었고 재산 피해도 없었습니다. 물론 재산 피해는 얼마든지 부풀려 발표할 수는 있을 겁니다."

고무라 방위장관의 표정이 심각했다. 피해가 발생하지 않아 죄송하다는 말투였다. 데라우치 총리가 낙담한 듯 낮은 목소리로 말했다.

"어차피 재산 피해는 별 의미가 없을 겁니다. 인명 피해가 있었어야 했는데 말입니다."

회의 참여자들은 데라우치 총리가 말하고자 하는 바가 무엇인지 정확하게 알고 있었다. 여론전을 염두에 둔 발언이었다. 국제적으로도 그렇고 일본 국민들을 대상으로 하는 국내 여론도 마찬가지였다. 어차피 한국에 대한 선전포고는 되돌릴 수 없는 일이었다.

선전포고를 위한 최적의 시나리오가 필요했다. 민간인 피해가 가장 이상적이겠지만, 그게 아니라면 초계기 조종사들이라도 사망했다면 문제가 훨씬 수월했을 것이었다.

'묘안을 찾아야 한다.'

데라우치 총리의 머리가 복잡해졌다. 이번 초계기 도발의 작전명은 '일본해의 닌자'였다. 고무라 방위장관은 출격에 앞서 세 명의 초계기 조종사들에게 죽음을 각오하고 도발할 것을 명령했었다.

"이번 출격의 목적은 한국군의 다케시마 불법 점거에 대한 항의 차원이다. 일본은 한국과의 군사적 충돌을 피하기 위해 수십 년째 이 문제를 참고 있었다. 하지만 그렇다고 해서 순순히 우리 영토를 그들에게 넘겨줄 수는 없는 일이다. 우리 일본 정부는 세계인들을 향해 지속적으로 이 문제를 제기하고 있지만 해결이 쉽지 않았다. 이번 작전의 목적은 다케시마 불법 점거 문제를 보다 단호하게 세계인들에게 알리는 것이다. 제군들이 이순신함에 근접하면 한국 해군도 그에 따라 맞대응을 할 것이다. 제군들에게 조준 사격은 하지 못할 것이라고 생각한다. 하지만 경고 사격 정도는 충분히 할 수 있다. 제군들은 어떤 경우에도 절대 맞대응해서는 안 된다. 제군들의 임무는 한국의 다케시마 점거가 불법이라는 점을 합법적으로 전 세계에 알리는 것이다. 그 점을 명심해야 한다."

"네."

세 명의 젊은 군인들이 절도 있게 대답했다. 고무라 방위장관은 일본 군인들이 한국에 대해 가장 분개하는 이슈가 다케시마 불법 점거라는 점을 알고 있었다. 조종사들의 전의를 불태우기 위해 이 점을 특히 강조한 것이다. 최근 몇 년간에 걸친 한일 간의 화해 분위기로 인해 독도 주변에서의 군사적 충돌은 발생하지 않고 있었다. 하지만 이 이슈는 여전히 일본 군인들이 가장 민감하게 생각하는 주제였다. 특히 해군들은 더욱 그러했다.

그러나 이번 초계기 도발은 일부러 다케시마에서 멀리 떨어진 이순신함을 목표로 했다. 다케시마 부근이 아닌 지역을 의도적으로 선택한 것이었다. 고무라 방위장관을 비롯한 일본 수뇌부들은 한국인들의 독도에 대한 애착이 일본인들의 다케시마에 대한 애착보다 훨씬 강렬하다는 것을 알고 있었다. 일본인들 대다수는 다케시마가 어디에 있는지도 몰랐다. 전쟁 전에 적군의 투쟁심을 불러일으키는 것만큼 어리석은 일은 없을 것이었다. 그리고 다케시마 부근에서 군사적 충돌이 발생하면 일본의 의도된 도발이라는 주장이 국제적으로 힘을 얻을 수 있었다. 한국의 지나친 맞대응 때문에 군사적 충돌이 발생했다는 주장을 해야 하는 일본으로서는 독도 부근에서의 충돌은 피하는 것이 유리했다.

고무라 방위장관이 다케시마를 강조한 이유는 오로지 조종사들의 애국심을 자극하기 위해서였다. 세 명의 초계기 조종사들이 비장한 표정으로 고무라의 명령을 경청했다. 조종사들은 방위장관이 직접 찾아와 출격 목적을 설명한다는 점에서 감동을 받았다. 작전의 세부 사항에 대해서는 이미 철저히 숙지하고 있었다. 세 대의 초계기는 이순신함에 최대한 근접해야 한다. 함선과의 거리 300m 전후를 넘나드는 곡예비행에 가까운 도발을 해야 한다. 한국군이 조준 사격을 한다고 해도 전혀 이상하지 않을 정도의 거리였다. 이런 근접 곡예비행을 세 대가 순차적으로 한다는 계획이었다. 조종사들이 가장 중요하게 부여받은 임무는 이 비행의 목적이 단순히 정찰이며 한국군의 경고 통신이든 경고 사격이든 전혀 예상하지 못했다는 식으로 통신 기록을 남겨 놓는 것이었다.

고무라 방위장관을 비롯한 일본 수뇌부는 분명히 한국군의 대응 사격이 있을 것이라고 예상했다. 조준 사격이냐 또는 경고 사격이냐 정도의 문제였다. 조종사들에게는 경고 사격 정도가 최고 수준의 대응일 것이라고 안심시켰다. 그러나 어느 경우이든 조종사들은 대응 사격을 하면 안 된다는 점을 재차 강조했다. 한국군의 조준 사격으로 초계기가 격추되면 그 이후의 일이 보다 쉽게 풀릴 것이었다. 고무라는 그럴 가능성이 더 크다고 생각했다. 하지만 그 점에 대해서는 조종사들에게 함구했다. 초계기가 세 대나 동시 출격하는 이유도 도발 수위를 높이고자 하는 목적이었다. 그럴수록 한국의 조준 사격 가능성이 높아질 것이었다.

한국군의 대응이 경고 사격에 그친다고 하더라도 다음 시나리오가 준비되어 있었다. 경고 사격에 대한 항의 차원으로 전투기를 출격시키는 것이다. 이때 출격하는 전투기들은 한국의 방어 레이다에 쉽게 포착되는 기종으로 준비했다. 한국군의 강력한 대응을 유도하는 출격이라는 점에서 출격과 동시에 한국군이 이를 파악

인간의 한계

할 수 있도록 여러 조치를 취했다. 이들 전투기들은 한국의 포항 근처에 정박해 있던 구축함 부근에 폭탄을 투하하게 될 것이다. 최대한 많은 폭탄을 투하하여 한국군이 맞대응을 하지 않으면 안 되게 하는 것이 목적이었다. 다만 이 공격으로 한국 측에서 인명 피해가 발생해서는 안 되었다. 그렇게 되면 한국군에게 강력한 대응을 할 수 있는 명분을 준다는 점에서 추후 여론전에서 불리하게 작용할 것이었다.

일본 전투기의 폭격 이후 한국군도 일본군과 비슷한 수준 혹은 그 이상의 군사적 대응을 할 것이라고 예측되었다. 이때 어떤 식으로라도 일본 측에 인명 피해가 발생하는 것이 최상의 시나리오였다. 일본 전투기의 출격 목적은 처음부터 한국 측에 어떤 피해도 일으키지 않는 것이었지만, 이를 모르고 있는 한국 측 전투기들은 일본에 어떤 식으로라도 피해를 입힐 것이라고 예상되었다. 민간인들의 피해가 가장 이상적이었다. 이 사건을 이용해서 일본인들의 분노를 자극할 심산이었다.

해외의 여론도 일본에 우호적이 될 것이었다. 우방국의 정찰 비행에 대해 사격을 가하고, 우방국의 민간인들을 살해한다면 전 세계의 비난 여론은 한국을 향할 것이었다. 일본 의회는 한국의 적대 행위를 근거로 선전포고를 결의하면 된다. 모든 도발은 한국에 대한 선전포고를 목적으로 기획된 것이었다. 그러나 일본 측 사상자가 전혀 발생하지 않으면서 다음 수순이 꼬인 상황이었다.

전쟁 준비가 모두 끝난 상황이었기 때문에, 어떻게든 선전포고를 만들어 내야 했다. 그렇지 않으면 여태까지의 계획이 수포로 돌아갈 것이었다. 그건 있을 수 없는 일이었다. 데라우치 총리가 근심에 찬 표정으로 사람들을 둘러보며 물었다.

"뭐라도 찾아봐야 하는 거 아닙니까?"

총리의 목소리에 짜증이 묻어나자 회의실 안에 긴장감이 감돌았다. 총리의 말이 무슨 의미인지 모르는 사람은 없었다. 인명 피해를 만들어 내자는 말이었다. '이렇게 하는 게 옳은 일인가?'라는 의문은 어느 누구에게도 떠오르지 않았다. 다들 '어떻게?'만 생각했다. 관방장관인 이노우에가 조용한 어조로 말했다.

"우선 한국군이 폭격한 오키 군도 지역을 중심으로 최근에 사망한 사람이 있는지 알아보면 어떻겠습니까?"

이노우에가 데라우치의 반응을 살피며 말을 이었다.

"사망자가 있다면, 그 사람의 사망 원인을 한국군의 폭격이라고 발표할 수 있을 겁니다. 만약 시신을 확보할 수 있다면 시신을 폭격 지역의 해역에 띄우는 것도 괜찮을 것 같습니다."

데라우치는 좋은 전략이라고 생각했다. 사실 데라우치도 최근에 사망한 사람들을 이용한 작전을 생각하고 있었다. 데라우치는 군인들이나 무연고자 시신을 생각하고 있었는데 그게 오키 군도 주민의 시신이라면 더할 나위 없을 것이었다. 폭탄 잔해와 시신이 함께 바다에 떠 있는 그림은 사람들을 자극할 것이었다. 데라우치 총리는 당장 오키 군도 주민들 중에서 최근 사망자가 있었는지 알아보도록 지시했다. 이노우에가 일어나서 어딘가로 전화를 걸었다. 이노우에는 부하들에게 오키 군도 내 사망자들을 조사해서 보고하도록 지시했다. 얼마 지나지 않아 연락을 받은 이노우에가 회의 참석자들에게 상황을 설명했다.

"아주 좋은 사고가 있었습니다. 어제 8월 14일 밤 오키 군도의 지부리 섬 부근에서 사망 사고가 있었습니다. 풍랑으로 인한 익사 사고입니다. 사망자는 낚싯배를 타고 바다로 나갔던 고바야시 사이토라는 어부입니다. 그 사람이 조업하던 곳이 한국군 폭격 지역에서 멀지 않은 곳입니다."

"시신을 구할 수 있나요?"

"현재 집에 안치되어 있답니다. 어제 사망했고 오늘 저녁에 장례식을 치르려고 준비 중이랍니다."

데라우치 총리가 급한 어조로 사람들에게 지시했다.

"지금 당장 고바야시 유족들에게 연락해서 모든 장례 절차를 멈추도록 하세요. 정부에서 직접 나서서 최고의 보상을 약속하고 시신을 확보하도록 하세요. 비밀 엄수와 관련된 내용도 철저하게 관리하도록 하고요."

주사위는 던져졌다.

데라우치는 이 일에 자신의 정치 인생이 걸렸다는 점을 직감했다. 일본의 명운이 걸린 문제이기도 했다. 일본이 수십 년째 겪고 있는 위기를 단번에 벗어날 수 있는 기회였다. 데라우치가 생각하는 일본의 위기는 경제, 문화, 군사 등 전 분야에 걸쳐 나타나는 일본이라는 국가 위상의 위기였다. 일본은 여전히 세계 3위의 경제 대국이었지만, 1990년대 이전에 경험했던 일본의 전성기는 다시 오지 않았다. 패전국의 멍에를 극복하고 기적 같은 경제 성장을 이루어 낸 일본을 전 세계인들이 칭송하고 본받으려고 했던 때 말이다. 70대가 넘은 일본인들은 그때를 사무치게 그리워했다. 일본의 최고 부흥기를 직접 경험하지 못한 젊은이들도 그때를 그리워했다. 미디어를 통해서 또는 부모나 조부모를 통해서 집단 기억을 갖게 된 것이리라. 무엇보다도 일본인들은 자신들의 위대한 조국이 더 이상 다른 국가들로부터 존경받지 못한다는 사실에 가슴 아파했다.

이런 국가 위상의 추락을 가장 확연하게 보여주는 뼈아픈 증거가 통일한국의 존재였다. 한국만 옆에 없다면 일본은 아직 괜찮은 나라라고 위안을 삼을 수 있었을지 모른다. 그러나 한국이라는 나라의 위상이 상승하는 만큼 퇴보하는 일본의 위상은 더욱더 비참해 보였다. 통일한국의 경제는 이제 세계적으로 다섯 손가락 안에 들어가는 규모가 되었다. 통일 이전에도 남한은 세계에서 일곱 번째 경제 대국이었는데 통일과 함께 다섯 번째 규모가 된 것이었다. 제도적으로도 통일한국은 민주주의의 표상 같은 나라가 되었다. 노르웨이나 스웨덴같이 한국보다 더욱 견고한 민주주

인간의 한계

의 제도를 정착시킨 나라들도 있었지만, 전쟁과 통일이라는 격동과 혼란 속에서도 민주주의를 발전시켰다는 점에서 많은 나라들로부터 존경의 대상이 되었다. 2000년대 들어서도 한국의 민주주의는 성장과 후퇴를 반복했다. 하지만 2030년대 이후로는 기복 없이 북유럽 국가들 이상의 민주주의 제도를 구가하는 아시아 유일의 나라가 되었다.

인정하기 싫었지만 일본인들은 한국의 발전을 질투했다. 무엇보다도 35년간이나 힘으로 정복했던 족속들이 자신들보다 앞선다는 사실을 수모로 받아들였다. 더욱 참기 어려운 점은 한국인들은 100년도 더 지난 일들에 대해 아직도 일본인들의 반성을 촉구하고 있다는 점이었다. 일본인들로 하여금 부끄러운 과거의 역사를 끊임없이 반추하게 했다. 일본이 한국을 침략해 한국인들에게 강제로 일본말을 쓰게 하고, 독립운동을 하던 의인들을 고문하거나 살해하고, 젊은 여성들을 일본군의 성노예로 데려간 일들을 사과하라고 한다. 2040년대의 관점으로 보면 그런 일들이 잔인하고 비인간적으로 보이지만 그때는 다들 그러던 시절이었다. 제국주의하에서 많은 유럽 국가들도 비슷한 행위들을 하지 않았던가? 일본이 아니었다고 해도 약소국의 운명은 어차피 강대국의 지배를 받을 수밖에 없던 시대였다.

대부분의 일본인들은 어쩔 수 없었던 과거의 일들에 대해 지나치게 몰아붙이는 한국인들을 도저히 좋게 볼 수 없었다. 한국이라는 존재에 대해 불필요할 정도의 질투심이나 적개심이 드는 이유였다. 그런 일본인들의 심리는 한국에 대한 혐오로 발전했고, 그런 정서는 이제 폭발 직전으로 커졌다. 정치인으로서 데라우치는 이런 일본인들의 정서를 국가 발전의 원동력으로 삼아 일본을 재도약시키고자 하였다. 일본인들은 그만한 저력이 있다고 생각했다. 일본인들은 모욕을 당하면 반드시 되갚아 주는 민족이었다. 그 복수의 힘이 국가적으로 발현될 때 일본은 다시 한번 세계의 중심이 될 것이었다.

일본인 개개인에게도 복수의 완성은 필요했다. 일본인들 중 한국의 발전에 대해 개인적인 굴욕감을 느끼는 사람들이 많았다. 이들은 한국의 발전이 일본의 도움 때문이라는 생각을 갖고 있었는데 고마움을 모르는 한국에 대해 어떤 식으로라도 복수를 하고 싶어 했다. 이런 시각을 가진 사람들은 최근 들어 더욱 증가하고 있었다. 그런 개인적 복수가 완성될 때 비로소 후련한 마음이 생길 것이었다. 한국 스스로 몰락하는 게 가장 좋은 시나리오였지만 그건 이제 불가능해 보였다.

그런 점에서 데라우치는 한국과의 전쟁은 필연이 돼 버렸다고 생각했다. 시기의 문제만 남았다고 오랫동안 생각해 왔다. 그리고 이제 그 시기가 마침내 도래했다고 판단했다. 더 이상 늦어지면 통일한국의 국력은 더욱 강해질 것이고, 이대로 동북아 지역의 역학 관계가 굳어질 가능성이 있었다. 상상하기조차 싫은 미래의 모습이었다. 지금 이 기회를 놓치면 조상들에게 면목 없는 일이라고 생각했다. 특히 할아버지에게는 더욱 그러했다.

현재와 같은 정치인으로 데라우치 타다요시를 성장시킨 사람은 그의 할아버지였다. 타다요시의 할아버지인 데라우치 켄지는 고향인 요코하마 지역에서 중의원까지 지내신 분이었다. 할아버지는 타다요시에게 정신적인 스승 정도가 아니라 실제 다른 가정에서의 아버지 역할을 했다. 그럴 수밖에 없는 상황이었다. 타다요시의 아버지는 살인죄로 13년 동안 복역했다. 살인 사건이 있던 때 타다요시는 겨우 5살이었다. 아버지는 형기를 마치고 집에 돌아왔지만 십 대의 타다요시와는 물과 기름처럼 서로 섞이지 못했다. 아버지인 데라우치 마사오는 할아버지처럼 의지가 강한 사람도 아니었고 절도가 있는 사람도 아니었다. 타다요시는 아버지를 나약하고 본받을 게 없는 사람이라고 생각했다.

'저런 사람이 어떻게 살인을 했지?'

타다요시는 당시 고등학생이었는데 한없이 소심해 보이는 아버지가 어떻게 살인을 했는지 의아스러울 정도였다. 타다요시는 유약한 사람이 순간의 감정을 조절하지 못하고 살인을 저질렀을 것이라고 생각했다. 할아버지도 아버지도 살인 사건에 대해 직접적으로 말한 적은 없었지만 그렇게 생각할 만한 계기가 있었다. 이 문제로 두 분이 크게 다투는 이야기를 들은 적이 있기 때문이었다.

"그래도 참았어야지."

할아버지가 단호하게 꾸짖었다.

"참으면 끝났을 것 같아요? 어차피 그놈이 또 찾아왔을 텐데요. 아버지도 절대 해결할 수 없었어요. 내가 그렇게 살인을 저지르고 감옥에 들어간 게 오히려 다행이라고 생각했잖아요. 안 그래요?"

아버지는 화를 참지 못하고 할아버지를 모욕하기까지 했다. 마사오라는 사람이 아버지만 아니었다면 당장 방에 들어가서 그를 끌어내고 싶었다.

"말 같잖은 소리! 그런 소리 하려거든 당장 나가!"

할아버지도 화가 나서 소리쳤다. 그날 이후 아버지는 집을 나가서 혼자 생활하기 시작했다. 그 전에도 그랬지만 그 후에도 아버지는 한 번도 데라우치의 인생에 깊게 들어오지 못했다. 돌이켜 보면 아버지는 감옥에 있는 것이나 집에 있는 것이나 별 차이가 없었다. 그러다 보니 데라우치에게 할아버지는 아버지와 같은 존재였다. 데라우치도 자신의 인생에 아버지는 필요 없다고 생각했다. 어딘가에 살아 있지만 존재하지 않는 사람이었다. 현재 아버지는 시즈오카 인근의 양로원에 계신다. 벌써 20년이 넘도록 그곳에서 생활하고 있었다. 아버지 얼굴을 본 지도 10년이 넘었다. 처음에는 일 년에 한두 번 정도는 방문했었는데 이제는 그마저도 하지 않았다.

데라우치의 어머니도 모정이 있다고 느껴지는 사람은 아니었다.

인간의 한계

아버지가 복역하고 있던 중에 이혼해서 집을 나간 어머니는 재혼을 했다. 재혼한 남편과 새로 아이들을 낳고 데라우치와는 전혀 모르는 사람처럼 지냈다. 지금은 생사조차 모르는, 궁금할 것도 없는 사람이 되었다. 데라우치는 어머니도 필요 없다고 생각했다.

그런 빈자리를 할아버지가 채워주셨으니 어찌 고맙지 않겠는가? 할아버지는 데라우치에게 풍족한 어린 시절을 제공해 주셨다. 성격적으로 할아버지는 빈틈없는 분이었다. 매사에 철두철미했던 성격은 그대로 손자의 성격으로 나타났다. 할아버지는 자신을 닮은 그런 손자가 마음에 들었다. 기질적으로 마음에 들지 않았던 아들을 생각하면 손자는 더없이 고마운 존재였다.

데라우치도 할아버지의 기대를 거스르지 않기 위해 노력했고 모든 면에서 두각을 나타냈다. 학교 성적도 우수했고, 리더십도 있었다. 할아버지는 아들에게 실패했던 것을 손자에게 보상받고 싶어 하는 것처럼 어느 아버지보다 더욱 데라우치의 교육에 신경 썼다. 다른 사람들에게는 냉정한 사람이라는 얘기를 들었지만 손자에게만은 충분히 인자하셨다. 데라우치는 지금도 어려운 일이 생기면 돌아가신 할아버지에게 힘을 달라고 마음속으로 기도하곤 한다.

할아버지는 세상 전반에 대해 손자와 얘기하는 것을 즐겼다. 어린 나이였지만 데라우치도 그런 대화를 즐겼다. 지나고 보니 그런 대화들 하나하나가 데라우치를 정신적으로 성숙시켰다. 데라우치의 정치 철학도 이미 그때부터 형성되고 있었다. 할아버지가 특히 강조한 부분은 일본이 처한 외교 현실이었다. 할아버지는 일본에게 있어 미국과의 원만한 관계가 무엇보다 중요하다고 하셨다. 50년 전에도 그랬지만 2048년 현재도 유효한 조언이었다. 50년 전과 비교하면 중국이 미국과 대등해졌다는 점이 변한 거지만 일본 입장에서는 여전히 중국보다는 미국과의 관계가 더욱 중요했다.

그러나 그 이상으로 중요한 나라가 한국이라고 항상 강조하셨다. 그들 없이는 일본이 대국으로 성장하기 어렵다고 하셨다. 여러 가지 의미를 담고 있는 말이었다. 단순하게 좋은 관계를 유지하거나 힘으로 정벌하는 것 이상을 의미하는 말이었다. 할아버지는 지도를 통해 이런 사실을 명쾌하게 보여 주셨다. 데라우치가 10살 정도였을 때였다. 할아버지는 세계지도를 펼치고, 일본 동남쪽 바다를 가리키며 물으셨다.

"어디가 보이느냐?"

"바다입니다."

"그래. 그리고 그 태평양 너머에 첫 번째로 맞닥트리는 나라가 미국이다."

다시 서쪽 바다를 가리키며 똑같은 질문을 하셨다.

"어디가 보이느냐?"

"한국입니다."

"그래. 일본이 대륙으로 나가고자 할 때 가장 먼저 맞닥트리는 나라가 한국이다."

"그럼 대륙으로 가자면, 어떤 식으로든 한국을 쳐야 되겠네요."

"그렇지!"

할아버지는 어린 손자의 통찰력 있는 대답에 흡족한 마음이 들었다. 하나를 알려주면 열을 아는 손자였다. 데라우치 켄지는 30년 전 같은 이야기를 아들에게도 했었다. 아들은 똑똑했지만 한없이 유약했다. 남자로서는 낙제 성격이었다. 한국을 공격해야 한다는 이야기에 아들은 생각할 수 있는 가장 멍청한 질문을 했었다.

"남의 땅에 허락 없이 들어가는 게 맞나요?"

마사오는 '그건 침략이잖아요?'라고 덧붙이고 싶었지만, 순간적으로 일그러지는 아버지의 표정을 보고 차마 더 이상의 말을 보탤 수는 없었다.

마사오가 기억하기로 아버지는 가장 화난 표정으로 소리를 질렀다.

"마사오. 이 멍청한 놈! 강한 것은 강한 것의 의무가 있는 거다. 강한 국가가 약한 국가들을 정복하는 것은 하늘의 섭리다. 아무리 나약한 국가들이라고 하더라도 일본의 강력한 정신이 이식된다면 그런 나라들도 어느 정도는 강해질 수 있는 거다. 그게 바로 아시아에서 일본이 해야 하는 일이란 말이다."

아버지의 서슬 퍼런 비난에 마사오는 사시나무 떨듯 몸을 떨며 머리를 조아렸다.

"죄송합니다. 죄송합니다."

데라우치 켄지는 아들에 대한 실망 때문인지 손자에 대한 기특함이 배가되었다.

"그래. 타다요시. 일본이 대국이 되고자 한다면 대륙 영토가 있어야 한다. 그런데 그 끝이 어디일지는 모르나 시작은 한국일 수밖에 없다. 우리가 좋든 싫든 한국과 관계를 맺어야 하는 이유는 그런 지리적 운명 때문이다."

할아버지는 한국과 관계를 맺는 방법이 병합이든 한국 괴뢰 정부이든 크게 개의치 않으셨다. 하지만 어떤 식으로라도 한국을 활용하지 않으면 일본의 성장에는 한계가 있다고 하셨다. 할아버지가 생각하는 최적의 조건은 한반도 안에서 전쟁이 발발하는 경우였다. 1950년 한국전쟁처럼 말이다. 당시 2차 세계대전 패전 후 일본을 살린 것은 한국전쟁이었다고 하셨다. 한국전쟁이 없었다면 일본이 그렇게 빨리 전쟁의 폐허 속에서 빠져나와 경제 대국이 될 수 없었다고 단언하셨다. 다시 한반도에 그런 전쟁이 발발한다면 일본이 한국을 활용할 방법은 무궁무진해진다. 전쟁 특수를 통해 얻어지는 경제적인 이득은 상상할 수 없을 정도로 클 것이었다. 그 효과는 최소한 30년은 일본을 먹여 살릴 정도로 길게 갈 것이라고 보았다. 전쟁으로 인해 한국의 국력이 약해지면 한반도에 친일본적인 괴뢰 정부를 세우는 것도 쉬워질 것이었다.

한반도에서 전쟁이 일어나는 경우의 수는 여러 가지가 있겠지만, 당시만 해도 남한과 북한이 충돌하는 한민족 간의 전쟁이 가장 이상적인 시나리오라고 하셨다. 타다요시가 어렸을 때만 해도 남한과 북한은 서로를 적대시하던 적국이었다. 1950년 한국전쟁 같은 상황이 얼마든지 다시 벌어질 수 있는 환경이었다. 당시 할아버지는 중의원이셨기 때문에 실제로 이런 전쟁 분위기를 조성할 수 있는 힘이 있었고 실제로도 그렇게 하셨다. 그런 이야기를 공개적으로 밖에서 할 수는 없었기 때문에, 호기심 많은 10살의 손자는 대단히 좋은 이야기 상대였다. 그렇게 손자와 대화를 하면서 스스로의 생각을 정리하셨으리라. 어린 타다요시는 모든 내용을 이해하지는 못했지만 총명한 어린이였기에 할아버지의 이야기를 대부분 이해했다.

　제2의 한국전쟁을 위한 전제 조건은 북한을 국제사회에서 고립시키는 것이라고 하셨다. 할아버지는 동료 의원들과 함께 북한이 국제사회로 나오려고 할 때마다 여러 가지 문제 제기를 해서 저지시켰다고 한다. 북한이 일본의 우방국들인 남한이나 미국과 관계를 정상화시키면 동북아에서 일본의 위치가 고립무원이 될 수 있었다. 그런 상황은 일본으로서는 최악이었다.

　또한 할아버지는 남한의 주요한 정치인들과도 꾸준히 친밀한 관계를 유지하셨다. 어느 사회나 공동체의 이익보다 자신의 이해나 영달이 무엇보다도 중요한 사람들이 있다. 그런 사람들이 장기적인 친교 대상이었다. 이들을 친일 세력으로 꾸준히 관리하는 것이 결국 일본의 이익과 밀접하게 관련되어 있다는 말씀을 하셨다. 그들에게 직접적으로 어떤 일을 지시할 필요는 없었다. 이들 인사들에게 개인적으로 이익이 되는 일과 일본의 국익에 도움이 되는 일을 일치시켜 놓기만 하면 되는 것이었다. 그들 스스로의 이기심에 근거한 결정들이 결국 일본의 국익에 부합되는 결정이 되도록 만들어 놓는 것이었다. 그런 점에서 한국 내 친일 세력들이 줄어드는 것은 일본의 국익에 배치되는 심각한 문제라고 하셨다. 실제로 당시는 한국 내 친일 세력들이 약해지던 시기였던 만큼 할아버지의 고민은 현실적인 문제였다.

한국 정부가 다른 주변국들과 친밀하게 지내는 것도 막아야 하는 일이라고 하셨다. 한국이 주변국들과 사이가 좋아지려고 하면 어떤 식으로라도 이를 방해해야 한다는 점을 강조하셨다. 이때 친일 인사들이 남한 정부의 요직에 있으면 이런 방해 전략은 크게 어려운 일이 아니라고 하셨다. 그러므로 할아버지는 한일관계가 좋을 때 남한 사회 전반에 친일 인사들을 많이 양성해 놓는 게 더할 나위 없이 중요하다고 말씀하셨다. 그런 사람들이 광범위하게 포진해 있다면 한반도가 혼란에 빠질 때 일본이 취할 수 있는 선택대안들이 다양해지고 그게 바로 일본의 국익과 직결될 것이라고 확신하셨다.

하지만 할아버지가 돌아가시기 몇 년 전까지 한반도의 상황은

인간의 한계

할아버지의 기대와는 다르게 흘러갔다. 남한과 북한이 서로 점점 가까워지고 미국도 북한과의 관계를 개선해 나가자 할아버지는 당시 정치 지형에 상당히 낙담하셨다. 이미 정치계에서 은퇴하신 때였기 때문에 실질적으로 할 수 있는 일도 많지 않았다. 할아버지는 그런 상황이 일본에게 얼마나 위험한 것인지 깨닫지 못하는 젊은 정치인들에 대해 분개하셨다. 할아버지가 그토록 고대하던 기회가 2045년에 한 번 찾아왔다. 천재일우의 기회였다. 남북통일이 되기 전 한두 달 정도의 한반도 혼란기를 말하는 것이다. 그때 일본에 국운이 따라 주었다면 한반도에서 전쟁이 발발했을 것이었다. 하지만 누구도 예상하지 못한 남북한 지도자들의 통일 선언문 발표로 데라우치의 꿈도 산산조각이 났다.

'조금 더 일찍 움직였어야 했다!'

그때를 놓친 것은 일본에게는 천추의 한이었다. 할아버지가 지금도 생존해 계신다면 남북통일이 된 현재 상황을 보고 한탄하셨을 것이었다. 통일한국이 된 지금은 남한과 북한의 전쟁은 불가능하게 되었다. 남한과 북한의 통일을 넘어, 통일한국의 국력이 더욱 강해지는 것은 일본으로서는 최악의 환경이었다.

현재 시점에서 남은 한반도 내 전쟁 시나리오는 통일한국이 중국이나 러시아와 전쟁을 하는 것이었다. 그러나 현재와 같이 통일한국이 중국과 친밀한 외교 관계를 구축하고 있는 상황에서는 중국과의 전쟁은 불가능했다. 러시아와의 전쟁은 누구에게도 실익이 없다는 점에서 발발하기 어려웠다. 만약 통일한국이 중국이나 러시아와 전쟁을 한다고 하더라도 이런 종류의 전쟁은 한반도에서 일본의 영향력을 약화시킬 가능성이 크다는 점에서 최선의 전쟁 시나리오는 아니었다.

데라우치는 이제 한 가지 전쟁 시나리오만이 남았다고 생각했다. 일본이 한국과 직접 전쟁을 벌이는 것이다. 결국 일본인들의 손에 피를 묻혀야 하는 순간이 온 것이다. 할아버지는 일본이 직접 전쟁에 뛰어드는 것은 최대한 피해야 한다고 하셨지만, 살아계셨다면 손자의 결정에 분명히 동의했을 것이라고 생각했다.

인간의 한계

3.
군인들의 방문
(2048년 8월 15일 오후 4시, 고바야시의 집)

야스코는 일본군 중장이라는 사람으로부터 오후 1시쯤 전화를 받았다. 당시 그녀는 남편의 죽음으로 정신이 없던 상황이었다.

"저는 일본 해군 중장 가토입니다. 남편분의 죽음과 관련해서 일본 정부에서 드릴 말씀이 있습니다. 지금 찾아봬도 괜찮겠습니까?"

"무슨 일인지 알 수 있을까요?"

"전화로 설명하기 곤란한 내용입니다. 간단히만 말씀드리면, 남편분의 사망 원인과 보상에 관한 이야기입니다. 보다 자세한 내용은 찾아뵙고 말씀드리고 싶습니다. 이해해 주시면 고맙겠습니다."

"알겠습니다. 혹시 언제쯤 오실 수 있나요?"

"4시 정도면 도착할 것 같습니다."

"네. 알겠습니다."

"그런데 그 전에 해 주실 일이 있습니다. 현재 남편분의 사망 소식을 아는 사람들이 몇 명이나 되나요?"

"마을 분들은 거의 다 알고 계실 겁니다. 그리고 친척들 중에서는 멀리 사시는 형님에게만 연락했습니다."

고바야시 사이토의 형은 히로시마에 살고 있었다. 형과 사이토는 그렇게 친한 편이 아니었다. 야스코가 어젯밤 전화를 했을 때도 그렇게 놀라는 기색이 아니었다. 기분 탓이었을지 모르지만 약간은 귀찮아하는 말투로 느껴졌다. 오늘 장례식에도 오기 어렵다는 말을 들은 상황이었다.

"이제부터는 누구에게도 남편의 사망 소식을 알리지 마시기 바랍니다. 그리고 저하고 전화가 끝나면 남편분의 형에게 전화를 걸어서 남편의 사망 원인이 아직은 밝혀지지 않았다고 얘기하시기 바랍니다."

"네?"

바다에서 익사했다는 사실을 아는데, 남편의 사망 원인을 모른다고 하라는 말이 이해가 되지 않았다. 이미 대강은 남편의 형에게 사고 내용을 말해 놓은 상황이었다.

"남편분이 어떻게 사망했는지 지금 군에서 정밀 조사 중이라고 생각하시면 됩니다. 남편분의 형에게는 정부 관계자가 곧 방문해서 사망 원인에 대해 설명할 예정이라고만 말씀해 주시면 됩니다. 그리고 누구에게도 동생의 사망에 대해 얘기하지 말라고 부탁드려 주시기 바랍니다."

"네."

야스코는 가토의 얘기에 꼬리에 꼬리를 무는 수많은 의문들이 소용돌이쳤지만 말을 아꼈다. 나중에 얘기를 들어 보면 될 일이라고 생각했다.

"현재 집 안에도 마을 분들이 계십니까?"

"네. 동네 분들이 몇 분 오셔서 장례 준비를 도와주고 계십니다."

"그분들에게도 같은 얘기를 해 주시기 바랍니다. 곧 정부 관계자가 방문해서 남편분의 사망 원인에 대해 설명한다고 말입니다. 지금까지 들은 얘기나 본 사실들에 대해서는 침묵해 달라고 얘기해 주시면 고맙겠습니다."

"네."

야스코는 전화를 끊자마자 남편의 형에게 전화를 걸어 상황을 설명했다. 4시가 채 되기 전에 가토 중장이라는 사람이 군용 지프차를 타고 찾아왔다. 가토는 검은색의 해군 제복을 입고 있었고 나이는 50대 정도로 보였다. 가토는 하야시라는 또 다른 군인과 마을 촌장인 마쓰다와 동행했다. 하야시라는 남자는 자신을 초계함 미나미함의 함장이라고 소개했다. 미나미함은 마을 앞바다에 정박해 있는 초계함이었다.

야스코가 살고 있는 마을은 오키 군도의 남단에 있는 지부리 섬에 위치한다. 지부리 섬은 총인구 600명 정도의 작은 섬이다. 이 지역은 바다를 에워싸고 있는 여러 섬들로 이루어졌기 때문에 군함이 섬 안쪽의 부두에 정박해 있으면 천연 요새와 같은 역할을 한다. 몇 년 전부터 인근 바다를 정찰하는 초계함들이 이 섬을 기항지로 이용하고 있었다. 야스코도 마을 앞바다에 정박해 있는 초계함들을 여러 번 본 적이 있었다. 그러나 군인들은 마을로는 들어오지 않았기 때문에 함장이라는 사람을 본 것은 이번이 처음이었다.

마을 촌장인 마쓰다는 오랫동안 촌장 일을 하고 있어서 야스코도 잘 아는 사람이었다. 남편과 특별히 친한 사이는 아니었기 때문에 장례식에 초대하지는 않았었다. 가토와 하야시가 집으로 들어서자 장례식을 돕기 위해 집에 와 있던 몇 명의 동네 사람들이 긴장된 표정으로 이들을 바라보았다. 동네 사람들 중에 군대를 갔다 온 사람이 있었기 때문에 해군 중장이 얼마나 높은 지위인지 이미 들은 터였다. 야스코를 통해 군인들이 온다는 말을 들었지만 그게 뭘 의미하는지 정확히 알 수 없었다.

지난 밤 사이토의 시신을 수습해서 마을로 돌아온 후쿠다도 야스코의 집에 있었다. 후쿠다는 익사 사고가 분명한데 군인들이 사망 원인에 대해 뭘 어떻게 설명한다는 것인지 의문스러웠다. 방문하는 군인이 해군 중장이라는 말에 어젯밤 자신이 무엇을 잘

못했었는지 곱씹어 볼 뿐이었다. 잘못한 것은 없었지만 중장이 얼마나 높은 계급인지 듣게 되자 이유 없이 두려운 마음이 든 것이었다.

집 안에 있던 마을 사람들은 마쓰다가 이들 뒤에 따라 들어오자 의아해하면서도 그에게 가볍게 인사를 했다. 가토는 마쓰다와 하야시에게 잠시 거실에서 기다리라고 부탁하고 혼자만 야스코의 방으로 들어갔다. 방 안에는 야스코의 아들인 18살의 이치로도 군인들을 기다리고 있었다. 가토는 이미 야스코의 가족 관계를 파악하고 있었기 때문에 방에 있는 젊은이가 이치로라는 것을 알았다. 막내인 마유미는 자신의 방에 들어가 있었다. 아직 11살이라 이런 이야기를 듣기에 적절하지 않다고 생각해서 자기 방에 보낸 것이었다. 가토는 자리에 앉자마자 야스코와 이치로에게 조의를 표했다. 의례적인 인사를 주고받고, 가토는 곧바로 찾아온 이유를 설명하기 시작했다.

"이미 아시겠지만 한국군이 오늘 아침 이 지역 바닷가에 폭탄 투하를 했습니다."

모를 수 없는 일이었다. 어젯밤 사이토의 시신을 배에서 내려 집으로 옮긴 다음 남편과 친했던 몇 명과 함께 뜬눈으로 밤을 새우고 있었다. 새벽녘에 전투기가 내는 굉음 소리가 십여 분 동안이나 들렸고 수십 발의 폭발음이 멀리서 들렸다. 폭발음은 깨어 있지 않았다면 모르고 지나갈 수 있을 정도로 멀리서 들렸지만 전투기 소리는 귀가 얼얼할 정도로 큰 소리였다. 밤을 새우던 마을 사람들도 그렇고, 야스코나 이치로 모두 그렇게 가깝게 나는 전투기 소리는 처음 들어 보았다. 오늘 오전 동안 집 안팎으로 오고 가는 동네 사람들의 대화를 통해 그 소리가 한국군의 폭격이었다는 이야기를 들었다. 마을 사람들도 오전에 방송된 TV 속보를 통해 상황을 알게 된 것이었다.

"네. 사람들이 하는 이야기를 들었습니다."

야스코가 고개를 끄덕이며 짧게 대답했다. 야스코는 가토가 갑자기 폭격 얘기를 하는 이유가 의아했다.

'남편의 사망에 대한 이야기를 하려던 게 아닌가?'

가토가 말을 이었다.

"이걸 어떻게 설명해야 할지 모르겠습니다만, 혹시 남편분의 사망 원인을 우리 군에게 맡겨 주실 수 없겠습니까?"

애매한 말이었지만 대강의 뜻은 알 수 있었다. 몇 시간 전 가토와 전화하면서 들었던 의문이 다시 떠올랐다.

'하지만 남편은 익사로 사망한 것이 명백하지 않은가? 뭘 맡겨 달라는 말인가?'

남편은 비바람이 몰아치는 날씨에도 불구하고 갑판 위에서 작업을 하다가 물에 빠졌고, 높은 파고 때문에 물에서 빠져나오지 못한 것이었다. 다행히 주위에서 조업 중이었던 후쿠다가 상황을 빨리 발견해서 남편의 시신만은 찾아올 수 있었던 것이다. 의심스

인간의 한계

러운 눈빛으로 야스코가 질문했다.

"그게… 무슨 말씀이십니까?"

가토가 곤란한 표정을 지으며 조심스럽게 말을 이어갔다.

"아… 그러니까. 이번 폭격을 포함해서 한국군의 도발은 한두 번이 아니지 않았습니까?"

야스코는 선뜻 한두 번이 아니라는 한국군의 도발이 뭘 말하는지 이해되지 않았다. 옆에 있던 이치로는 가토가 무엇을 말하는지 알 것 같았다. 이치로는 동네 성인 남자들이 한국에 대해 얘기하는 것을 여러 번 들었었다. 주제가 무엇이든 동네 사람들이 한국에 대해 좋게 얘기하는 것은 들어 본 적이 없었다. 이치로가 가토를 보며 자신감 있게 대답했다.

"네. 알고 있어요."

가토는 야스코와 이치로를 번갈아 보며 말을 이어갔다.

"한국은 끊임없이 우리 일본을 대상으로 파렴치한 거짓말을 하고 있다는 점도 잘 알고 계시리라고 생각합니다. 이번 폭격 사건도 한국 해군이 우리 일본 초계기에 기습적으로 총격을 가하면서 시작된 일입니다. 그것도 그들이 불법 점거하고 있는 다케시마 부근에서 말입니다. 한국군이 다케시마를 불법 점거하고 있다는 사실은 알고 계시지요?"

이순신함은 독도에서 멀리 떨어진 곳을 정찰 중이었지만 지부리 섬 사람들에게 상황을 극적으로 설명하기 위해서는 다케시마만 한 게 없었다. 오키 군도 자체가 독도와 가장 가까운 일본 땅이었기 때문이다. 지부리의 섬사람들이 한국에 대해 얘기를 하게 되면 언제나 빠지지 않고 등장하는 주제이기도 했다. 다른 얘기를 하다가도 마지막은 항상 다케시마 문제로 한국을 비난하면서 이야기가 마무리됐다. 야스코와 이치로에게도 이런 점을 상기시키기 위해 가토 중장이 사건의 상황을 약간 변형시킨 것이었다. 야스코와 이치로는 고개를 끄덕이며 대답했다.

"네."

가토가 이야기를 이어갔다.

"한국군의 기습 공격에 대한 항의 차원으로 일본군이 맞대응을 했는데, 한국 전투기들이 이곳까지 날아와 이 섬 근처에 폭탄을 투하한 것입니다. 이제 일본 정부로서도 더 이상은 참을 수 없는 지경에 이르렀다고 판단하고 있습니다. 조만간 의회에서 한국에 대한 선전포고를 하려고 계획하고 있습니다. 그런데 일본이 선전포고를 하기 위해서는 한국이 빠져나갈 수 없는 이유를 제시해야 합니다."

가토는 잠시 말을 멈추었다가 야스코의 눈을 바라보며 말을 이어갔다.

"가능하다면 남편분의 사망 원인을 한국군의 폭격 때문이라고 발표했으면 합니다. 그렇게 해야 선전포고를 하는 일본의 입장에 면이 서기 때문입니다. 그렇게 되면 세계의 어떤 나라도 한국 편을 들 수 없을 겁니다."

야스코는 가토의 제안에 놀라서 무슨 말을 어떻게 해야 할지
몰랐다.

"그렇지만… 그게…."

야스코의 머릿속이 하얘졌다. 모든 상황이 꿈속 같았다. 분명히
옳지 않은 일이었지만 어떤 판단도 할 수 없었다. 그때 이치로가
야스코를 보며 말을 했다.

"엄마, 그렇게 하죠."

아버지의 죽음은 이치로에게 말로 표현할 수 없는 충격이었다.
사이토는 부자도 아니었고 많이 배운 사람도 아니었지만 이치로에
게는 다정하고 좋은 아버지였다. 이치로에게는 한순간에 세상에
서 가장 소중한 사람이 사라진 것이었다. 이치로는 아버지의 사망
이 현실적으로 느껴지지 않아 허망함 속에 하룻밤을 보냈다. 가
슴이 찢어졌지만 마음 놓고 울 수도 없었다. 야스코는 넋이 빠져
있었고 마유미는 계속 흐느껴 울었다. 이치로는 마유미를 달래느
라 자신의 슬픔을 온전히 들여다보지 못하고 있었다. 그런데 가토
의 제안은 아버지의 죽음이 의미 있는 일이 될 수 있다는 말처럼
들렸다. 아버지의 죽음이 국가를 위한 희생이 된다면 더없는 영광
일 것이라고 생각했다. 이치로의 가슴속에서 뭔가 뜨거운 게 올
라왔다. 처음으로 느껴 보는 강렬한 애국심이었다.

"엄마, 국가를 위해서 하는 일이라면 아버지도 흔쾌히 허락하셨

을 거예요."

틀린 얘기는 아니었다. 남편은 어려움에 빠진 사람들을 도와주는 일이라면 누구보다 앞장서는 다정한 사람이었다. 도움을 필요로 하는 대상이 국가라고 해서 크게 달라질 것 같지 않았다. 야스코가 이치로를 바라보았다. 확신에 찬 아들의 눈빛이 반짝였다. 야스코는 다른 결정은 불가능하다는 느낌이 들었다. 체념하는 마음이 들었다. 야스코가 가토를 향해 고개를 끄덕이며 조용하게 말을 건넸다.

"네. 그렇게 하겠습니다."

"감사합니다. 감사합니다."

가토가 야스코와 이치로에게 연신 머리를 숙였다. 가토에게는 한 가지 어려운 부탁이 더 남아 있었다.

"저희 군에서 오늘 저녁 남편분의 시신을 가져가도 되겠습니까? 한국군이 폭격한 지역에 시신을 갖다 놓으려고 하는데 허락해 주시겠습니까?"

야스코의 얼굴이 순간 일그러졌다. 이미 염까지 마친 남편의 시신을 달라고 하다니! 용납할 수 없었다.

"그건 안 됩니다."

야스코가 단호하게 대답했다. 사망의 원인을 다르게 하는 거야 국가를 위한 것이라니 수락하겠지만, 남편의 시신을 구경거리로 만들고 싶은 생각은 추호도 없었다.

"남편의 시신을 가져가야 한다면 아까 제안하신 내용은 못 들은 것으로 하겠습니다."

가토가 다시 머리를 숙였다.

"죄송합니다. 아닙니다. 시신 얘기는 죄송하게 됐습니다. 다시 한 번 사죄드립니다."

가토는 방위장관인 고무라로부터 시신을 가져오는 것이 최선이되, 유족이 허락하지 않으면 시신 수습은 무리할 것 없다는 얘기를 들은 상황이었다. 고무라의 명령 여부와는 별개로 유족에게 못 할 짓을 했다는 생각이 들어 가토는 연신 죄송하다는 말을 했다.

"제가 가족들의 마음을 헤아리지 못했습니다. 죄송합니다…. 조만간 정부에서 남편분의 사망 원인을 한국군의 폭격 때문이라고 발표를 할 겁니다. 그리고 그에 대한 후속 조치로 정부에서 유족들에게 위로금 8천만 엔을 준비했으니 받아주시기 바랍니다."

가토는 제복 주머니 안쪽에서 두툼한 봉투를 꺼내 야스코에게 내밀었다. 야스코로서는 꿈에도 볼 수 없는 거액이었다. 하지만 그 돈이 남편의 죽음에 대한 대가라는 생각이 들자 마음 한 편이 무너졌다. 그러나 남편 없는 미래를 생각한다면 야스코나 아이들에게 큰 도움이 될 돈이었다. 체면을 차릴 문제가 아니었다. 야스코는 돈을 받을 수밖에 없는 자신의 처지가 한없이 초라하게 느껴졌다. 남편의 영혼이 옆에 있다면 따뜻한 미소를 지으며 야스코의 손을 잡아줄 것 같았다. 그리고 괜찮으니 받으라고 할 거라는 것을 알았다. 다정했던 남편이 보고 싶어졌다. 그녀의 눈에서 말없이 눈물이 흘러내렸다. 가토는 잠시 야스코가 감정을 추스르기를 기다려 주었다.

"장례식은 언제 시작하나요?"

"6시 정도에 시작할 예정입니다."

가토는 야스코에게 미안한 마음이 들어 이치로를 보며 말을 이었다.

"아버지 시신은 어떻게 할 계획인가요?"

평생 바닷사람으로 살아온 사이토는 기회가 있을 때마다 자신은 죽게 되면 바다에 묻히고 싶다고 말했었다.

"아버지 시신은 화장하고 유골은 바다에 뿌릴 겁니다."

아버지는 집 안에 제단을 만들고 유골함을 안치하는 방식을 싫어하셨다. 그저 이 세상에 와서 잘 살다가 흔적 없이 사라지는 게 가장 좋은 인생이라고 생각하시던 분이었다. 이치로는 아버지가 원하는 방식으로 해 드릴 생각이었다. 가토 중장이 조심스럽게 야스코를 보며 물었다.

"화장을 하기에 적당한 장소가 있습니까?"

"여러 군데 알아보고는 있는데 아직 장소를 정하지는 못했습니다."

야스코는 장례까지는 마을 분들의 도움으로 치를 것이지만 화

인간의 한계

장을 어떻게 할 것인지에 대해서는 아직 결정을 하지 못한 상태였다. 가토가 여전히 조심스러운 표정을 지으며 야스코와 이치로에게 말을 했다.

"괜찮으시다면, 저희 군에서 최대한의 예를 갖추어서 남편분을 화장해 드리고 싶습니다. 화장 후에는 유족분들이 미나미함을 타고 바다에서 유골을 뿌릴 수 있도록 조치하겠습니다. 최소한의 성의 표시이니 부디 허락해 주시기 바랍니다."

야스코로서는 다른 방안이 있는 것도 아니었기 때문에 그러기로 했다. 거실에서는 하야시 함장이 집 안에 있는 마을 사람들에게 사이토의 죽음에 대한 국가의 입장을 설명했다. 하야시는 한국군의 폭격 때문에 사이토가 사망했다고 발표해야 국제사회에서 일본에게 유리한 여론이 형성된다는 점을 강조했다. 마쓰다는 고바야시 집에 오면서 이미 가토 중장에게 들은 내용이었다.

"이번에도 그놈들이 먼저 공격한 거 아닙니까? 우방국 비행기에 기습적으로 사격을 한다는 건 전쟁을 하자는 거 아닙니까?"

마쓰다가 가토 중장에게 막 들었던 내용을 가지고 아는 체를 했다. 하야시 함장이 마쓰다를 보며 말했다.

"맞습니다. 일본 정부도 일련의 상황을 한국의 전쟁 도발이라고 생각하고 있습니다. 그렇게 도발했는데도 우리가 대응하지 않는다면 아마 한국은 앞으로 일본을 대놓고 무시하게 될 겁니다. 더욱더 참을 수 없는 것은 자신들이 먼저 도발해 놓고 이제는 일본 본토까지 공격할 수 있다고 말한다는 점입니다."

마을 주민들에게 갑작스러운 전쟁 이야기는 크게 와 닿지 않았다. 그러나 어렸을 때부터 다케시마 문제로 인해 한국을 귀찮거나 싫은 상대로 생각하는 사람들이 대부분이었기 때문에 모두들 고개를 끄덕이며 하야시 함장의 말에 수긍했다. 한두 사람이 적극적으로 한국을 욕하기도 했다.

"빌어먹을 한국인들!"

거실에 있는 마을 사람들은 어젯밤 후쿠다로부터 상황 설명을 들었고, 사이토의 시신을 직접 보았기 때문에 익사 사고라는 사실을 모르지 않았다. 그러나 마을 사람들은 사이토의 죽음에 관한 햐야시 함장의 이야기를 새로운 사실을 듣는 것처럼 주의 깊게 경청했다. 하야시 함장은 일본 정부의 입장과 사이토의 죽음을 애매하게 연결 지으며 말을 맺었다.

"그러니까 사이토는 한국군의 폭격으로 사망한 것이 됩니다."

익사였지만 일본에게 필요하니 사망 원인을 폭격이라고 하자는 얘기였지만, 하야시의 이야기는 실제로 사이토가 한국군의 폭격으로 사망했다는 것처럼 들리기도 했다. 어젯밤 사망한 사이토가 오늘 새벽의 한국군 폭격 때문에 사망할 수는 없었지만 말이다. 하지만 무엇이 사실인지는 이제 중요한 것이 아니었다. 중요한 것은 이제 공식적으로 사이토의 사망 원인이 결정됐다는 것이었다. 마을 사람들 모두 뭔가 애국적인 일을 하고 있다는 생각에 뿌

인간의 한계

듯한 기분까지 들었다. 하야시 함장은 마지막으로 이 사건에 관한 이야기들이 지부리 섬 밖으로 한마디도 나가서는 안 된다는 점을 신신당부했다. 하야시는 국가에서도 지부리 섬의 주민들을 위해 어떤 일이라도 도울 것이라고 말했다.

"오면서 마쓰다 씨로부터 지부리 섬의 현안들에 대해 전해 들었습니다. 전략적 섬에 거주하는 주민들의 지원금과 마을회관 신축 문제가 오랫동안 해결되지 못하고 있다고 들었습니다. 이 문제들은 일본 정부가 나서서 최대한 빨리 해결하도록 하겠습니다."

마쓰다는 하야시 함장이 자신의 이름을 언급하자 기분이 좋아졌다. 하야시의 말이 끝나자 마쓰다가 마을 사람들을 보며 같은 말을 되풀이했다. 자랑스러웠지만 자랑스러운 표정을 최대한 숨기고 덤덤하게 이야기했다. 하지만 그 모습이 우스꽝스러울 정도로 자랑스러워하는 것처럼 보였다.

"아, 제가 오면서 마을의 현안들에 대해 말씀드렸습니다. 전략적… 그 무엇이냐…. 섬 주민 지원금은 지금처럼 월 2만 엔 가지고는 턱도 없다고 했습니다. 그러면 누가 섬에 남으려고 하겠습니까? 다 육지로 나가고 말죠. 최소한 월 10만 엔 정도는 줘야 한다고 제가 딱 말했습니다."

군사 전략적으로 볼 때 중요한 위치에 있는 섬의 주민들에게는 국가에서 지원금이 지급되고 있었다. 그런 섬들에 사는 주민들은 국가적 필요에 의해 조업에 영향을 받는 경우가 많았다. 군사 훈련이 있을 때는 조업 시간이 단축되기도 했고 조업 지역이 국가 정책에 따라 축소되기도 하는 불이익을 감수해야 했다. 지부리 섬도 그중의 하나였다. 몇 년 전 동해의 방공식별구역을 줄이면서 조업 지역이 줄어든 것도 지부리 섬 사람들에게는 불만이었다. 마쓰다의 말에 마을 주민들이 눈을 반짝이며 고개를 크게 끄덕였다. 마쓰다가 신이 나서 말을 이었다.

"그리고 얘기가 나온 김에 말씀드리는데, 젊은 사람들을 섬에 잡아 두려면… 청년 정착금 뭐 그런 것도 좀 많아져야 됩니다. 그것도 좀 어떻게 신경 써 주시기 바랍니다."

"네. 그 문제도 당국과 협의해서 해결할 수 있도록 힘써 보겠습니다."

하야시 함장이 고개를 끄덕이며 진지하게 대답했다. 마쓰다는 지부리 섬에서 나고 자란 몇 안 남은 토박이였다. 친구들이 다들 섬을 떠날 때도 고집스럽게 섬을 지킨 사람이었다. 그런 이유 때문에 벌써 수십 년째 촌장 일을 하고 있었다. 마쓰다는 하야시 함장의 전화를 받고 이건 하늘이 자신에게 주는 보상이라고 생각했다. 지부리 섬을 사랑하고 지킨 대가 말이다. 마을 사람들이 있는 자리에서 하야시 함장의 이야기를 들으니 마음이 더욱 흡족했다. 마을 사람들이 자신을 더욱 존경할 거라는 생각을 하니 뭔가 중요한 사람이 된 것 같아서 기분이 들떴다. 이제 사이토의 사망에 관한 이야기는 귀에 들어오지 않았다.

'이미 죽은 사이토의 사망 원인이 뭐가 중요하겠는가?'

그게 마쓰다의 속마음이었다. 가토 중장이 야스코의 방에서 나오자 거실에 있던 사람들이 모두 일어났다. 하야시가 준비가 다 됐다는 눈빛을 가토에게 건넸다. 사이토의 사망에 대한 설명을 마을 사람들에게 다 이해시켰다는 눈빛이었다. 가토는 집을 나서면서 마쓰다에게 장례식을 마치면 사이토의 관을 해안가로 옮겨 달라고 부탁했다. 해안가에는 군인들이 화장장을 준비해 놓을 거라고 덧붙였다.

"네! 걱정 마십시오."

마쓰다가 힘차게 대답했다. 그는 가토 중장의 부탁을 마치 상관의 명령처럼 받아들였다. 가토와 하야시가 지프차를 타고 미나미함으로 떠나자 마쓰다는 90도로 머리를 숙여 인사했다. 가토는 차를 타고 가며 고무라에게 전화했다.

"장관님, 시신 확보는 하지 못했습니다. 유족들이 그것만큼은 받아들일 수 없다고 합니다."

고무라도 어쩔 수 없다고 생각했다.

"하지만 유족들이 정부의 다른 요구들은 모두 수용하기로 했습니다. 오늘 장례식을 마치는 대로 군의 책임하에 화장을 진행하기로 했습니다. 화장을 마치면, 유족들이 유골을 바다에 뿌리는 것까지 군에서 책임지고 마무리할 예정입니다."

"화장부터 시작해서 모든 과정을 다 영상으로 반드시 남겨 놓으세요. 특히, 유족들의 모습을 잘 기록하도록 하세요. 언젠가 중요하게 사용할 일이 있을 겁니다."

고무라는 만약 전쟁의 원인에 대한 한일 간의 공방이 시작되면 이런 증거들이 유용하게 사용될 것이라고 생각하고 있었다.

"네. 철저하게 준비하도록 하겠습니다."

저녁 8시 즈음이 되었을 때 약속했던 해안가에 마을 사람들이 사이토의 관을 들고 나타났다. 마을 사람들의 뒤로 야스코, 이치로, 마유미도 보였다. 해안가에는 군인들이 만든 화장터가 마련되어 있었다. 나무로 잘 쌓아 올린 간이 화장터였다. 화장터 주위로 부동자세를 하고 있는 군인들이 이십여 명 도열해 있었다. 미나미함의 승무원들이었다. 마을 사람들이 화장터에 관을 올려 놓았다. 고인의 명복을 비는 조총 세 발이 발사되었다. 마쓰다가 나뭇더미에 불을 붙였다.

한 군인이 화장의 전 과정을 카메라에 담았다. 미나미함의 정훈병이었다. 그는 하야시 함장의 지시대로 유족의 얼굴을 줌인해서 슬픈 표정을 놓치지 않고 영상에 담았다. 화장이 시작되고 약 2시간 정도 후에 야스코와 이치로가 화장터 위에 남아 있는 뼈를 유골함에 넣었다. 장례에 참여한 마을 사람들이 유족과 함께 미나미함에 올라탔다. 유골함은 이치로가 목에 매고 있었다. 칠흑같이 어두운 바다로 미나미함이 빠져 들어갔다. 미나미함은 이미 계획한 대로 한국군의 폭격이 있던 곳으로 가서 멈췄다. 그곳에 도착하자 이치로가 유골함에 든 재와 뼈를 바다에 뿌리기 시작했다.
정훈병은 이런 모든 과정도 카메라에 담았다.

4.

전쟁 준비

(2048년 8월 15일 오후 8시, 사세보 해군기지)

　지부리 섬 사람들이 사이토의 시신을 화장하고 있을 때, 고무라 방위장관은 사세보 해군기지에 도착해 있었다. 한국에 대한 선전 포고가 임박해 있었기 때문에 마지막으로 전쟁 준비를 점검하기 위해서였다. 몇 년 전 데라우치 총리를 중심으로 만들어진 '나가타초 다도회'의 성과가 이제야 결실을 맺는 중이었다. 나가타초 다도회의 제1 목적은 한국과의 전쟁을 승리로 이끄는 것이었다. 다도회 초기만 해도 전면적인 한일전쟁이 반드시 필요하다는 입장은 아니었다. 하지만 회원들은 어느 시점 이후로는 한일전쟁을 필연적인 사건으로 간주하기 시작했다.

　모임은 보통 총리 관저에서 열렸는데 관저가 있는 지역 이름이

나가타초이다 보니 자연스럽게 그런 별칭이 붙게 되었다. 원래 나가타초 다도회는 한반도에서의 남북통일 후 데라우치 총리의 구상에서 출발하였다. 데라우치 총리는 남북통일이 전격적으로 이루어지자 주변의 동북아 정세 변화에 위기감을 느꼈다. 그는 고무라 방위장관을 중심으로 하는 군 수뇌부들과 식사나 차 모임을 가지기 시작하며 위기를 기회로 바꿀 수 있는 방안에 대해 고민했다. 남북통일 바로 직전 한반도에서의 혼란이 최고조로 달했을 때 일본의 준비가 철저하지 못했다는 반성의 의미도 있었다.

그 당시는 한반도에서 전쟁이 발발했다고 하더라도 일본이 전쟁 당사자가 되는 상황은 아니었다. 하지만 한반도에서 전쟁이 발발하면 일본은 전쟁 당사국이 아니라고 하더라도 어떤 식으로든 전쟁의 소용돌이로 끌려 들어갈 수밖에 없다는 인식을 다시 한번 군부와 공유했다. 데라우치 총리는 군 수뇌부들과 이 문제를 논의하면서 평화헌법의 폐기나 한일전쟁의 필요성을 더욱 확신하기에 이르렀다. 데라우치는 보다 전략적으로 이 문제에 접근하기 위해 내각의 주요 장관들을 모임에 합류시켰다.

나가타초 다도회가 현재와 같은 회원들로 비밀 정기 모임을 가지기 시작한 것은 1년 전부터였다. 현재 정기적으로 만나는 다도회의 회원은 데라우치 총리, 이노우에 관방장관, 고무라 방위장관, 모리 외무장관이었고, 종종 군 수뇌부들도 참석하는 확대 모임이 열리기도 했다. 내각의 주요 장관들이 정기적으로 참여하다 보니 구태여 비밀스럽게 만나야 하는 위험도 줄어들었다. 외부적으로는 일본 정부의 현안을 논의하는 것처럼 하고 실제로는 한일전쟁에 대한 논의를 할 수 있었기 때문이다. 다도회의 결정 사항들이 정부 내에서 신속하게 실행되는 장점도 있었다.

이들 장관들은 데라우치 총리가 내각에 적극 추천한 사람들이다 보니 개인적으로도 데라우치에게 충성했다. 이들은 내각에 참여하기 이전부터 한국과 갈등이 생기면 군사적인 해법도 불사할 수 있다고 생각하던 사람들이었다. 그중에서도 고무라 방위장관은 데라우치 총리 이상으로 수십 년간 추락해 온 일본의 국가적 자존심을 회복하는 유일한 길은 한일전쟁이라고 생각하는 사람이었다. 그러다 보니 나가타초 다도회 안에서도 데라우치와 고무라는 특히 마음이 잘 맞았다.

고무라는 군 생활을 하면서 한국을 선제공격해야 한다고 느낀 경우가 한두 번이 아니었다. 그는 평화헌법의 폐기를 위해서도 적극적으로 목소리를 냈다. 사실 고무라는 이미 제정되어 있는 유사법제만 가지고도 한국을 선제 타격하는 것이 가능하다고 생각했다. 정치적인 논란이 두려워 주변국과의 군사적 갈등을 회피하는 정치인들을 겁쟁이들이라고 생각했다. 그런 정치인들과는 다르게, 데라우치 총리는 중앙 정치에 등장한 2030년대 초부터 일관되게 주변국과의 군사적 충돌을 두려워하지 말아야 한다고 주장했다. 그런 점에서 고무라는 데라우치 총리를 신뢰하고 존경했다.

고무라가 데라우치를 직접 만난 것은 2030년대 말이 처음이었다. 당시 데라우치는 방위장관을 하고 있었고 고무라는 해군 중장이었다. 두 사람은 주변 정세에 관한 생각이 대단히 비슷하다는 것을 확인하고 급격히 가까워졌다. 그들은 한반도 안에서의 전쟁이 일본에게 얼마나 커다란 이익을 가져다줄지 상상하며, 이 주제만 나오면 흥분하며 대화에 빠졌다. 가장 좋은 시나리오는 남한과 북한이 전쟁을 하는 것이라는 점에서도 의견을 같이했다. 당시만 해도 그럴 가능성이 꽤 있던 시기였다.

　데라우치는 전임 총리였던 하세가와의 '우정 독트린'이 얼마나 어리석은 정책인지 설파했다. '우정 독트린'이란 주변 국가와 우정을 쌓고 그 토대 위에서 장기적인 상생 관계를 만들어 간다는 외교 전략이었다. 데라우치는 이런 나이브한 외교 전략은 언젠가는 일본을 주변국들의 웃음거리로 전락하게 할 것이라고 비난했다. 단순히 조롱거리에서 그치는 것이 아니라 군사적 충돌이 발생하면 패배를 면치 못할 것이라고 단언했다. 개인 간의 일이라면 모르겠지만 국가 사이의 관계를 우정이라는 감정으로 표현하는 것 자체가 마음에 들지 않았다.

　"우정? 국가 사이에 무슨 우정이 있습니까?"

　하세가와 총리가 같은 당 사람이었기 때문에 공식적으로 비난하지는 못했지만, 사석에서 고무라를 만나 술이라도 마시게 되면 총리에 대한 불만을 노골적으로 드러냈다.

"하세가와 총리는 쓸데없는 존경 욕구가 너무 강해요. 다른 나라 사람들한테 존경받는 게 뭐가 중요하다고 그렇게까지 하는지 이해할 수 없단 말입니다. 우선 자기 나라 사람들이 살고 봐야지. 무슨 놈의 나라들 사이에 공존이니 포용이니 따위를 강조한답니까?"

고무라도 데라우치의 의견에 전적으로 동의했다.

"맞습니다. 한심한 정책입니다. 이런 정책이 계속되다가는 언젠가는 중국이나 러시아에게 당하고 말 겁니다."

현직 군인이 총리에 대해 한심하다고 표현하는 것은 선을 넘은 발언이었지만 그런 이야기를 주고받을 만큼 둘 사이의 신뢰는 탄탄했다.

"제 말이 그 말입니다. 하세가와 총리하에서 다른 나라들은 다들 은밀하게 국방력을 강화시키고 있을 겁니다. 두고 보세요. 이대로 가다가는 일본이 곧 더 큰 위기를 맞게 될 겁니다. 그런 미래를 생각하면 정말 피눈물이 납니다."

당시 고무라는 데라우치와 같은 사람이 총리가 되면 일본의 미래가 밝을 것이라고 생각했었다. 그가 바라던 대로 데라우치는 '강한 일본'을 캐치프레이즈로 내걸고 많은 일본인들의 지지를 받으며 2043년 총리에 취임했다. 데라우치는 총리가 되고 얼마 후에 고무라를 방위장관으로 발탁했다. 데라우치 총리는 사석에서 고무라와 자신을 종종 '드림팀'이라고 부르곤 했는데, 드디어 일본 최고 수뇌부 안에 드림팀이 결성된 것이었다. 데라우치도 고무라도 이 드림팀이 일본을 재도약시킬 것이라는 것을 의심치 않았다.

드림팀과 나가타초 다도회가 만들어 낸 첫 번째 성과가 평화헌법의 폐기였다. 이 성과를 통해 이들은 자신들의 국가 경영 방침에 더욱 자신감을 갖게 되었다. 드디어 일본 스스로 전쟁을 개시할 수 있다는 점에 고무되었다. 오래도록 꿈꾸던 일이었다. 데라우치가 총리로 취임했을 당시에는 하세가와의 '우정 독트린' 기조에 따라 일본은 남한이나 북한과 큰 갈등 없이 평화로운 관계를 유지하고 있었다. 남한과 북한의 협력 분위기 역시 최고조로 달한 상황이었다.

하세가와 총리는 재임 당시 주변국들의 이런 평화 분위기를 환영했다. 데라우치의 표현대로라면 '방조'해 왔다. 하세가와는 주변국들이 서로서로 평화롭게 지내는 게 일본에게도 그리고 동북아 전체에도 좋다는 태도를 가지고 있었다. 그러나 데라우치는 일본이 주변국들과 사이좋게 지내는 것은 괜찮지만, 일본을 제외한 다른 나라들이 서로 협력하는 분위기는 어느 경우에도 일본에게 좋을 게 없다고 생각했다. 이런 협력 분위기는 장기적으로 일본의 국익을 해칠 것이라고 믿었다.

데라우치는 총리에 취임하고 나서 남한과 북한의 균열을 위해 북한 지역의 주요 인사들에 대한 지원책을 대대적으로 시행했다. 할아버지가 수없이 강조했던 혼란스러운 한반도 상황을 총리 자격으로 만들고 싶었다. 남한과 북한의 관계를 과거처럼 적대적으로 되돌리고 싶었다. 우선 일본에 추종적인 북한 인사들을 적극적으로 지원하기 시작했다. 그 전에도 이런 종류의 지원은 있었지만 총리 취임 직후 지원액을 수십 배로 늘렸다.

무엇보다도 새로운 친일 인사들을 발굴하는 데 막대한 자금을 쏟아부었다. 데라우치 총리는 일본에 비판적인 인사들이나 단체에도 최소한의 지원은 하여 모든 종류의 지원이 중립적인 것처럼 보이게 하는 세심함을 발휘했다. 당시 북한의 경제력은 빠르게 성장하고 있었지만 남한이나 일본과는 큰 격차가 있었다. 이런 상황이었기 때문에 일본 정부의 대대적인 북한 지원은 남북한 모두로부터 환영을 받았다.

북한의 국가적 성장을 돕는다는 명분하에 북한의 정계, 경제계, 언론계, 학계를 막론하고 북한 내 의사결정자들을 포섭하는 데 막대한 일본의 돈이 흘러 들어갔다. 그중에서도 가장 심혈을 기울인 분야는 언론계였다. 북한에는 아직 로봇 뉴스 시스템이 정착되지 않았기 때문에 많은 인간 언론인들이 활동하고 있었다. 언론인들을 포섭하는 데 드는 비용은 다른 분야의 인사들에 비해 10분의 1도 들지 않았다. 하지만 그 효과는 10배 이상이었다. 데라우치 총리는 이런 종류의 지원을 통해 자신 역시 하세가와 전임 총리의 '우정 독트린'을 계승한다고 천명했다. 이런 지원이 지속되다 보니 북한 국민들도 극우적이라고 알려진 데라우치 총리에 대한 의구심을 서서히 거두어들이게 된다.

데라우치는 총리 취임 이후 1년 정도가 지났을 때부터 이런 지원을 북한 내부의 불안을 증폭시키는 도구로 활용하기 시작했다. 금전적 지원에 대한 선정 절차를 까다롭게 하기 시작한 것이다. 북한 시스템을 개선하고자 하는 인물이나 단체에 대한 지원 빈도를 서서히 높이고 이들끼리의 지원 경쟁을 교묘하게 부추겼다. 탈락에 대한 압박을 느낀 몇몇 인사들이 선정 가능성을 높이기 위해 공개적으로 북한 시스템에 대한 불만이나 약점들을 얘기하기 시작했다. 그중 일부는 직접적으로 정치적인 목소리를 내기도 했다. 양심에 근거한 주장도 있었지만, 대부분은 금전 지원의 연속성을 위해 목소리를 내는 것이었다. 그런 인물이나 단체들은 거의 예외 없이 일본 정부의 지원을 지속적으로 받을 수 있었다.

당시 북한은 급속한 경제 성장에도 불구하고 과거의 불공정한 관행이 그대로 남아 있는 분야들이 많았다. 민주주의가 정착된 선진국들의 기준으로 볼 때 당시 북한은 여전히 개선의 여지가 많은 국가였다. 하지만 북한과 같은 사회주의 국가가 갑자기 모든 시스템을 선진국 기준으로 개혁하기는 어려운 일이었다. 데라우치의 전략은 북한 내 부패나 불공정 사례들을 더욱 많은 북한 주민들에게 알리는 것이었다. 부패나 불공정 사례들을 밝히는 것은 북한이 민주 사회로 가는 당연한 과정이었지만 데라우치의 궁극적인 목적은 그런 게 아니었다. 이런 내용들을 공식적으로 끄집어낼

수록 북한이 내부로부터 무너지는 속도가 빨라질 것이라는 계산이었다. 북한 시스템이 감당할 수 없을 정도의 속도로 문제 제기를 하는 전략이었다.

실제 북한 사회의 저명한 인사들이 북한 시스템을 공격하기 시작하자 일반 국민들도 자신들의 불만을 소리 높여 얘기하기 시작했다. 데라우치 총리의 예상대로 북한 주민들의 이런 움직임은 결국 북한 정부나 시스템에 대한 불신으로 옮아갔고 북한 체제의 대혼란기로 이어졌다. 이 단계에서 일본이 어떤 촉매제 역할을 하면 한반도가 전쟁의 소용돌이로 빨려 들어갈 것이라고 믿었다. 하지만 2045년에 찾아왔던 그런 기회는 극적인 남북통일로 신기루처럼 사라졌다.

당시 데라우치가 느꼈던 허망함은 아직도 잊히지 않는다. 데라우치는 남북통일은 됐지만 아직 일본에게 기회가 있다고 생각하고 여러모로 통일한국 정부의 내부 분열을 시도했다. 그 중심에 나가타초 다도회가 있었다. 나가타초 다도회는 통일한국이 국가적으로 견고해질수록 한반도 안에서의 전쟁 가능성은 점점 희박해질 것이라고 생각했다. 더 늦기 전에 한반도 안에서 전쟁을 만들어 내야 했다. 그리고 이제 그런 노력들이 결실을 맺게 된 것이다.

고무라는 2048년 8월 15일 아침 도쿄에서 나가타초 다도회 모임을 마치자마자 비행기로 사세보 해군기지에 도착했다. 아직 선전포고가 결의된 것은 아니었지만 전쟁은 이제 기정사실이나 마찬가지였다. 나가타초 다도회가 한일전쟁을 기획할 때부터 이 전쟁의 결정적인 비밀 병기는 로봇 군인이었다. 고무라는 사세보 기지의 격납고에서 출격 대기하고 있는 로봇 군인들을 마지막으로 점검했다. 3m 크기의 로봇 군인들은 위풍당당한 모습이었다. 눈앞에 1,000대 이상의 로봇 군인들이 정렬한 모습을 보니 당장이라도 한반도에 쳐들어가고 싶었다. 고무라의 가슴이 빠르게 뛰었다.

'기다려라. 한국!'

선전포고를 선언하는 순간 이들이 공격의 선봉이 될 것이었다. 최근 한일 양국은 군축 회담을 통해 병력과 재래식 무기의 감축을 진행하고 있었다. 평화헌법이 폐기된 후 데라우치 총리는 조현애 대통령에게 과감한 군축 회담을 제안했고 이를 조현애 대통령이 수용하면서 양국 간 새로운 전기를 마련한 것이었다. 하지만 이 제안은 처음부터 데라우치 총리의 계획적인 기만술이었다.

실제의 목적은 한국 정부가 일본군의 전쟁 움직임에 대해 방심하도록 하는 것이었다. 이런 눈속임이 가능했던 결정적인 이유는 로봇 군인은 군사력 통계로 잡히지 않는 현재의 군사 평가 시스템에 기인한다. 모든 종류의 로봇들은 과학 기기로 분류되었다. 군용 로봇들도 마찬가지였다. 이런 분류 시스템을 손보자는 의견들도 있었지만 여러 가지 이유들로 현재까지 유지되고 있었다. 이런 군사 통계의 허점 때문에 군비 감축을 하면서도 일본의 실질적인 군사력은 강화될 수 있었다.

사실 2030년대 이전까지 개발된 군용 로봇들은 적국에게 전혀 위협적인 존재들이 아니었다. 오히려 이런 로봇들을 군사력 통계로 분류하는 것이 국가들 간의 군사력 비교를 왜곡할 것이었다. 왜냐하면 당시 로봇 군인의 한 대 가격이 최소 수십억에서 수백억 원에 달했는데 실전에서는 거의 무용지물이나 마찬가지였기 때문이다. 2030년대까지만 해도 훈련이 잘된 인간 군인은 일대일 전투에서 로봇 군인을 압도했다. 로봇의 모델에 따라 치명적인 약점들이 하나둘은 꼭 있게 마련이었는데 이 부분을 숙지한 군인들에게 로봇은 그저 고철 덩어리에 불과했다. 이런 이유 때문에 당시에는 로봇 군인 개발에 막대한 국가 예산을 투입하는 게 맞는지 의문을 제기하는 사람들이 많았다.

일반 국민들의 반대 여론 때문에도 군용 로봇 사업에 대한 국가 예산들이 하나둘 축소되거나 사라졌다. 군용 로봇 사업은 국가의 예산 투입이 지속적이지 않으면 성과를 내기 어려운 분야였기 때문에 초기에 가졌던 높은 관심들은 전 세계적으로 시들해졌다. 미국과 중국 정도만이 지속적인 예산 투입을 통해 군용 로봇 군인을 개발하고 있었다. 일본도 로봇 기술이 발달한 나라였지만, 평화헌법이 폐기되기 전까지는 이런 기술이 군용으로 사용되기는 어려웠다. 그 외에 로봇 선진 기술을 가진 영국, 인도, 러시아,

독일, 프랑스, 통일한국 등도 효용성이 의심스러운 분야에 수십조 원에 달하는 국가 예산을 지속적으로 투입할 수는 없었다.

이들 나라들은 예산의 문제와 더불어 윤리적인 문제 때문에도 로봇 군인 개발에서 서서히 손을 떼기 시작했다. 그러다 보니 미국과 중국을 제외한 나라들은 가정용이나 산업용 로봇 산업에 집중했다. 로봇 군인과 관련된 윤리적인 문제는 다소 피상적인 이유 때문에 증폭된 면이 컸다. 사람과 비슷하게 생긴 휴머노이드 군인의 외양은 사람들로 하여금 본능적으로 윤리적인 문제를 떠올리게 했다. 일부의 인권 단체들은 인간형 로봇들이 인간을 살육하는 연출 장면을 통해 군용 로봇에 대한 사람들의 반감을 강화시켰다.

군사적인 가치도 크지 않은 상황에서 국민들의 반감을 무시하면서 군용 로봇을 개발할 정부는 많지 않았다. 하지만 로봇 군인에 대한 윤리적인 문제 제기 자체가 말이 안 된다는 사람들도 많았다. 로봇 군인의 외양은 인간처럼 보이지만 어쨌든 기계라는 관점이었다. 기계라는 점에서 전투기, 탱크, 대포와 다른 점이 없다는 주장이었다. 그들은 대포를 발사하는 것도 사람들의 조작 행위이고, 휴머노이드 군인을 무기로 활용하는 것도 인간 조작 행위의 결과물이라는 것이었다.

버튼을 눌러서 대포를 발사하는 행위나 버튼을 눌러서 로봇을 전장에 보내는 행위는 본질적으로 똑같다는 주장이었다. 피해 가능성만 따진다면 전투기로 인한 인적, 물적 피해가 로봇 군인이 야기하는 피해보다 압도적으로 크다는 주장이었다. 그러나 대부분의 경우, 여론을 주도하는 핵심 포인트는 객관적 사실이 아니라 사람들의 정서적인 반응이다. 그러다 보니 윤리적인 문제는 예산 문제보다 로봇 군인에 대한 사람들의 부정적 태도를 결정하는 결정적인 요인이 되었다.

군용 로봇 분야가 패권을 벌이는 미국과 중국의 독무대가 된 배경이었다. 수십 년간 지구의 패권을 놓고 벌이는 미국과 중국의 대결은 군용 로봇 분야에서도 그대로 재현되었다. 양국은 시간은 걸리겠지만 군용 로봇이 미래의 전쟁을 완전히 바꿀 것이라는 확신을 가지고 있었다. 막대한 예산이 든다고 해서 물러설 수 있는 분위기가 아니었다. 양국의 국민들도 자신들의 정부가 처한 현실을 이해하고 있었다. 물론 그런 이해의 밑바탕에는 양국 정부의 전략적인 PR 활동이 있었다. 양국 정부가 이 상황을 국가적 자존심 대결의 프레임으로 몰고 가자 양국의 국민들조차 이 경쟁을 질 수 없는 싸움으로 인식하기 시작한 것이다. 그에 따라 군용 로봇 사업에 대한 양국 국민들의 반대 의견은 다른 나라들에 비해 현저히 낮은 수준이었다.

이런 분위기 속에서, 중국과 미국의 군용 로봇 관련 회사들은 막대한 정부의 지원을 받을 수 있었다. 중국은 정부에서 직접 공기업을 설립하고 군용 로봇 사업을 관장했다. 미국은 중국 정부의 직접적인 공기업 설립은 로봇 사업 분야의 공정한 경쟁을 해친다고 비난했다. 하지만 미국의 경우에도 군용 로봇 제작 회사들에 대한 정부의 지원이 천문학적인 수준으로 높다는 점에서 실질적으로 중국과 큰 차이는 없었다. 미국 정부의 지원을 가장 많이 받은 회사는 '프론티어맨(Frontier Men)'이라는 회사였다. 미국 정부의 세금이 매년 수십조 원씩 약 10년 이상 이 회사로 흘러 들어갔다.

이 회사는 2030년대부터 레크레이션용 전투 로봇 분야에서 세계적인 명성을 쌓은 회사였다. 이런 명성을 바탕으로 정부 지원을 받기 시작했고, 정부의 지원 이후에 군용 로봇 분야에서 세계적으로 독보적인 위치로 올라서게 되었다. 프론티어맨은 2040년대 들어 드디어 인간 군인의 전투력을 완벽하게 능가하는 로봇 군인을 완성했다고 대내외적으로 홍보했다. FAA705 모델이었다. 그들이 2030년대부터 개발하기 시작한 FAA형 군용 로봇의 최신 버전이었다. FAA형 군용 로봇은 처음부터 오로지 전투력 증강만을 목적으로 제작된 로봇이었다.

그 이전까지는 거의 모든 군용 로봇 회사들이 인간과 비슷한 외양의 로봇을 만드는 데 주력했었다. 그런 업계 분위기를 완전히 바꾼 게 프론티어맨의 FAA형 군용 로봇이었다. 프론티어맨은 생김새에 구애받지 않고 전투 능력만을 고려했다. 그게 미국 정부의 요구이기도 했다. 하지만 초기 모델은 한두 가지의 치명적인 결함

인간의 한계

때문에 실전에서의 효용 가치가 크지 않았다. FAA705는 그런 문제점들을 빈틈없이 개선한 완성형 로봇이었다. 이 로봇의 표면에 사용된 합금은 현존 최강의 경도를 가지고 있었다. 이 합금은 장갑차 표면의 100배에 달하는 경도를 가지고 있었기 때문에 중화기가 아니면 조그마한 충격도 입히기 어려웠다. 워낙 고가의 합금이었기 때문에 장갑차나 탱크와 같은 일반적인 군사 장비에는 사용할 수 없었다. 장갑차 외부에 이 합금을 사용하면 장갑차 가격이 전투기 다섯 대 가격으로 치솟을 정도였다. 합금 표면에 다시 고탄성 제재를 코팅함으로써 충격 흡수도를 높였다.

　FAA705는 인간처럼 2개의 다리를 가지고 있었다. 그와 함께 배와 엉덩이 부분에서 다리 두 개씩이 뻗어 나와 총 6개의 다리를 사용할 수 있었다. 지형지물에 따라 다리의 수를 2개부터 6개까지 자유자재로 조정했다. 평지에서는 최고 시속 80km로 달릴 수 있었으며, 장애물이 있는 경우에도 40km까지는 속도를 낼 수 있었다. 원래의 다리와, 엉덩이 부분에서 뻗어 나온 다리를 한꺼번에 사용할 때 점프력이 가장 좋았는데 최대 5m까지 뛰어오를 수 있었다. 인간형 팔은 총 4개였고, 배에서 뻗어 나오는 다리는 상황에 따라 팔로도 사용할 수 있었다. 모든 팔을 한꺼번에 사용했을 때 들어 올릴 수 있는 최대치의 무게는 5톤이었다. 팔을 휘두르는 최고 속도는 시속 300km였다. 합금 주먹으로 물체를 가격할 때의 충격량은 20톤이었기 때문에 FAA705가 휘두르는 주먹은 그 자체로 살인 무기였다.

손가락 관절은 소총은 물론 권총까지 사용할 수 있을 정도로 정교하게 제작되었다. FAA705가 사용하는 무기는 파괴력을 높이기 위해 이들의 체형에 맞게 제작된 것들이었다. 하지만 전장에서는 인간 군인들이 사용하는 무기를 사용할 일도 생길 것이었다. 그런 경우를 대비하여 FAA705의 손이나 손가락은 2개의 크기로 변화될 수 있었다. 평소 FAA705의 손이나 손가락은 인간들보다 훨씬 큰데, 팔꿈치 아래의 전박 부분을 끌어올리면 성인 남자의 손과 비슷한 크기의 손이 안에서 나오게끔 제작되어 있었다. 눈에는 항공기용 레이다가 장착되어 있어서 전방 10km 밖에 있는 여러 개의 목표물들을 동시에 정밀하게 추적할 수 있었다.

팔과 다리의 기괴한 모습 때문에 휴머노이드라고 분류하지 말자는 사람들도 있었지만, 얼굴과 몸통의 전체적인 구조가 인간과 비슷했기 때문에 이 모델도 휴머노이드 군인으로 분류되었다. 이 로봇은 보통 3m의 크기로 제작되었는데, 2m의 크기로도 제작이 가능했다. 전투 지형에 따라 최적으로 대응하기 위해 두 가지 모델로 제작되었다. 3m 크기의 모델은 90mm나 120mm 정도의 대전차화기를 인간 군인이 소총을 사용하는 것처럼 다룰 수 있었다. 이들 화기의 크기가 탱크의 주포와 비슷하기 때문에 FAA705는 걸어 다니는 탱크라고 할 수 있었다. 일반 탱크와는 비교할 수 없을 정도로 민첩했기 때문에 전장에서 만나는 탱크는 FAA705

의 상대가 되지 못했다.

FAA705의 강력함은 하드웨어에서만 오는 것이 아니었다. 작전 명령에 대한 이해도가 높았고 상황 대처 능력 역시 어떤 인간 군인들보다 높았다. 아직 실제 전장에 배치된 경우는 없었지만 모의 훈련 상황에서 FAA705의 임무 완수 능력은 100%에 육박했다. 이들은 임무 수행을 방해하는 모든 장애물들을 상상하기 어려울 정도로 빠르게 제거하고 임무를 완료했다. 인간 군인들이라면 망설일 수 있는 상황에서도 주저함이 없었다. 컴퓨터의 속도로 판단하고 그와 동시에 행동이 이루어졌다.

FAA705가 여태까지 개발됐던 로봇 군인들과 비교해 월등하다는 것은 각국의 군사 전문가들도 인정했다. 그러나 그 전의 모델들과 마찬가지로 FAA705의 판매는 거의 이루어지지 않았다. 단지 미군만이 백 대 정도 구매했을 뿐이었다. 다른 나라들은 구매한다고 해도 연구용으로 한두 대 구매하는 게 전부였다. 수백조 원의 개발비를 국가로부터 지원받은 모델치고는 형편없는 판매 실적이었다. 가장 큰 문제는 한 대에 1,000억씩이나 하는 가격이었다.

각국의 군사 전문가들은 그 돈이면 전투기를 구매하는 편이 훨씬 낫다고 판단했다. 이미 전투력이 검증된 최고의 전투기들도 1,000억이면 구매할 수 있었다. 심혈을 기울인 FAA705마저 판매 부진을 겪게 되자 프론티어맨은 심각한 경영난에 빠지게 된다.

FAA705만큼은 세계 각국에서 구매 요청이 쇄도할 것이라고 호언 장담했던 회사 측은 더 이상의 국가 지원을 요구하기 어려운 상황이 되었다. 10년 가까운 세월을 세금으로 버티던 회사가 이제는 경영을 포기할 상황에 이른 것이었다.

회사의 경영진은 물론 연구진도 더 이상의 세금 투입은 의미가 없다고 판단했다. 프론티어맨은 세금으로 운영되던 공공기관이나 마찬가지였기 때문에 회사가 망한다고 해서 직원들이 망하는 구조는 아니었다. 경영진이든 연구진이든 가정용이나 산업용 로봇 제작 회사로 옮기면 그만이었다. 오히려 현재보다 더 나은 대우를 받을 수도 있었다. 회사가 존재하는 한 계약 관계 때문에 퇴사할 수 없었지만 폐업을 하면 얼마든지 다른 선택을 할 수 있었다. 그러다 보니 프론티어맨 내부적으로는 폐업을 선호하는 기류가 형성됐다.

하지만 미국 정부가 그런 상황을 감당할 수 없었다. 겉으로 드러난 이유는 너무나 많은 국가 예산이 투입됐기 때문에 성과 없이 폐업할 수 없다는 것이었다. 그러나 더욱 근본적인 이유는 미국의 거물급 정치인들은 거의 대부분 이 회사로부터 거액의 후원금을 받고 있다는 점이었다. 매년 수십조 원의 세금이 회사에 지원되었고 그중 상당 부분이 정치 자금으로 흘러 들어갔다. 프론티어맨이 부도를 맞게 되면 대대적인 청문 절차를 피해갈 수 없을 것이었고 이들 정치인들의 운명도 회사의 운명과 다르지 않을 것이었다. 공화당과 민주당의 양당 정치인들은 프론티어맨과 관련된 문제들이 국민들에게 속속들이 알려지는 순간 미국 전체가 혼란 상태에 빠질 것이라고 예상했다. 대통령을 포함해서 양당의 실력 자들 모두 이 문제에서만큼은 초당적인 협력 관계를 구축하였다.

처음에는 프론티어맨의 로비스트들이 행정부와 입법부에 전방 위적으로 로비를 벌여 왔기 때문에 현재와 같은 거대 기업으로 성장할 수 있었다. 그러나 이제는 거꾸로 미국의 입법부와 행정부 가 프론티어맨의 폐업을 전력을 다해 막고 있는 형국이었다. 이런 진퇴양난의 상황을 일거에 해결해 준 국가가 일본이었다. 일본은 2045년 이후 프론티어맨의 전투 로봇들을 대거 수입하기 시작했 다. 이 거래의 일본 측 담당자가 고무라 방위장관이었다. 고무라는 데라우치 총리의 밀명을 받고 FAA형 군용 로봇들을 사들이기 시 작했다. 일본은 이미 제작 완료된 FAA705를 전량 수입하기로 결 정했다. 300대 정도 되는 수량이었다.

그 이후에 제작되는 FAA705에 대해서도 독점적인 수입 계약을 맺고 지속적으로 수입하고 있었다. 미국 정부는 프론티어맨과 밀 접한 관계를 맺고 있었기 때문에 이런 일본 정부의 구매 상황은 그대로 미국 정부 관계자들에게도 보고되었다. 미국은 일본 정부 의 이런 움직임을 전쟁 준비로 파악하고 있었다. FAA705를 그렇 게 많이 구매하는 이유가 다른 데 있을 수 없다고 판단했다. 하지 만 미국은 일본의 전쟁 준비에 대해 어떠한 문제 제기도 하지 않왔다. 지금은 프론티어맨을 살리고 미국을 살리는 게 급선무였다. 외부적으로 이 거래 내용은 철저하게 비밀에 부쳐졌다. 이런 정보가 밖으로 유출될 경우 미국이나 일본 정부 모두 국가적으로 감당해야 할 대가가 너무 컸다.

미국 측 역시 이 거래 내용을 외부에 공개할 수 없는 처지였음에도 불구하고 프로티어맨은 이를 거래 조건에 활용하는 수완을 발휘했다. 일본이 대량으로 군용 로봇을 수입하고 있다는 사실을 극비로 해 준다는 점을 이용하여 FAA705 모델 이전에 만들어진 초기의 군용 로봇들도 병행 수입하도록 조건을 달았다. 비밀스러운 전쟁 준비를 원했던 일본은 이런 조건을 받아들였다. 이런 이유로 일본은 전장에서의 활용도가 거의 없는 초기 FAA형 로봇들까지 전량 수입하게 된다.

일본과의 거래 덕분에 프론티어맨은 단숨에 만성 적자였던 재무 구조를 엄청난 흑자로 전환시킬 수 있었다. 일본도 최초 수입 5년 후에는 완전한 기술 이전을 약속받았다. 양측 모두 이런 대규모 계약에 따른 적절한 보상 조건이라고 판단했다. 고무라가 로봇 군인들의 점검을 마치고 데라우치 총리에게 전화했다.

"총리님, 공격을 위한 모든 준비가 마무리됐습니다."

"수고했습니다. 이곳도 준비를 마쳤습니다. 고바야시 사이토의 유족들이 내일 도쿄에 도착할 겁니다. 방위장관께서도 내일 정오까지는 도쿄로 와 주세요. 도착하는 대로 기자회견을 준비하도록 합시다."

고무라는 전화를 끊고 아름다운 사세보의 밤을 즐겼다. 밤바람
은 선선하고 평화로웠다. 이 평화로움을 지키기 위한 전쟁이 곧 시
작될 것이었다. 이 전쟁을 통해 바로잡혀야 할 것들이 마침내 바
로잡힐 것이었다. 잘못된 것을 바로잡지 못한다면 일본의 미래는
암울할 것이었다. 고무라는 새로운 일본을 위한 첫걸음이 곧 시작
된다는 생각에 벅찬 감격이 밀려왔다.

5.

선전포고

(2048년 8월 17일 오후 6시, 일본 의회)

2048년 8월 17일 저녁 8시에 일본의 모든 TV 채널이 정규 방송을 멈추고 속보를 전했다. 데라우치 총리가 연단 앞에서 준비를 하고 있었고, 그 옆에 고무라 방위장관과 민간인 세 명이 서 있었다. 야스코, 이치로, 마유미였다. 야스코와 이치로는 심란한 표정이었고 마유미는 겁먹은 표정이었다. 결연한 표정의 데라우치가 의회에서 결의한 한국에 대한 선전포고문을 낭독하기 시작했다.

"친애하는 일본 국민과 평화를 사랑하는 전 세계의 사람들에게 고합니다. 2048년 8월 15일 05시 47분 한국 전투기 다섯 대가 오키 군도의 지부리 섬 남단에 수십 발의 폭탄을 투하했습니다. 그 폭격의 결과로 선량한 일본 국민인 고바야시 사이토 씨가 사망하는 용납할 수 없는 일이 발생했습니다. 고바야시 씨의 유족이 슬픔을 안고 이 자리에 나와 있습니다. 한국의 비인도적인 폭력 행위를 응징하기 위해 방금 국회에서 한국에 대한 선전포고를 결의했습니다. 이에 본인을 위시하여 모든 위대한 일본의 장병들은 결사의 정신으로 이 싸움에 임하고자 합니다.

평화를 사랑하는 위대한 일본 국민 여러분! 일본은 한국과 평화를 구축하기 위해 수십 년간 모든 노력을 경주해 왔습니다. 하지만 결국은 이렇게 실패했습니다. 우리 고유의 영토인 다케시마를 불법적으로 점거한 한국의 행위에 대해서도 전쟁만은 막아야겠다는 마음으로 100년을 참아왔습니다. 그러나 이 역시도 실패했습니다. 여태까지 한국의 수많은 도발과 거짓을 인내한 것은 결코 그들이 두려워서가 아니라는 점은 전 세계가 알고 있는 사실입니다. 우리가 두려워했던 것은 오로지 전쟁으로 인한 참화였습니다. 적국의 생명도 똑같이 소중하다는 생각 하나로 그 인고의 시간을 버텨왔습니다. 국민 여러분도 참을 만큼 참았다는 것을 잘 알고 있습니다. 오늘 선전포고를 하면서 그 지나간 시절을 돌아보니, 분한 마음을 금할 길이 없습니다. 그런 인내와 대화 노력이 모두 수포로 돌아갔기 때문입니다.

오늘 저는 무고한 국민의 죽음 앞에서 양보나 인내가 최선이 아니었다는 점을 뼈저리게 통감합니다. 이에 우리는 일본의 권위와 자존을 지키기 위해 분연히 일어나고자 합니다. 이런 결의를 여야

인간의 한계

의 차이를 넘어 만장일치에 가까운 동의로 통과시켜 주신 의원 여러분들의 애국심에도 경의를 표합니다. 다만 오늘의 결정으로 평화를 향한 천황 폐하의 기원이 후퇴하는 것 같아 송구한 마음을 금할 길이 없습니다. 폐하의 상심이 깊지 않도록 전쟁 중에도 쉼 없이 평화를 이루는 방법에 대해 고민하도록 하겠습니다.

국민 여러분들께도 고합니다. 저를 포함한 모든 일본군이 죽을 각오로 전쟁에 임하고자 하니 국민 여러분들도 자신의 뼈와 살을 이 조국 일본의 위대한 응전에 내어놓아야 할 것입니다. 승리는 응당 우리의 것이지만, 결사의 정신으로 전쟁에 임한다면 승리의 시간을 훨씬 앞당기게 될 것입니다. 그래서 위대한 일본 열도에 영원한 평화를 구축하도록 합시다. 감사합니다."

선전포고문의 낭독을 마치자 데라우치는 야스코를 바라보며 연단으로 불렀다. 야스코가 연단으로 다가가 준비된 원고를 읽어 내려갔다. 어제 도쿄에 도착한 이후로 연습한 내용이었다.

"저는 고바야시 사이토의 아내 고바야시 야스코입니다. 제 남편은 평생 바다밖에 모르는 어부였습니다. 영문도 모르고 죽음을 맞아야 했던 남편을 생각하면 분한 마음이 듭니다. 저와 제 아이들은 얼마 전 남편의 유골을 남편이 사랑했던 바다로 돌려보냈습니다. 저는 정치를 모릅니다. 그러나 어떤 나라도 아무 죄 없는 사람을 죽여서는 안 된다는 것은 압니다. 데라우치 총리님 그리고 군인 장병 여러분, 부디 억울하게 죽은 제 남편의 원한을 풀어 주시기 바랍니다. 감사합니다."

야스코는 담담하게 성명서를 읽어 내려갔다. 일본 국민들은 졸지에 남편을 잃은 야스코라는 부인이 슬픔을 참고 담담하게 성명서를 읽는 모습에 더욱 가슴이 메어 왔다. 하지만 이 모든 일은 나가타초 다도회가 철저하게 준비한 연출이었다. 전 일본이 궐기할 수 있는 분위기를 만들기 위해서였다. 야스코는 도쿄에 오는 것도, 총리와 기자회견을 같이하는 것도, 성명서를 낭독하는 것도 원하지 않았다.

어젯밤 야스코와 이치로가 미나미함에서 남편의 유골을 바다에 흩뿌리고 나자 가토 중장이 다가왔다. 그 옆에는 마유미가 서 있었다. 가토는 야스코, 이치로, 마유미를 번갈아 보며 말했다.

"내일 의회에서 선전포고를 결의할 겁니다. 그 내용을 총리가 발표할 텐데 유족분들이 옆에 계시면 좋을 것 같습니다. 내일 해안가로 나오시면 미나미함을 타고 요나고시로 모시겠습니다. 그곳에 공군비행장이 있는데 도쿄까지는 한 시간이면 도착할 겁니다."

"아… 그건…."

"이미 내각에서는 모든 준비를 마친 상황입니다. 평소처럼 하고 오시면 됩니다. 필요한 부분은 정부에서 모두 준비하도록 하겠습니다."

가토는 야스코가 주저하는 모습을 보이자 쐐기를 박듯이 말했다. 가토의 어투에서 이 제안은 협상의 여지가 없다는 듯 단호함이 느껴졌다. 야스코는 이제는 조용히 남편을 추모하고 싶었다. 하지만 국가로부터 8천만 엔이나 받은 상황에서 국가의 부탁을 거절할 수는 없었다. 이제는 체념하는 마음이 들었다. 남편의 죽음을 시작으로 어떤 것도 야스코의 의지대로 흘러가지 않았다.

"네."

일본 중의원이 긴급 소집된 시간은 8월 17일 저녁 6시였다. 긴급 소집된 일본의 중의원들은 한일 간의 군사적 충돌에 대한 논의가 있을 것이라고만 알고 국회 건물에 모이기 시작했다. 아주 극소수의 내각 각료들만 당일 선전포고를 추진할 것이라고 알고 있었다. 한국 측에 최대한 늦게 선전포고 정보가 들어가게 하기 위함이었다. 데라우치 총리는 5시 정도부터 계파의 우두머리 의원들에게 상황을 설명하고 선전포고를 결의할 것을 주문하였다. 그 내용이 다른 의원들에게도 급속히 전파되었다. 이런 과정을 통해 모든 의원들은 선전포고 의결이 유일한 안건이라는 이야기를 듣고 회의에 참석했다.

6시에 회의가 시작되자 관방장관 이노우에가 연설을 시작했다. 이노우에는 최근 며칠 동안 있었던 일들을 설명했다. 동해상에서 한국군이 일본군 초계기를 향해 기습적으로 사격을 시작했고, 이런 적대 행위에 대한 맞대응으로 일본군은 인명 피해를 야기하지 않는 선에서 한국 영해에 폭탄을 투하했으며, 다시 이에 대한 맞대응으로 한국 전투기가 일본의 민간인을 향해 폭탄을 투하했다는 내용이었다. 이 과정에서 일본의 무고한 시민이 한 명 사망했다는 사실이 강조되었다. 현재 한국군은 전쟁 준비를 마치고 추가적인 공격을 감행하려고 한다는 이야기를 덧붙였다. 사실이 아니었지만 당일 확실하게 선전포고를 결의하기 위해 고안된 장치였다. 일본이 선제공격하지 않으면 일본 본토가 위험해질 것이라고도 경고했다.

이노우에는 연설 말미에 의원들에게 한국에 대한 선전포고를 결의해 줄 것을 주문하였다. 시간이 촉박하다는 설명과 함께 기립표결로 진행하자고 제안했고 어느 누구도 반대하지 않는 분위기였다. 이미 각료들이나 계파 우두머리 의원들로부터 결의안 채택에 대한 부탁을 들었던지라 대부분의 의원들은 결의안 채택에 찬성하였다. 회의의 분위기는 시종일관 엄숙했다. 기립 표결 도중 무소속의 한 의원이 소리쳤다.

"이건 아닙니다. 전쟁을 이렇게 결정해서는 안 됩니다. 한국이 우리를 공격하려고 한다는 증거가 어디에 있습니까? 더 고민하고 더 토론해야 합니다."

다른 의원들은 소리치는 의원에게 눈길도 주지 않았다. 이제 이 의원은 거의 울부짖는 목소리로 말했다.

"수백만이 죽을 수도 있습니다. 멈춰 주세요. 이런 식으로 전쟁을 결정하는 게 어디 있습니까? 일본의 양심은 어디 있습니까?"

그의 목소리는 의회 건물을 울릴 정도로 컸지만 누구에게도 들

인간의 한계

리지 않았다. 일본의 공격은 믿을 수 없을 정도로 빠르게 전개되었다. 데라우치 총리가 선전포고문을 낭독하고 1시간도 채 되지 않아 통일한국의 주요 군사 시설들에 대한 공격이 시작되었다. 데라우치가 선전포고를 선언하기 전에 일본의 전투기와 군함들은 이미 출격 준비를 마친 상태였기 때문에 가능한 일이었다. 수백 대 전투기의 융단 폭격으로 초기 한국군의 피해는 막대했다. 해군 함대를 이용한 포 공격은 한반도의 동해안 쪽에서만 이루어졌다. 함포 공격을 서해안과 남해안까지 분산시키기보다는 동해안 쪽에 집중하는 게 효과적일 거라는 전략적 판단이었다. 동해안 10km까지 접근한 일본 군함들이 원거리 미사일로 총공세를 폈다. 한국군의 방어 진지들을 최대한 파괴한 다음 상륙 작전을 벌이기 위함이었다. 일본군의 전략은 조기에 전세를 확정 짓는 것이었던 만큼 전쟁 초기에 가능한 모든 물량을 쏟아부었다.

데라우치는 한국이라는 나라가 쉽게 물러설 거라고 생각하지는 않았다. 하지만 현재의 한국군은 로봇 군인들의 막강한 전투력을 막아낼 수 없을 거라고 확신했다. 초반에 사상자가 많아지고 도저히 로봇 군인들을 당해낼 수 없다고 판단하면 조기에 항복할 것이라고 생각했다. 동해안 도시들 중 인구가 많은 도시들을 최초의 주된 공격 목표로 삼은 것도 한국의 초기 피해를 극대화하기 위해서였다.

인적, 물적 피해 외에 심리적인 요인도 고려했다. 한국 국민들은 일본의 로봇 군인들이 자국의 군사 시설들을 무자비하게 파괴하는 모습을 생생하게 목격할 것이었다. 대도시일수록 이런 장면을 목격하는 시민들이 많아질 것이었다. 군사 시설들을 주요 공격 목표로 삼았지만 최대한 시가전이 많아지도록 계획을 세웠다. 로봇 군인들의 이동 경로를 사람들이 가장 많이 거주하는 지역을 통과하는 것으로 정했다. 시가전이 많아지면 민간인들의 피해가 많아질 수밖에 없을 것이었다. 민간인들이 로봇 군인들에게 직접 피해를 입는 경우 사람들의 공포심은 더욱 커질 것이었다. 일본의 로봇 군인들이 자국의 군인들이나 민간인들을 바로 눈앞에서 제압하는 장면들은 시민들에게 절망감을 안겨 줄 것이었다. 한국인들이 심리적 포기 상태에 빠지면 한국 정부도 어쩔 수 없이 항복을 하게 될 것이라는 시나리오였다.

이런 경우를 대비해 나가타초 다도회는 종전 협정의 전제 조건들을 미리 정해 놓았다. 첫째, 전쟁을 유발한 한국 측의 사과와 전쟁 피해 보상을 포함한 배상금 지불 조건을 명백히 하는 것이다. 일본은 전쟁 준비를 위해 막대한 예산을 투입했는데, 종전과 함께 그 모든 비용을 한국 측으로부터 회수한다는 계획이었다. 전후에 찾아올 전쟁 특수는 덤이었다. 한국의 복구를 위해 수많은 일본 회사들이 직간접 혜택을 보게 될 것이었다. 둘째, 다케시마에 대한 한국의 불법 점거를 끝내는 것이다. 일본에 완전히 반환하는 것을 목표로 하되, 그게 안 되면 공동 관할이라도 할 수 있어야 한다는 생각이었다.

　데라우치 총리는 이 두 가지의 목표가 달성되지 않으면 전쟁은 계속되어야 한다고 생각했다. 한국이 이런 전제 조건들을 수용하지 않으면 최초에 점령한 군사 시설들을 기점으로 점령 지역을 넓혀가게 될 것이었다. 하지만 이 단계에서는 점령 지역을 마냥 넓히는 것을 공격의 주목적으로 삼지는 않을 것이었다. 점령 지역이 지나치게 넓어지는 것은 관리의 문제가 뒤따르기 때문이었다. 이 단계의 진짜 공격 목적은 한국군이나 민간인의 사상자 수를 단시간에 최대한으로 증가시키는 것이었다. 이를 통해 한국 정부가 종전의 전제 조건들을 수용하도록 압박하는 것이 이 단계의 목적이었다.

　구체적으로, 로봇 군인들이 각 도시에서 첫 번째 군사 시설을 점령한 후 곧바로 도시 내에 있는 다른 군사 시설이나 인접 도시로 원정 공격을 떠나는 것이었다. 인근의 군사 시설을 공격할 때 로봇 군인들은 언제나 도심을 통과할 것이었다. 두 번째 군사 시설을 점령한 후에는 다시 세 번째 군사 시설을 공격하는 식이었다. 이런 방식으로 인접한 군사 시설들을 순환 공격하면 그 지역 도심은 초토화가 될 것이었다. 이 과정에서 한국 국민들의 종전 요구가 높아질 수밖에 없다고 보았다. 이 경우에도 한국이 종전의 모든 전제 조건들을 수용하지 않으면 전쟁은 계속될 것이었다.

　전제 조건을 받아들이지도 않고, 항복할 생각도 없으면 결국에는 한국 전 지역을 이런 식으로 파괴하고 점령하는 공격 전략을 실행할 것이었다. 데라우치도 그 상황까지 가는 것을 바라지는 않았다. 지나치게 많은 사람들이 죽을 수 있기 때문이었다. 데라우치는 어느 경우이든 한 달 안에 전쟁을 끝내는 것을 목표로 했다.

전쟁 발발 후 조현애 대통령은 온라인 안보관계장관회의를 상시적으로 열어 놓았다. 박형철 국방장관으로부터 전체적인 전황을 화상으로 보고받았다. 일본이 대대적인 공격을 시작하고 나서 하룻밤이 지난 8월 18일 아침이었다. 컴퓨터 화면에 국정원장, 비서실장, 안보실장도 보였다.

"현재 공군 상황은 어떻습니까?"

대통령이 국방장관에게 물었다. 수백 대의 일본 전투기가 한반도 전역을 뒤덮고 폭격 중이라는 내용은 이미 보고받았었다.

"일본군이 수백 대의 비행기를 밤새도록 교대로 출격시키고 있습니다. 어제저녁부터 오늘 아침까지 계속 수백 대의 비행기가 한반도 상공에서 폭격을 이어가고 있습니다. 우리 군도 대공포로 반격하고 있고, 수백 대의 전투기가 출격해서 일본군과 공중전을 벌이고 있습니다."

"피해 상황은요?"

"아군 측 전투기는 200여 대 파괴된 상황입니다. 적의 기습 공격으로 초기 피해가 컸습니다. 지상에 있다가 파괴된 경우가 160대 정도 되고 공중전에서 격추된 경우는 40여 대입니다. 일본군

인간의 한계

은 현재까지 60여 대가 격추된 것으로 보입니다. 일본군의 정확한 피해 상황은 아직 파악 중입니다."

"바다 상황은 어떻습니까?"

"부산, 포항, 함흥, 청진에 있는 주요 군사 시설들이 집중공격을 받았습니다. 일본의 로봇 군인들이 이 도시들에 상륙해서 군사 시설들을 공격하고 있습니다. 아직 교전 중인 곳도 있지만 대부분의 군사 시설들은 적에게 넘어갔습니다."

국방장관이 침통한 표정으로 대답했다. 이들 군사 시설들에 일본의 함포 사격과 전투기의 폭격이 집중되고 있다고는 들었었다. 그런데 하루도 지나지 않았는데 공격을 받던 군사 시설들이 거의 적에게 넘어간 것이었다.

"아니 어떻게 하루도 지나지 않았는데 군사 시설들을 다 점령당합니까? 일본하고 그 정도나 군사력에서 차이가 납니까?"

조현애 대통령의 목소리에 좌절감이 묻어 있었다.

"재래식 무기만 비교하면 양국의 군사력은 비슷합니다. 문제는 로봇 군인들입니다. 현재로서는 한국군이 이들을 막아내기는 어려운 상황입니다."

일본의 로봇 군인들은 해군과 공군의 포격 지원하에 고속정들을 나눠 타고 동해안으로 상륙했다. 부산의 해안가에 가장 많은 20대의 고속정들이 침투했고, 포항, 함흥, 청진에 각각 10대의 고속정들이 상륙 작전을 벌였다. 고속정 한 대에 20대 정도의 로봇 군인들이 타고 있었다.

"로봇 군인들이 몇 대나 상륙했나요?"

"약 1,000대 정도입니다."

어젯밤 고속정에서 내린 로봇 군인들은 빠른 속도로 해안가에 설치된 한국군의 방어 진지로 뛰어갔다. 인간 일본군을 예상하고 있던 한국군들은 로봇 군인들을 보고 경악했다. 밤이었기 때문에 로봇 군인들의 모습이 확실하게 보이지는 않았지만 그 크기가 성인 남자의 두 배는 족히 돼 보였다. 한국군은 놀란 마음을 다잡고 로봇 군인들을 향해 포와 기관총을 발사했다. 하지만 일반적인 화기들로는 로봇들을 당해낼 수 없었다. 로봇 군인들은 총알과 포탄을 피해 가며 방어 진지의 군인들 앞에 순식간에 도착했다. 3m에 달하는 로봇 군인들의 무시무시한 모습 앞에 아무리 용기 있는 군인이라고 하더라도 공포감을 느낄 수밖에 없었다. 두려움으로 총을 난사했지만 총알들은 하늘을 가를 뿐이었다. 로봇 군인들은 주먹을 휘둘러 진지에 있던 한국군을 모조리 살해했다. 주먹을 한두 대만 맞아도 군인들의 얼굴이나 몸은 참혹하게 망가졌다. 한 손에 소총 크기의 권총을 들고 있었지만 총은 한 발도 사용하지 않았다. 총알을 아끼는 것이었다.

해안가 전 지역에 군인들의 피비린내가 진동했다. 로봇 군인들은 해안가부터 해당 도시의 군사 시설까지 뛰어서 이동했다. 수백 대의 로봇 군인들이 길게는 수십 km, 짧게는 몇 km를 도심을 관통해서 뛰어갔다. 여름밤의 무더위를 식히려고 밖에 나와 있던 시민들에게 이 모습은 극도의 공포심을 불러일으켰다. 로봇 군인들은 민간인들을 먼저 공격하지는 않았다. 하지만 자신들의 진로에 있는 사람들은 누구라도 거칠게 밀어냈다. 이들은 자신이 뛰어가는 진로에 있는 것은 무엇이든 비슷한 방식으로 밀어냈다. 그게 사람이든 사물이든 상관없이 장애물로 간주하는 것처럼 보였다. 로봇 군인들의 힘은 인간들과는 비교가 되지 않을 정도로 강했기 때문에 이들의 미는 행동만으로도 사람들은 크게 부상을 당했다.

민간인이라고 하더라도 자신들에게 적대적인 행동을 보일 때는 가차 없이 공격했다. 로봇 군인들은 자신들을 도발하거나 공격하다 도망가는 시민들을 일부러 쫓아가면서까지 공격하지는 않았다. 하지만 로봇 군인들의 단 한 번의 공격으로 시민들은 치명상을 입었기 때문에 쫓아갈 필요도 없었다. 한 번 주먹을 휘두르거나 발로 차는 공격으로도 시민들은 바로 그 자리에서 정신을 잃고 쓰러지거나 사망했다. 여태까지의 민간인 피해는 대부분 이렇게 로봇 군인들의 시내 이동 중에 발생했다.

도심에서 민간인들의 피해가 이어지자 처음에는 경찰이, 나중에는 군인들이 이들의 진로를 막아보려고 시내에 투입되었다. 로봇 군인들은 경찰과 군인들에게는 무자비하게 대응했다. 대규모 병력이 로봇 군인들을 막아설 때는 휴대하고 있던 총도 사용했다. 경찰과 군인들이 일반화기를 가지고 로봇 군인들을 상대하는 것은 자살 행위나 다름없었다. 이들이 할 수 있는 일이라고는 위험에 빠진 시민들에게 도망갈 수 있는 시간을 벌어 주는 것 정도였다. 로봇 군인들도 전투기의 폭격이나 미사일 공격을 집중적으로 받으면 파괴되었다. 그러나 로봇 군인들의 이동 경로가 민간인들이 많이 거주하는 도심 지역이라는 문제 때문에 이런 공격 방법을 사용할 수는 없었다. 일본군은 이런 이유 때문에도 도심에서의 전투를 선호했다.

로봇 군인들은 수많은 사상자를 발생시키면서 목표로 하는 군사 시설에 도착했다. 군사 시설에 있는 군인들은 일본의 로봇 군인들에 의해 해안선 방어 병력들과 시내에 투입된 병력들이 거의 전멸했다는 소식을 듣고 있었다. 군인들은 두려움을 가지고 로봇들을 기다리고 있었다. 가능한 모든 바리케이드를 부대 주변에 설치하고, 부대 내 모든 중화기는 발사 준비를 마쳤다. 군인들은 마음의 준비를 하고 있었지만 눈앞에 수백 대의 로봇들이 달려오는 모습을 보자 감당하기 힘든 공포심이 밀려왔다. 병력들이 사력을 다해 로봇들을 막아보려고 했지만 처음부터 인간 군인들은 이들의 적수가 될 수 없었다. 로봇 군인들을 처음 접하다 보니 군 지도부에서도 이들과 어떻게 싸워야 하는지 전략이 부재했다. 이런 생소함이 초기 전투의 어려움을 배가시켰다.

로봇 군인들이 부산, 포항, 함흥, 청진에 있는 각각의 첫 번째 군사 시설들을 모두 점령하는 데 걸린 시간은 24시간이 채 넘지 않

인간의 한계

았다. 몇 시간의 전투 과정에서 이들 네 도시에서만 수천 명의 한국군이 사망했다. 이 과정에서 파괴된 로봇 군인들의 수는 다섯 대가 넘지 않았다. 로봇 군인들이 군사 시설들을 점령한 후에 일본의 인간 군인들이 수송기를 타고 이들 군사 시설들로 들어왔다. 일본인 인간 군인들은 로봇 군인들과 함께 동해안에 상륙하지는 않았다. 한국의 도심을 일본의 인간 군인들이 가로질러 뛰어가는 모습은 한국 국민들을 불필요하게 자극할 것이라고 판단했기 때문이었다. 그러다 보니 이 시기에 일본인 인간 군인들의 피해는 거의 전무했다.

군사 시설에 들어온 일본의 인간 군인들은 한국군의 군사 기밀을 탈취하고 기지의 시스템을 구석구석까지 파괴했다. 일본의 인간 군인들 중에는 전문적인 방송팀도 포함되어 있었다. 이들은 기지를 점령하자마자 해당 도시의 시민들을 대상으로 인터넷 방송을 시작했다. 일본군은 네 도시의 시민들이 숙지하고 따라야 할 행동 지침들을 공지했다. 시민들은 일본의 로봇 군인들이 얼마나 무시무시한지 경험했기 때문에 공지 사항 하나라도 놓치지 않으려고 이 채널에 접속했다. 지시대로 행동하지 않았을 경우 어떤 피해가 있을지 모른다는 두려움 때문이었다.

일본군이 하는 일체의 방송은 일본어로 진행하고 명령조로 한국어 자막을 달았다. 일본군에는 한국어를 할 수 있는 사람들이 많았지만 일부러 일본어를 사용했다. 위압적인 점령군 분위기를 조성하고 한국인들에게 굴욕감을 주기 위해 일본어를 사용한 것이었다. 우선, 일본군은 통금을 발표했다. 6시 이후의 모든 이동을 금지했고, 일본군에 신고하지 않고 이동하는 사람들은 사살할 것이라고 엄포를 놓았다. 이 당시 일본군은 하나의 군사 시설만을 점령한 상태였기 때문에 도시 전 지역에 걸쳐 통금을 관리하는 것은 불가능했다. 일본군의 통금 공지는 시민들에게 공포와 절망을 심어 주기 위한 목적이 더 강했다. 하지만 네 도시에서 통금은 철저하게 지켜졌다. 로봇 군인들의 잔학성을 보거나 전해 들은 시민들은 일본군의 말을 따르는 것 외에 다른 대안이 없다고 생각했다.

일본군이 한국의 주요 군사 시설들을 점령했다는 소식은 일본에도 속보로 전해졌다. 군사 시설 내의 일본군이 찍어서 보낸 영상이 일본 TV에 생중계되기도 했다. 화면에 비친 일본 군인들은 모두들 밝은 표정이었다. 전쟁 초기의 엄청난 성과로 다들 흥분된 모습이었다. 한국의 군사 시설을 무장한 일본군들이 활보하는 모습은 일본인들에게 묘한 쾌감을 주었다. 전쟁이 발발하자 지부리 섬 사람들도 불안한 마음에 삼삼오오 모여서 TV를 시청했다. 이들은 몇 시간 만에 자국의 로봇 군인들이 한국의 군사 시설들을 접수했다는 소식에 만세를 불렀다. 일본군 대변인은 첫날 한국군 사망자가 2만 명 정도에 달한다고 발표했다. 반면 일본군 사상자는 80여 명에 그쳤다. 마쓰다 촌장이 감탄하며 소리쳤다.

"와! 정말 일본군이 최강이네."

다른 사람들도 마쓰다의 말에 맞장구를 쳤다.

"엄청났어. 로봇 군인들 말야."

"아, 역시 일본 기술은 대단해."

"멍청한 한국인들 때려 부수는 걸 보니 속이 다 시원하구만 그래."

"그러게 말야. 착한 일본인들이 말로 할 때 들었어야지."

그 시간 야스코, 이치로, 마유미는 가토 중장이 마련해 준 숙소에 머무르고 있었다. 침실이 3개인 널찍한 스위트룸이었다. 이치로가 거실에 있는 TV를 틀어 보았다. 이것저것 신경 쓰다 보니 머리가 지끈거렸지만 전쟁 소식이 궁금했다. 아나운서가 들뜬 어조로 한국의 군사 시설 점령 소식을 전하고 있었다. 잠시 뉴스를 보던 야스코가 마음이 무거워져서 아무 말 없이 방으로 들어갔다. 야스코는 이제 아무 생각 없이 쉬고 싶었다. 마유미도 말없이 자기 방으로 들어갔다. 이치로는 일본의 승전 소식에 기분이 야릇해졌다. 마음 한 편에 불편한 감정이 피어오르는 게 느껴졌다. 하지만 그런 마음보다는 일본인으로서의 자부심이 더욱 크게 느껴졌다. 이치로는 의도적으로 마음속에 있는 불편한 감정을 밀어내려고 노력했다. 모든 걸 긍정적인 쪽으로만 생각하자고 마음먹었다.

'먼저 공격한 쪽은 한국이잖아. 결국 이런 상황을 초래한 것은 한국이라고.'

'국가가 요청해서 한 거니까 어쩔 수 없었던 거야.'

'누구라도 그렇게 했을 거야.'

'우리 같은 일반인이 전쟁의 뒷면을 어찌 알겠어? 정치인들이 알아서 하는 거겠지.'

'일단 전쟁을 시작했으니 이겨야겠지!'

인간의 한계

6.

워싱턴의 계산

(2048년 8월 17일 한국 시간 오후 8시 반, 백악관)

워싱턴 DC 8월 17일 오전 6시 반.

미국의 매닝 대통령이 집무실에 앉아 TV를 보고 있었다. 손에는 김이 피어오르는 따뜻한 커피가 들려 있었다. 뉴스에서는 아나운서 로봇이 일본이 한국에 대해 선전포고를 했다는 내용을 속보로 전하고 있었다. 매닝은 커피를 들고 일어나 창가로 갔다. 파릇한 여름철 잔디가 막 떠오른 햇빛에 반짝이고 있었다. 뉴스는 귀로 듣는 것만으로도 충분했다. 이미 알고 있는 내용이었다. 커피를 음미하며 창밖을 내다보는 아침 루틴을 깨고 싶지 않았다. 어제 오후 5시경 데라우치 총리로부터 전화를 받았었다. 그는 일본 의회에서 곧 한국에 대한 선전포고를 결의하게 될 것이라고 했다. 미국 측 시간을 고려하여 미리 알려 준 것이었다.

"대통령님, 미국 시간으로 내일 오전 6시 정도면 한국에 대한 선전포고가 있을 겁니다."

"다른 방법은 없는 거요?"

의례적인 질문이었다. 데라우치 총리가 선전포고에 대해 그 정도로 말할 정도면 이미 모든 것이 결정되어 있는 상황일 것이었다.

"아시지 않습니까? 일본이 얼마나 오랫동안 한국과의 전쟁을 피하기 위해 노력했다는 거."

거짓말이었다. 일본은 몇 년 전부터 프론티어맨의 로봇 군인들을 싹쓸이해 가고 있었다. 연구용이라고 했지만 연구용이라면 그렇게나 대규모로 로봇 군인들을 구매할 필요는 없을 것이었다. 전쟁 준비라는 것을 모르는 사람은 없었다. 일본 정부도 미국 정부가 일본의 의도를 알고 있다는 사실을 인지하고 있었다. 미국은 묻지 않았고 일본은 말하지 않았을 뿐이었다. 미국 정부도 프론티어맨도 일본의 구매 이유를 캐물을 만한 상황이 아니었다. 미국은 일본 정부의 요구대로 이런 대규모 거래를 수년간 극비 사항으로 처리하고 있었다.

"알고 있습니다. 총리님."

거짓말을 거짓말로 받았다. 둘에게는 그게 진실이기도 했다. 혹은 둘에게는 그게 진실이어야 했다. 매닝은 전쟁 이외의 다른 해결안을 권유하는 것처럼 말했지만, 다른 방법이 있어서는 안 되는 상황이었다. 일본이 프런티어맨의 군용 로봇들을 구매해 주지 않았다면 미국은 국가적 위기를 맞았을 것이었다. 그건 지금도 마찬가지였다. 일본 정부가 갑자기 군용 로봇들의 수입을 중단해 버리면 프론티어맨으로서는 난감할 것이었다. 그런 점에서 한일전쟁은 이런 대규모 로봇 수요를 지속시킬 수 있는 유일한 길이었다. 매닝이 다른 방법이 없냐고 묻는 이유는 그런 방법이 있으면 미리 알려 주어야 판매자인 우리도 준비를 할 수 있다는 정도로 이해하면 되는 말이었다.

어젯밤 매닝은 데라우치와 통화를 마치자마자 극비리에 국가안전보장회의를 온라인으로 개최했다. 크로퍼드 부통령, 콜먼 국무장관, 레일리 국방장관, 테일러 주일미군사령관, 브룩스 비서실장, 로페즈 안보수석이 참여했다. 임박한 일본의 선전포고 소식을 아는 사람은 당연히 아무도 없었다. 데라우치 총리가 매닝 대통령에게 가장 먼저 연락했을 터였다. 매닝은 데라우치가 전한 내용을 간략하게 설명하고, 주일미군사령관인 테일러에게 물었다.

"일본군의 동향은 어떻습니까?"

"20일 전부터 일본군 전체가 소집돼서 본토 방어 훈련을 벌이고 있습니다. 일본군 단독으로 실시하는 이런 방어 훈련은 1년에 두세 번 정도 실시하고 있습니다. 보통 이런 훈련은 3주 정도 하니까 거의 종료될 시점입니다. 아직은 일본군 병사들이 몇 개의 군사 기지에 분산 배치되어 있는 상황입니다."

매닝은 임박했다는 선전포고가 처음부터 이 훈련 기간에 맞춘 것이라는 생각이 들었다. 주일미군과 일본군은 독립적인 명령 체계를 가지고 있기 때문에 단독으로 훈련이나 작전을 수행하는 경우 상대방이 그 내용을 속속들이 알기는 어려웠다. 하지만 관례상 훈련의 규모나 범위를 상대방에게 통보해 주기는 한다. 일본군은 이번 본토 방어 훈련은 해군과 공군 중심의 훈련이 될 것이라고 주일미군 사령부에 알려 왔었다. 대통령이 콜먼 국무장관에게 물었다.

"일본이 한국을 공격하면 중국이나 러시아 측에서는 어떻게 나올 것 같습니까?"

역사적으로 볼 때 한반도에서의 전쟁은 주변국들의 이해관계 때문에 대단히 복잡해지는 경향이 있었다. 일본이 한국과 전쟁을 벌인다면 중국과 러시아가 어떤 식으로든 대응할 가능성이 있었다.

"쉽게 움직일 것 같지는 않습니다. 러시아는 국내 정치가 시끄러워서 한반도 상황에 신경 쓸 겨를이 없을 겁니다. 중국도 우선은 상황을 지켜볼 것 같습니다."

러시아는 오랫동안의 독재 정권이 무너지고 모든 분야에서의 민주화가 진행 중이었다. 하지만 민주 진영 내의 계파 갈등으로 인해 한시도 조용할 날이 없었다. 경제는 몇 년째 제자리걸음이었

인간의 한계

고 그에 따라 국민들의 민생도 파탄 일보 직전이었다. 이런 상황에서 한반도에서 발생한 전쟁에 군대를 파견하기는 어려울 것이었다. 특히 현 대통령은 러시아의 그 전 대통령들과는 다르게 외국의 분쟁에 더 이상 끼어들지 않겠다는 태도를 가지고 있었다. 러시아의 전임 대통령들은 주변국들 사이에 분쟁이 발생할 때마다 러시아의 영향력 유지를 위해 꾸준히 개입해 왔다. 현 대통령의 그런 외교 방향성을 국민들이 지지해서 선출된 상황이라 한반도에 군대를 파견할 가능성은 더욱 낮아 보였다.

중국의 즉각적인 참전 가능성도 크지 않다고 보았다. 예전 같으면 일본이 한국을 침공했을 때 무슨 이유를 들어서라도 조기에 참전했을 것이었다. 북한과는 혈맹이었고, 일본과는 우호적인 때가 거의 없었다. 그러나 지금은 북한이라는 나라는 사라졌고, 일본과는 예전보다는 훨씬 더 밀접하게 협력하고 있는 사이였다. 물론 여전히 일본보다는 한국과 더욱 가까운 사이였지만 그렇다고 한국과의 관계 유지를 위해 일본과의 관계를 단절할 정도로 한국과의 동맹 관계가 절대적인 것은 아니었다. 콜먼이 이어서 이야기했다.

"결국 중국의 참전은 우리의 참전 여부에 달렸을 거라고 봅니다. 우리가 한반도에 들어가면 중국도 들어올 것이고, 우리가 들어가지 않으면 그들도 들어오지 않을 겁니다. 어느 경우이든 중국이 먼저 참전을 결정할 일은 없어 보입니다."

다들 생각에 잠겼다. 한일 간의 전쟁이 가져올 동북아 지역의 역학 관계의 변화에 대해 고민하고 있었다. 레일리 국방장관이 긴장한 표정으로 입을 열었다. 회의 시작할 때부터 계속 불편한 표정으로 앉아 있다 처음으로 말을 하는 거였다.

"저는 일본이 선전포고를 한 이유가 설득력이 없다고 생각합니다. 이번 선전포고를 야기한 최초의 초계기 사건도 의심스러운 부분이 있습니다. 일본 정부는 한국군이 기습 사격을 먼저 했다고 했는데, 일본의 도발이 먼저였다는 보고도 있습니다."

매닝 대통령은 레일리의 뜬금없는 말에 짜증이 밀려왔다. 자신에게도 그런 보고가 올라왔지만 지금 그걸 논할 계제는 아니었다. 일본군의 주장과 다소 다른 이야기가 밝혀진다고 한들 이제 와서 일본의 선전포고를 번복하라고 할 수는 없었다. 일본 덕분에 FAA형 로봇 사업과 관련된 골치 아픈 문제가 일거에 해결된 상황이었다. 국방장관이나 돼 가지고 정무적인 판단을 전혀 하지 못하는 레일리에게 화가 났다. 평생 군에서 잔뼈가 굵은 레일리는 군인들 사이에서는 존경받는 군인이었다. 그런 평판 때문에 발탁된 인물이기도 했다.

매닝은 2044년에 있었던 대통령 선거에서 상대편 후보를 아슬아슬하게 누르고 대통령에 당선됐었다. 당시 선거에서 대통령을 빼고는 상하원을 모두 야당이 장악했다. 야당의 도움 없이는 어떤 정책도 추진하기 어려운 상황이었다. 2045년에 취임한 초임 대통령으로 초반의 정부 지지도가 중요한 이유였다. 레일리는 참군인이라는 이미지 때문에 반대 진영의 사람들에게도 인기가 높았다. 레일리는 초기 매닝 정부의 지지도 상승에 큰 역할을 했다. 그러나 그는 복잡한 국정 이슈를 지나치게 고지식하고 단순하게 보는 경향이 있었다. 그는 종종 정부의 입장을 난처하게 하는 발언을 해서 매닝을 곤란하게 만들었다. 그의 발언은 FAA형 로봇 사업과 같은 국가적인 사업이 얼마나 많은 다른 이슈들과 촘촘하게 얽혀 있는지 전혀 이해하지 못하는 말이었다. 다음 개각 때는 필히 교체 대상이라고 생각하고 있었다.

"저도 그런 보고는 들었습니다만, 일본 측은 전혀 다른 이야기를 하고 있습니다. 어느 경우이든 지금으로써는 그게 중요한 이슈는 아닌 것 같습니다."

어젯밤 회의는 그 정도로 마무리를 했었다. 매닝은 TV 뉴스를 들으며 어젯밤의 대화들을 떠올렸다. 선전포고 이후의 계획들에 대해서도 머릿속으로 정리하는 시간을 가지고 있었다. 그때 브룩스 비서실장이 한국 대통령 조현애로부터 전화가 왔다고 보고했다. 예상하고 있던 연락이었다. 일본과의 중재를 요청하는 전화일 것이었다. 하지만 생각이 정리가 안 된 상황에서 전화를 받기는 싫었다.

"일본의 선전포고에 대해 이야기를 나누고 싶어 하십니다."

"지금은 전화를 받을 수 없다고 하세요."

지금 조현애 대통령의 전화는 중요한 게 아니었다. 우선 미국의 입장을 정하는 게 중요했다. 비서실장은 조현애 대통령 외에 하원 의장을 비롯한 몇몇 정치인들로부터도 연락이 왔다고 했다. 일본의 선전포고를 TV로 보고 급박하게 연락한 사람들이었다.

"그분들한테도 지금은 전화 받을 상황이 아니라고 전해 주세요. 그리고 곧바로 국가안전보장회의를 소집해 주세요."

데라우치 총리의 선전포고 관련 기자회견 소식을 전하던 아나운서 로봇이 갑자기 한국에 대한 일본의 공격이 시작됐다고 말하기 시작했다. 말이 약간 빨라진 것 같았지만 여전히 침착한 어조로 속보를 전했다.

"방금 들어온 소식입니다. 일본군은 이미 한반도 전체에 대한 공격을 감행했다고 합니다. 수백 대의 전투기가 한반도 상공에서 폭격을 하고 있고, 동해안 쪽에서는 함포 사격이 대대적으로 시작됐다고 합니다. 추가적인 소식이 들어오는 대로…"

'음흉한 놈들! 또 닌자 짓을 시작했군.'

매닝은 시간적으로 볼 때 일본의 공격이 기습이나 마찬가지라고 생각했다. 할아버지에게 들었던 일본군의 진주만 기습 공격이 떠올랐다. 2차 세계대전 참전 용사였던 할아버지는 돌아가시기 전까지 일본 얘기만 나오면 얼굴빛이 벌겋게 변하셨다. 한 번은 일제 자동차를 타는 사람들을 보고 화가 난 표정으로 매닝에게 말씀하셨던 기억이 났다.

인간의 한계

"아무리 전쟁이라고는 하지만 그렇게 잔인하고 무지막지한 놈들은 보지 못했어. 아무리 세상이 변했다고 해도 그렇지. 어떻게 일본 놈들이 만든 차를 타고 다니지? 저런 놈들은 다 마음에 안 들어. 미국에서 만든 차들도 얼마나 좋은데 개들 차를 사냔 말이야. 매국노들!"

한국에 대한 선전포고 시점과 공격 시점이 별 차이가 없는 것으로 봐서는 선전포고를 하기 전에 이미 군대가 움직이고 있었다는 이야기가 된다. 곧 화상으로 국가안전보장회의가 시작됐다. 대통령이 테일러 주일미군사령관에게 현황 보고를 요청했다.

"일본 상황 보고해 주세요."

"현재 일본군이 보유한 전투기 1,000여 대 중 300여 대가 출격해서 한반도 전역에 있는 군사 시설들을 폭격 중입니다. 전체 전투기들이 삼교대로 밤새도록 폭격을 진행할 거라고 보고받았습니다. 전투기뿐만 아니라, 수송기, 무인항공기, 특수전 항공기 등 모든 공군 전력을 출격 대기시키고 있는 상황입니다. 일본군의 계획은 전쟁 초기에 확실하게 기선을 잡겠다는 생각인 것 같습니다. 한국군은 선전포고 이전에 데프콘3을 발령 중이었기 때문에 어느 정도는 기습 공격에 대한 준비가 돼 있었습니다. 하지만 이런 정도의 대규모 폭격까지는 예상하지 못했을 겁니다. 벌써 많은 수의 군사 시설이 파괴됐고 인명 피해도 상당합니다. 해군의 경우에도 대대적인 공격 작전을 전개하고 있습니다. 전 일본 해군 병력의 80%가 동해에 집결해서 한반도 동해안에 있는 도시들을 맹폭하고 있습니다. 두 대의 항공모함도 이곳 해역에 대기하고 있는 상황입니다."

"뉴스에서는 한국에 대한 공격이 막 시작된 것처럼 보도하던데요?"

"실제 공격 시점으로부터는 1시간 정도 지난 상황입니다. 일본 본토 방어 훈련을 위해 소집돼 있던 병력이 그대로 전쟁에 참여하는 바람에 선전포고와 동시에 공격이 개시될 수 있었습니다."

"그런데 우리나라에서 만든 로봇 군인들은 언제 한국에 들어갑니까?"

매닝 대통령은 어제저녁부터 그게 제일 궁금했다. 십수 년을 개발해 온 로봇 군인들의 성능을 실전에서 확인해 보고 싶었다. 전쟁은 결국 로봇 군인들을 1,000대 이상 보유한 일본이 승리할 것이었다. 매닝의 관심사는 미국산 로봇들이 얼마나 빨리 이 전쟁을 끝낼 수 있는지였다.

"막 로봇 군인들이 한반도에 상륙하기 시작했다고 합니다. 결국 이 전쟁의 승패는 이 로봇들이 결정하게 될 겁니다. 일본군 내부에서는 한 달 정도면 전쟁이 끝날 거라고 보는 것 같습니다. 제가 볼 때는 그 전에 끝날 가능성도 있습니다."

테일러 주일미군사령관이 대답했다. 레일리 국방장관이 곧바로 테일러의 말을 반박했다.

"제 생각은 좀 다릅니다. 일본 로봇 군인들의 전력이 아무리 강하다 해도 한국군이 일본군에게 그렇게 쉽게 항복을 선언하지는 않을 겁니다. 한국과 일본의 전쟁은 군사력만으로 판단할 수 있는 문제가 아닙니다. 두 나라 국민들 사이에 존재하는 뿌리 깊은 적대감을 고려해야 할 겁니다. 아마 한 달 안에 전쟁이 끝나는 일은 없을 거라고 봅니다."

매닝 대통령은 레일리의 판단과 예측을 반박하고 싶어졌다. 매닝도 두 나라의 역사적인 악연을 모르지 않았다. 일본은 유사 이래 수백 번이나 한국을 침략해 왔다. 많은 한국인들은 여전히 일본을 야만스러운 침략자로 생각하고 있었다. 일본은 자신들이 한국을 침략한 것은 부인할 수 없지만, 그 침략으로 한국이 발전됐다고 생각했다. 서로 좁혀지지 않는 역사 인식이었다. 한국이 일본과의 전쟁에서 쉽게 물러서지 않으리라는 것은 짐작할 수 있었다. 하지만 자신이 본 FAA705의 전투력은 인간 군인들이 상대할 수 있는 수준이 아니었다. 빠른 항복만이 사상자를 줄일 것이었다.

"그렇게 되면 엄청난 사상자가 나올 겁니다. FAA705가 1,000대나 한꺼번에 공격하는 상황을 상상해 보세요. 공포스러운 상황이 펼쳐질 겁니다."

테일러도 대통령의 판단에 동의했지만 더 이상 말을 보태지는 않았다. 상관인 국방장관에게 대놓고 반대 의견을 말하기는 불편했다. 콜먼 국무장관도 한마디 거들었다.

"조현애 대통령의 성격상 사상자 수가 많아지면 압박을 받을 겁니다. 어떤 식으로든 조기 종전이 될 가능성이 높습니다."

콜먼이 한미 회담을 하면서 만나봤던 조현애 대통령의 얼굴을 떠올리며 말했다. 콜먼은 조현애 대통령이 다른 정치인들과는 달리 전쟁 사상자들에 더욱 민감하게 반응할 것이라고 예상했다. 그녀의 '성격' 때문이라고 말했지만, 실은 여성은 유약하다는 편견이 녹아 있는 발언이었다.

"그 점도 무시하지 못할 겁니다."

매닝 대통령이 쐐기를 박았다. 콜먼이 말을 계속 이어서 했다.

"우리로서는 전쟁 이후의 문제를 고민해야 한다고 생각합니다. 아무리 전쟁이 일방적으로 끝난다 해도 완충 세력이 있지 않고서는 두 나라 모두에게 전쟁 자체보다 더 힘든 전후 처리 과정이 기다리고 있을 겁니다. 레일리 장관이 말한 것처럼 한일 간의 뿌리 깊은 적대감은 상상 이상입니다. 한국은 전쟁에 패한다고 해도 일본이 직접적인 점령군이 되는 것을 원치 않을 겁니다. 미국이 주도적으로 종전 회담을 이끌어야 한다고 봅니다. 단순히 옵서버가 아니라 종전 협상에 직접 참여해서 중재 역할을 해야 할 겁니다. 동북아 지역의 안정에 미국의 역할이 필수적입니다."

"참전국도 아닌데 양국에서 그런 자격을 부여할까요?"

매닝 대통령이 콜먼에게 질문했다.

인간의 한계

"어쩔 수 없을 겁니다. 두 국가 다 종전을 하고 싶은 상황이 돼도 양국 간의 직접 협상은 순탄치 않을 겁니다. 미국의 적극적인 중재 역할을 두 국가 모두 수용하지 않을 수 없을 겁니다. 그런 그림이 만들어지도록 전쟁 중에도 양쪽 모두와 계속 접촉하는 게 필요합니다. 양국이 요청해서 중재국이 되는 거라면 중국이나 러시아도 받아들일 수밖에 없을 겁니다."

콜먼의 의견을 듣고 매닝 대통령이 자신의 생각을 얘기했다.

"그런 시나리오가 가장 이상적이겠군요. 다들 아시겠지만 우리 미국은 여러 가지 이유 때문에 이 전쟁에 직접 참전하기는 어려운 상황입니다. 양국 모두와 동맹 관계이기 때문에 어느 한쪽 입장에 서는 게 곤란합니다. 또 미국에서 만든 군용 로봇이 투입된 전쟁이라는 점에서 우리가 전쟁 당사국이 된다면 비난 여론이 생길 수 있습니다. 그런데 동북아에서 전쟁이 발발했는데 우리가 아무런 역할도 하지 않으면 그것도 중국이나 러시아에 잘못된 사인을 줄 수 있을 겁니다. 그런 점에서 국무장관의 전략이 기가 막힌 아이디어라는 생각이 듭니다. 양국과의 관계를 잘만 이용하면 전쟁에 참전하지 않고도 그 이상의 효과와 이익을 챙길 수 있어 보입니다. 사실 국무장관 얘기를 듣고 보니 참전이 가능한 상황이 온다고 해도 참전하지 않는 편이 낫겠다는 생각이 듭니다."

매닝 대통령의 이야기가 끝나자 테일러가 한일전쟁의 또 다른 전개 가능성에 대해 얘기했다.

"저도 기본적으로는 미국이 한일전쟁에 직접적으로 개입하지 않는 게 맞는다고 봅니다. 하지만 한국이 일본 본토를 공격한다면 얘기가 달라질 수 있습니다. 현재 미군이 일본에 주둔하는 이유는 일본의 영토와 주권을 보호하기 위해서입니다. 일본 본토가 공격을 받는데 아무런 행동도 취하지 않는다면 주일미군의 존재 가치가 없어지는 겁니다. 그런 상황이 벌어지면 동북아 지역에서 미국의 지위는 지금보다 더 추락할 겁니다. 그러니까 제 말은 일본 본토가 공격을 받으면 다른 고려 사항에도 불구하고 미군이 일본 편에 서서 참전해야 한다고 봅니다."

테일러는 동북아에서 미국의 군사적 영향력이 점점 약해지는 것에 불만을 가지고 있었다. 그런데 지금도 최대한 전쟁에 참여하지 않는 방향으로만 이야기가 전개되자 미군의 참전이 필요한 상황을 지적한 것이다. 안보수석인 로페즈가 테일러의 말에 동의했다.

"한국이 일본 본토를 공격하는 순간 미국의 참전은 어쩔 수 없는 면이 있습니다. 한국군이 반격한다면 아마 군사 시설이 공격 목표가 될 텐데 대부분의 군사 시설에서 미군들은 일본군들과 같이 근무하고 있습니다. 한국군이 일본 본토의 군사 시설을 공격하면 미군에 대한 공격으로도 간주할 수 있는 환경입니다. 그렇다면 꼭 일본을 보호한다는 이유가 아니라고 하더라도 참전에 대한 명분이 생길 겁니다."

콜먼 국무장관도 이들의 말에 동의했다.

"그런 경우라면 저도 미군의 참전이 필요하다고 생각합니다. 사실 그런 방식으로 참전하게 되는 게 미국으로서는 가장 이상적일 수 있습니다. 왜냐하면 전쟁에 참전하지 않고 영향력을 행사하는 것은 한계가 있기 때문입니다. 그런데 미군이 공격을 받아서 어쩔 수 없이 전쟁에 끌려 들어가는 거라면 국제적인 비난도 피할 수 있을 겁니다. 그런 상황이라면 중국도 우리에 맞대응해서 군대를 파견하기는 어려울 겁니다. 그런 식으로 미군이 한반도에 들어가게 되면 아까 말했던 종전 협상에서 중재자가 아니라 전쟁 당사자가 되는 겁니다. 종전 후 미국의 이익을 가장 잘 대변할 수 있는 상황이 될 겁니다."

사람들이 자신의 의견에 동의하자 테일러가 기쁜 마음으로 평소에 가지고 있던 생각을 덧붙였다.

"미군이 참전하게 되면 최대한의 힘을 보여 줄 필요가 있습니다. 핵 공격도 필요하다고 생각합니다. 한반도에 핵을 떨어트리게 되면 되도록 중국 국경 근처에 투하하는 게 좋을 것 같습니다."

'핵 공격'이라는 말에 사람들이 깜짝 놀라는 반응을 보이자 테일러는 더욱 확고한 어조로 말을 이었다.

"핵 공격을 하자고 하는 제 의견은 즉흥적인 것이 아닙니다. 아시아에서 오랫동안 근무하면서 쭉 생각해 왔던 겁니다. 이런 결정적인 돌파구가 없으면 이 지역에서 미국의 영향력은 점점 더 약해질 것이라고 확신합니다. 이런 핵 공격의 목적은 크게 세 가지 정도가 될 겁니다. 첫째, 중국에 대한 경고입니다. 우리가 이 정도로 한반도에서의 전쟁을 심각하게 생각한다는 걸 보여 줘야 합니다. 그렇게 강력하게 나가면 오히려 중국도 맞대응을 하기가 더 어려울 겁니다. 중국도 명분이 크지 않은 싸움에 말려들어 가고 싶지는 않을 겁니다. 둘째, 이 공격은 일본에게도 경고의 성격을 갖습니다. 최근 일본은 국내에서 극우 세력들이 부상하고 있는 중입니다. 데라우치 총리의 가장 핵심적인 지지층입니다. 지금이야 우리와 잘 지내고 있지만 만약 한일전쟁을 일방적으로 승리하게 되면 미일관계에서도 주도권을 쥐려고 시도할 겁니다. 동북아 지역에서도 자신들의 목소리를 더 내려고 할 겁니다. 핵을 사용하게 되면 그런 움직임을 미리 힘으로 제압하는 효과가 있을 겁니다. 그렇게 되면 전쟁 후에도 일본은 우리의 눈치를 볼 수밖에 없을 겁니다. 종전 회담에서도 최대한 미국에 유리한 조건을 제시할 수 있을 겁니다. 셋째, 미국의 힘을 보여 주게 되면 미군이 다시 한국에 주둔할 수 있는 분위기가 마련될 수 있다는 점입니다. 한국도 일본군이 자국에 들어오는 것보다는 미군 주둔을 더 선호할 겁니다. 한일 간의 역사적인 문제를 배제한다고 하더라도 한일전쟁을 거치고 나면 한국도 강력한 보호자를 원할 겁니다."

테일러는 동북아 지역에서 약해지고 있는 미국의 지위를 격상시키는 게 필요하다고 생각했다. 그런 점에서 한일전쟁은 미국에

인간의 한계

게 찾아온 절호의 기회였다. 하지만 일본군이 단독으로 전쟁에서 승리하게 되면 미국의 약해진 지위가 더욱 약해질 것이라고 판단했다. 주일미군사령관인 테일러는 아시아 전문가였다. 장성이 되고부터는 대부분 아시아 지역에서만 근무를 했다. 주일미군사령관으로 부임한 지도 4년이 넘었다. 이례적으로 긴 부임 기간이었다. 보통은 대륙별로 순환 근무를 해야 하지만 테일러의 아시아 전문성을 높이 산 결과였다. 그는 미군에서 중국어와 일본어를 유창하게 할 수 있는 거의 유일한 장성이었다. 그는 미군이 동북아 지역에서 주도적인 지배력을 갖기 위해서는 주한미군이 꼭 필요하다는 입장이었다.

개인적으로 2038년의 주한미군 철수에 대해서도 강하게 반대했었다. 테일러는 당시 남한과 북한의 협력 분위기가 고조되면서 주한미군을 철수했지만 기회만 되면 다시 한국으로 들어가야 한다고 생각했다. 그는 어느 경우에도 한국을 미국의 방위선에서 포기해서는 안 된다는 입장이었다. 그렇게 되면 동북아에서 일본이 고립될 수 있는데 이는 미국의 국익과 전면으로 배치된다는 생각이었다. 그런데 일본 본토가 공격받게 되면 특히 주일미군 기지가 공격받게 되면 합법적으로 주한미군을 복원할 수 기회가 생기는 것이다.

매닝 대통령은 테일러의 아이디어가 마음에 들었다. 그렇게 되면 일거에 국내외에서 자신의 영향력이 더욱 강력해질 것이라고 보았다. 수십 년 동안 이어지던 중국과의 패권 전쟁은 중국의 지속적인 성장으로 이제는 소강상태로 접어들었다. 미국이 가지고 있던 세계 최강의 위상이 사라지자 오히려 경쟁이 줄어들고 힘의 균형 상태가 이어지는 중이었다. 현재의 대등한 관계는 결코 미국에게 유리한 상황이 아니었다. 미래에 중국의 힘이 약해질 리 없는 상황에서 한일전쟁이라는 기회를 살리지 못한다면 중국이 세계의 일강이 될 가능성이 있었다. 반면 이 기회를 잘만 살린다면 동북아에서 미국의 위상이 과거와 같은 수준으로 올라갈 수 있었다. 그렇게 되면 몇 달 후에 있을 11월 대선에서 무조건 당선이 될 거라고 보았다.

"조금만 더 얘기해 보세요."

매닝 대통령이 흥미를 느끼며 테일러에게 다음 얘기를 재촉했다.

"일본과의 동맹은 힘의 우위에 근거하는 관계입니다. 미국의 힘이나 영향력이 약해지면 미일동맹은 약해질 수밖에 없습니다. 지금은 일본이 우리나라의 로봇 군인을 수입하고 있지만 곧 로봇 군인을 자력 생산하게 될 겁니다. 지금은 평화헌법이 폐기되고 얼마 되지 않아서 그렇지 몇 년 후에 완전한 기술 이전이 되면 일본인들도 적극적으로 로봇 군인들을 생산하기 시작할 겁니다. 군용 로봇 분야에서 미국과 대등한 관계가 되면 미일동맹의 실효성은 사라질 겁니다. 거기에다 미군의 도움 없이 한일전쟁에서 승리해

　　　　　　　　　　　　인간의 한계

버리면 자연스럽게 미군에 대한 의존도가 약해질 겁니다. 데라우치 총리도 그렇고 일본군의 수뇌부들도 현재까지는 다들 미군을 최상으로 대우해 주고 있지만 그건 어디까지나 힘의 균형이 우리 쪽으로 기울었을 때의 이야기입니다."

테일러는 일본이 군용 로봇들을 대거 수입한다고 해서 완전한 기술 이전까지 약속한 것은 어리석은 일이라고 생각하고 있었다. 재정적인 어려움 때문이라고는 하지만 장기적으로 볼 때 미국의 이익에 반하는 치명적인 실수라고 생각했다. 그는 일본의 문화는 철저하게 힘의 논리에 따른다는 것을 알고 있었다. 강자는 강자다워야 하고, 약자는 약자다워야 한다. 미국이 일본인의 존경을 획득하는 방법은 그들을 배려해 주는 것이 아니라 그들보다 강자가 되는 것이었다. 그리고 그렇게 행동하는 것이었다. 핵과 같이 강력한 힘을 가지고 있으면 사용해야 할 때 그 힘을 단호하게 사용해야 한다. 그러면 존경과 복종을 요구하지 않아도 부드럽고 예의 바른 일본인을 만날 수 있다.

일본인은 자신이 약자라는 판단이 서면 강자 앞에서 자신의 자아를 드러내지 않는다. 드러낼 자아가 있는지조차 의심스러울 정도로 철저히 강자에게 복종한다. 일본인은 약자가 약자답게 행동하지 않으면 냉대와 죽음밖에 없다는 것을 뼛속 깊이 체화시켜 놓은 사람들이었다. 그게 일본의 저력이기도 했다. 자신의 위치에서 자신의 일을 묵묵히 하는 것. 그런 정신들이 모여 집단으로 발휘될 때 엄청난 힘으로 나타나기도 한다. 하지만 사람이란 평생 자신을 표현하지 않고 꾹꾹 눌러 놓기만 하면서 살 수는 없다. 그런 눌린 정서는 어떤 식으로든 분출구를 필요로 한다.

테일러는 일본인들의 성에 대한 집착이 그런 분출구라고 생각했다. 일본에 부임하기 전 일본은 성문화가 대단히 개방적이라는 이야기를 수없이 들었었다. 사회의 다른 부분도 개방적일 거라고 생각한 것은 오산이었다. 테일러가 4년간 있으면서 관찰한 일본은 상상하기 힘들 정도로 보수적인 사회였다. 하지만 성적인 부분만은 다른 선진국에서 유래를 보기 힘들 정도로 허용치가 높았다. 테일러는 모순적으로 보이는 이런 일본의 문화가 결국 인간의 본성에서 기인하는 것이라고 생각했다. 자아의 표현 욕구가 평소에 지나치게 억눌리기 때문이라는 분석이었다. 거기에 인간 본연의 인정 욕구까지 결합시키면 수많은 일본 문화를 이해할 수 있었다. 그게 오타쿠 문화도 되고 장인정신도 되는 것이라고 생각했다.

테일러는 개인적인 즐거움에서 삶의 탈출구를 찾는 것은 그게 무엇이라도 괜찮다고 생각했다. 그는 그런 식으로 일본인들의 성문화를 이해했다. 테일러가 생각하기에 정말 경계해야 하는 경우는 그런 일본인들의 정서가 약자에 대한 폭력으로 나타날 때이다. 이런 정서가 집단적 행동으로 폭발하는 과정은 집단의 크기와 관계없이 비슷했다. 국가, 왕, 우두머리, 사장, 담임 등 거역할 수 없는 존재가 그런 정서를 공인해 주면 되는 것이다. 예의 바르던 일본인이 한없이 잔인해지는 순간이다. 테일러는 일본이 미국을 자신들보다 약자라고 생각하는 순간 현재와 같은 조화로운 미일관계는 끝이 날 것이라고 생각했다. 그들의 이런 문화를 이해한다면 완전한 기술 이전을 통해 미국의 우월적 지위를 스스로 내려놓는 것은 어리석은 일이었다.

레일리 국방장관은 다른 사람들의 이야기를 듣기만 했다. 어제 저녁 회의 때부터 계속 불편한 마음이 떠나지 않았다. 일본의 군사적 행동에 다분히 다른 의도가 있다고 생각하고 있었다. 자신이 모르는 정치적인 계산이 있을 수 있다고 생각했다. 하지만 아무리 그런 이유들이 존재한다고 하더라도 전쟁을 그렇게 시작할 수는 없었다. 평생 군인의 삶을 살고 있는 그이지만 그런 식의 전쟁은 경멸했다. 양국의 젊은이들이 전쟁터로 끌려가 정치인들의 소모품으로 사용될 것이었다. 레일리는 매닝 대통령이 데라우치 총리를 강력하게 저지했다면 한일전쟁을 막을 수 있었다고 생각했다. 지금이라도 전쟁을 끝내는 방안에 대해 논의해야 한다고 생각했다.

그러나 어제도 그렇고 오늘도 다른 회의 참석자들은 전쟁을 막는 방법에 대한 논의 자체를 하지 않았다. 테일러가 예측하는 것처럼 한일전쟁이 흘러갈 것 같지도 않았다. 다른 회의 참석자들이 자신을 부정적으로 생각하는 것은 알고 있었다. 어제 매닝 대통령의 신경질적인 말이나 다른 사람들의 반응에서도 그런 분위기를 충분히 느끼고 있었다. 그러나 자신이라도 전쟁 반대 의사를 명확하게 표현하지 않으면 안 된다는 의무감이 들었다. 특히 전략적인 차원에서 핵무기의 사용까지 검토한다는 사실이 믿기지 않았다. 아무리 미국의 국익이 중요하다고 해도 용납하기 어려웠다.

"일본 본토가 공격받는다고 해서 미군이 무조건 참전한다면 한국군의 자위권을 전면적으로 부정하는 행위가 될 수 있습니다. 거기에다 아무리 전략적인 이유가 있다고 하더라도 한국에 핵폭탄을 투하하는 행위는 지금 논할 문제는 아닙니다. 한국에 미군을 주둔시키기 위해서라고 하지만 그런 방법까지 생각하는 것은 한국 국민들을 전혀 고려하지 않은 발상입니다. 그것보다는 지금이라도 이 전쟁을 어떻게 조기에 종식시킬 수 있는지에 대한 논의가 필요하다고 봅니다."

'또 시작이군.'

매닝 대통령이 생각했다. 매닝은 레일리가 미국의 국가 이익을 최우선으로 고려하지 않는다고 의심했다. 한일전쟁은 프론티어맨의 이익과 완벽하게 연결되어 있는 사건이었다. 그리고 프론티어맨의 이익은 바로 미국의 국익과 직결됐다. 이런 상황에서는 전쟁의 불가피성을 정무적으로 판단해야 한다. 레일리는 그런 이슈의 복합성을 이해하지 못하거나 또는 의도적으로 보지 않는다고 판단했다. 레일리는 너무 고지식하게 전쟁을 전쟁으로만 보고 있었다. 테일러나 콜먼이 얘기하는 미국의 국가적 이익에 대해서도 눈을

인간의 한계

감고 있었다. 이 전쟁으로 인해 프론티어맨이 재고 로봇들까지 전부 처분하게 됐다는 사실을 일일이 설명하는 것은 구차한 일이었다. 전쟁을 시작한 건 일본이었지만 미국으로서도 거부할 수 없는 전쟁이었다. 매닝은 대통령의 권위로 레일리의 의견을 누르는 편이 불필요한 논쟁을 줄일 것이라고 판단했다.

"이 문제는 그렇게 단순한 문제가 아닙니다. 이미 시작된 전쟁을 제삼자인 우리가 어떻게 막습니까? 오히려 우리가 입장을 명확하게 정하지 않으면 중국만 참전하게 되는 상황을 초래할 겁니다. 그렇게 되면 이 전쟁은 상상할 수 없는 수준으로 확전될 수 있습니다. 그리고 중국군이 한국에 한 번 들어오면 쉽게 나갈 거 같습니까? 아마 대다수의 한국인들은 그런 상황을 더욱 두려워하고 있을 겁니다. 한국인들은 우리가 다시 자신들을 보호해 주길 바랄 겁니다. 우리가 전략적으로 판단하지 못하고 우물쭈물하다가는 더 많은 피해자들이 생긴다는 말입니다."

"하지만 그게…"

"그 얘기는 그만합시다."

매닝 대통령은 레일리의 이야기를 더 이상 듣고 싶지 않았다. 한일전쟁은 자신의 정치생명하고도 깊이 연관되어 있었다. 곧 있을 11월의 대선에 미칠 영향만을 고심하는 것은 아니었다. 그보다 더 문제가 될 수 있는 부분은 일본과의 군용 로봇 거래에 자신의 가족들도 깊이 관련되어 있다는 점이었다. 매닝의 사위는 프론티어맨에서 근무하고 있었고 일본과의 거래를 책임지고 있는 담당자였다. 사위는 이 계약을 진행하는 도중 고속 승진을 해서 현재는 아시아 지역 총괄 사장으로 일하고 있었다. 정적들이 이 문제를 파기 시작하면 자신의 정치생명이 위태로워질 것이었다. 매닝은 스스로에게 부끄러운 일은 하지 않았다고 생각했지만, 정치라는 게 자신의 결백 주장만으로 되는 것은 아니라는 것을 잘 알고 있었다. 정치판에서는 동일한 사건이 부정부패가 되기도 하고 선행이 되기도 한다. 자신과 가족들이 살기 위해서는 한일전쟁이라는 하늘이 준 기회를 살려야 했다. 레일리의 말에 매닝 대통령의 기분이 언짢아진 것을 보자 비서실장인 브룩스가 주제를 바꿨다.

"우리 입장을 빨리 공표할 필요는 없을 것 같습니다. 어차피 우리가 양국 모두와 동맹국이라는 사실을 다른 나라들도 아니까 국제적으로도 이해가 되는 상황일 겁니다. 그렇다고 아무 얘기도 안할 수는 없으니까, 포괄적인 성명서 정도를 발표하면 될 것 같습니다. 민간인 피해를 우려한다는 정도의 메시지가 괜찮을 것 같습니다."

콜먼 국무장관이 브룩스 비서실장의 말에 동의했다.

"그렇게 하는 게 미국에게 운신의 폭을 넓혀 줄 거라고 생각합니다. 최소한 며칠 정도 지났을 때 미국의 무개입 원칙을 공표해도 큰 무리는 없어 보입니다."

대통령이 회의를 마치는 발언을 했다.

"당분간은 그 정도 전략이면 괜찮을 것 같습니다. 미국인이 직접 피해 당사자가 되면 전쟁에 참전하는 것도 잠정적으로 승인하겠습니다. 하지만 이 결정은 실제 미국이 공격을 당하는 순간까지는 공표하지 않는 게 좋겠습니다."

매닝 대통령은 일본 본토가 공격받으면 참전한다는 이야기를 공식적으로 말할 필요는 없다고 생각했다. 그런 이야기는 한국과 한반도 주변 국가들에게 불필요한 사인을 줄 것이었다. 또한 미군 피해가 생기면 참전한다는 결정을 비공개로 해 놓으면 한국이 일본 본토를 공격할 가능성이 높아질 것이었다. 그런 경우 자연스럽게 미국의 참전이 결정될 것이었다. 현재로써는 미국에게 혹은 매닝 자신에게 가장 이상적인 시나리오였다.

총리 집무실에서 데라우치 총리가 고무라 방위장관과 단둘이 얘기하고 있었다. 선전포고를 선포한 지 한 시간 정도 지난 시점이었다. 일본군의 공격이 한반도 전역에서 이루어지고 있었다. 고무라가 의기양양한 표정으로 말했다.

"테일러 주일미군사령관이 한국군이 일본 본토를 공격하면 미군도 전쟁에 참전한다고 알려 왔습니다."

데라우치 총리는 한일전쟁을 개시하면서 미국의 참전을 기대하지는 않았다. 미국은 한국보다는 일본과 더욱 가까운 동맹국이라고 생각하고는 있었지만, 미국이 한국과도 동맹국이라는 점을 무시할 수는 없었다. 그렇기 때문에 한국군의 일본 본토 공격이라는 조건이 붙었지만 미국의 참전 결정이 이렇게나 빠르게 내려질 것이라고는 예측하지 못했다. 미국의 참전은 주일미군 병력의 참전만을 의미하는 것이 아니었다. 아시아 지역에 있는 모든 미군들이 한꺼번에 한반도로 집결할 수 있다는 말이었다. 그렇게 되면 한국이 아무리 격렬하게 저항한다고 해도 한일전쟁은 당장 며칠 내로도 끝날 수 있었다. 데라우치 총리는 마냥 좋은 소식은 아니라고 생각했다. 만약 전쟁 초기부터 미국이 참전하면 전리품에 대한 분배가 일본의 의도대로 흐르지 않을 가능성이 있었다.

"그거 잘됐네요."

데라우치 총리는 그 정도로 대답했다. 마냥 좋은 소식은 아니지만 절대로 나쁜 소식은 아니었다. 결정적인 순간에 미국은 한국이 아니라 일본 편을 든다는 말이었기 때문이었다.

"미국도 우리 편을 들 수밖에는 없을 겁니다. 우리가 아니었으면 프론티어맨은 벌써 망했을 테니까요. 프론티어맨이 망했다면 매닝 대통령도 재선은 꿈도 못 꿨을 겁니다."

고무라는 프론티어맨과의 거래를 성사시킨 스스로를 항상 자랑스러워했다. 결국 그 거래가 전쟁의 승리를 결정지을 것이기 때문이었다.

"그렇죠. 결국 우리가 미국 대통령을 결정한 거네요. 하하하. 고무라 상이 고생이 많았습니다."

"고맙습니다. 총리님. 우리가 죽어 가는 회사를 살려주는 건데도 어찌나 비싸게 굴던지 아주 같잖았습니다. 우리가 평화헌법으로 손발이 묶인 상황만 아니었다면 군용 로봇 분야도 우리가 세계 시장을 주도했었을 텐데 말입니다."

"맞습니다. 이제는 그런 날이 곧 올 겁니다."

이미 일본은 가정용이나 산업용 로봇 분야에서 선도적인 국가들 중의 하나였다. 프론티어맨으로부터 완전한 기술 이전이 이루어지면 군용 로봇 분야에서도 세계적인 수준으로 금방 올라갈 것이었다. 데라우치는 그런 날이 오면 미국도 일본의 로봇 군인들을 구매해야 할 것이라고 믿었다. 지금 지불한 돈은 그때 다시 이자를 쳐서 받을 것이라고 생각했다.

7.

조현애의 결심

(2048년 8월 24일, 청와대)

아침 7시.

일본이 한국을 침공한 지 일주일째 되는 날이다. 조현애 대통령은 어젯밤에도 잠이 오지 않았다. 주치의가 준 수면제를 먹고 잠시 눈을 붙였지만 2시간도 되지 않아 눈이 떠졌다. 수면 부족이 판단력을 흐리게 할 것 같아 어떻게든 잠을 청해 보지만 불면의 밤들이 이어졌다. 청와대 집무실에서 권희선 비서실장으로부터 전쟁 상황을 보고받았다. 그녀도 새벽부터 청와대 공관에 나와 있었다. 어젯밤에도 일본군의 폭격은 계속되었다. 일주일 동안 전국의 주요 군사 시설들이 초토화되었다. 군사 시설 인근의 민간인 지역의 피해도 막심했다. 벌써 사망자의 수가 10만 명을 넘어섰다.

처음에는 군인 사망자가 대다수였지만 시간이 지나면서 민간인 사망자도 빠른 속도로 증가하고 있었다. 이제는 민간인 사망자도 3만 명을 넘어섰다. 견디기 힘든 상황이었다.

'내 잘못이다.'

'내가 좀 더 현명했다면 전쟁을 막을 수 있었다.'

그런 생각이 머릿속에서 떠나지 않았다. 일본 정부가 취한 최근 몇 년 동안의 긴장 완화 제스처를 있는 그대로 믿었다. 일본의 극우 세력이 한반도에서의 진정한 평화를 바란 적이 한 번도 없었는데 그 단순한 사실을 간과했다.

'멍청할 정도로 어리석었다.'

자책이 되었다. 조현애도 남한과 북한이 대치하고 있던 과거 상황에서 한반도의 통일을 가장 바라지 않는 국가는 일본이라고 생각했었다. 그러나 그것은 어디까지나 한반도가 통일되기 이전의 상황이라고 생각했다. 이미 통일이 됐으니 일본도 이 상황을 받아들일 수밖에 없을 거라고 판단했다. 일본의 극우 세력들도 마찬가지일 거라고 생각했다. 일본 정부의 군축 회담 제안들이 기만적이라고 했던 박형철 국방장관의 말도 심각하게 받아들이지 않았다. 데라우치 총리의 극우적인 과거 행적을 고려하지 않고 현재의 말과 행동만을 판단 근거로 삼았다. 사람의 과거가 그 사람의 미래라는 단순한 진리를 명심하지 않았다.

그 안일함의 대가가 너무 컸다. 동북아 평화 정착이라는 성과

인간의 한계

를 빨리 만들어 내고자 하는 자신의 욕심이 이 모든 비극을 불렀다고 스스로를 책망했다. 일본은 한국과 군축 회담을 하면서 끊임없이 로봇 군인들을 사들이며 전쟁 준비를 하고 있었다. 돌이켜 보면 초계기 도발 시점부터는 이미 전쟁이 시작된 것이나 다름없었다.

'그 순간에도 외교 채널을 가동해서 군사적 충돌을 막으려고 했었으니 적들은 자신을 얼마나 조롱했겠는가!'

조현애 대통령은 스스로의 말과 행동이 가소로웠다. 그들에게 전쟁 준비 시간만 벌어 줬을 뿐이었다. 국제 여론을 통해 일본의 만행을 막고자 하는 노력도 성과가 없었다. 한일전쟁에 대한 국제 여론은 대부분 일본 편이었다. 일본 정부의 발 빠른 대응 덕분이었다. 일본 정부는 긍정적인 국제 여론을 조성하기 위해 선전포고와 함께 자신들의 입장을 설명하는 자료를 외국 정부, 언론, 국제단체에 보냈다. 일본 초계기 조종사의 대화 녹음, 고바야시 사이토의 장례식 영상과 미망인 인터뷰, 지부리 섬 사람들의 인터뷰 등을 편집한 자료였다. 최근 몇 년 동안 일본이 군비 감축을 위해 노력했던 부분들도 포함시켰다. 데라우치 내각이 한국 정부에 군축 회담을 제안하고 선제적으로 무기와 병력을 줄였다는 점을 강조했다.

한일전쟁의 해묵은 배경의 하나로 다케시마와 관련된 일본 측 자료도 포함시켰다. 독도가 과거로부터 한국 영토였음을 보여 주는 역사적 자료나 현재도 한국이 점유하고 있다는 사실은 포함시키지 않은 일본 측의 일방적인 주장이었다. 이런 자료들이 과학적이고 객관적으로 보일 수 있도록 전문가 인터뷰도 다수 삽입하였다. 인터뷰에 응한 전문가들은 예외 없이 일본 정부나 기업의 지원금을 받은 적이 있는 유럽이나 미국의 학자들이었다. 처음부터 이런 사안들을 객관적으로 평가할 수 있는 인물들이 아니었다. 편파적인 자료였지만 다른 나라 사람들이 타국의 역사나 상황을 정확히 알기는 어려웠다.

일본 정부는 인터넷 여론을 조작하기 위해 일본인 개인들도 활용했다. 개인들의 인터넷 댓글 활동을 통해 일본 정부의 주장을 대세 의견으로 만들었다. 이런 인터넷 의견은 전 세계 사람들에게 각국 정부나 언론 기관보다 더 큰 영향력을 미쳤다. 일본 정부가 활용한 개인들은 두 가지 부류였는데 하나는 해외에 거주하는 일본 교민들이었다. 나가타초 다도회는 몇 년 전 한일전쟁을 기획하면서부터 이 교민 네트워크를 꾸준히 지원하고 활용했다. 이미 존재하던 교민 네트워크를 더욱 체계적으로 만들고 정부에서의 지원금을 대폭 증액시켰다. 이를 통해 교민들이 사명감을 가지고 매사 조국 일본을 위해 말하고 행동할 수 있도록 했다.

다른 하나는 총리실 산하의 국제여론조사단을 활용하는 것이었다. 국제여론조사단은 정부 조직이기 때문에 이곳의 근무자들이 직접 한국에 대한 여론을 조작하기는 어려웠다. 대신 외부에

146   인간의 한계

있는 위탁 기관을 선정 관리하고, 그 위탁 기관이 여론 조작에 가담할 사람들을 고용하는 방식을 택했다. 이런 위탁 기관이 가장 많이 사용하는 방법은 일본인들 중에 한국어가 능통한 사람들을 고용해서 이들이 한국인인 것처럼 글을 쓰게 하는 것이었다. 이렇게 고용된 사람들은 인터넷상에서 지속적으로 일본을 찬양하고 한국을 비하했다.

'한국인들은 인종차별이 세계에서 가장 심하다.'

'한국인들은 배은망덕한 사람들이다.'

'일본인들의 장인정신은 정말 존경스럽다.'

'일본인은 세계에서 가장 예의가 바르다.'

이런 방법은 치졸하지만 효과적이었다. 진짜 한국인들은 가짜 한국인들과 논쟁하다 지쳐서 침묵했고, 외국인들은 한국인들을 자신의 나라조차 존중하지 않는 사람들로 바라봤다. 이들 가짜 한국인들은 한일전쟁의 원인에 대해서도 일본의 입장을 옹호했다.

'나도 한국인이지만 어떻게 민간인을 죽일 수 있냐? 이건 무조건 한국이 잘못한 거다.'

'독도는 사실 일본 것 아니냐? 매사에 이렇게 거짓말만 하니까 일본이 쳐들어온 거다. 한국인들은 당해도 싸다.'

'빨리 사과하고 전쟁 끝내자. 이게 뭐하는 짓이냐? 같은 한국인으로서 창피하다.'

일본 정부의 공식·비공식 채널을 총동원한 여론 조작으로 세계의 많은 사람들은 일본의 선전포고는 정당하다고 생각했다. 한국 정부가 로봇 군인들의 잔혹성과 민간인 피해를 호소했지만 국제 사회의 반응은 냉담했다. 조현애 대통령은 국제 여론을 제대로 관리하지 못한 점에 대해서도 자책하는 마음이 컸다. 일본의 조직적인 여론 조작이 있었다고 하나, 한 나라의 지도자로서 이런 상황을 초래한 것은 변명의 여지가 없었다. 한국 정부는 유엔에도 도움을 요청했지만 이 역시도 일본보다 한발 늦었다. 유엔은 먼저 도착한 일본 정부의 요청을 우선 검토하고 있었다. 일본 정부는 한국군의 폭격으로 인한 고바야시 사이토의 사망과 그에 따른 선전포고의 정당성을 유엔에 알렸다. 유엔 안전보장이사회는 선전포고 하루 만에 일본의 선전포고가 정당한 주권 행사라는 결의 내용을 발표했다.

한일전쟁에 대한 국제 여론은 일본 국민들을 결집시키는 도구로도 사용되었다. 선전포고를 발표하고 실시한 국내 여론조사에서 60% 정도의 일본 국민들이 전쟁을 지지했다. 일본 국민들은 고바야시 사이토의 미망인이 절제된 표정으로 이야기하는 모습을 보고 그녀의 슬픔에 공감했다. 하지만 전쟁 자체를 반대하는 사람들도 아직은 30% 이상 존재했었다. 전통적으로 일본인들은 해외의 평가에 민감한 편이다. 그러다 보니 해외 언론, 외국 정부, 인터넷 여론이 모두 일본에 우호적이자 전쟁에 대해 회의적이던 사람들마저 한일전쟁을 지지하기 시작했다. 선전포고 후 3일 정도가 지난 시점에서는 95% 이상의 일본인들이 전쟁을 지지했다. 그 며칠 사이에 데라우치 총리는 국민적인 영웅이 되어 있었다. 그에게 정치적인 위기를 불러왔던 뇌물 사건은 사람들의 머릿속에서 완전히 잊혀졌다.

비서실장이 다시 대통령 집무실에 찾아왔다.

"대통령님, K 총비서께서 전화하셨습니다."

조현애 대통령은 깜짝 놀랐다. 마지막으로 대화를 나눈 지 거의 3년 만이었다. 컴퓨터 화상으로 보이는 K 총비서의 건강은 예전보다 더욱 안 좋아 보였다. K 총비서는 침대에 누워서 말을 했다.

"오랜만입니다. 조 대통령님. 제가 건강이 좋지 않아서 이런 모습으로 인사를 드리네요. 양해 바랍니다."

"괜찮습니다. 잘 지내시죠?"

유럽에 거주한다는 사실은 알고 있었지만 정확히 어디에 머무르는지는 모르고 있었다. 국정원을 이용하면 얼마든지 거처를 알 수 있었겠지만 그렇게 하지 않았다. 그게 자신의 마지막을 조용히 지내고 싶어 하는 K 총비서에 대한 최소한의 예우라고 생각했다.

"그럭저럭 괜찮습니다. 나보다는 조 대통령님이 걱정돼서 연락한 겁니다. 대통령께서는 건강이 어떠시오?"

K 총비서는 '조 대통령님이 걱정'이라는 말을 하며 걱정 어린 웃음을 살짝 내비쳤다.

"저도 괜찮습니다."

"물어보는 내가 어리석은 사람입니다. 괜찮을 리 없겠죠. 나도 이곳에서 통일한국의 상황을 다 듣고 있습니다."

"네…. 사실 상황이 매우 어렵습니다."

"일이 이렇게 되고 보니 애초에 우리 북한이 핵을 포기하지 않았다면 어땠을까 싶습니다. 당시 우리 북한은 미국의 공격에 대비해 핵무장을 한다고 했었지만 사실 장기적으로 볼 때 우리의 주적은 일본이라고 생각하고 있었습니다. 핵을 사용해야 하는 순간이 온다면 그건 아마도 일본이 될 거라고 생각했죠. 일본이 언젠가는 또 한반도에 쳐들어올 거라고 예상하고 있었으니까요. 과거에 수백 번이나 쳐들어온 사람들이니 언젠가 또 쳐들어올 거라고 생각했던 겁니다. 결국 불행하게도 그게 현실이 됐네요."

"무자비한 전쟁입니다. K 총비서님… 로봇 군인들의 전투력은 우리 군인들이 감당할 수 있는 수준이 아닙니다."

"미국산 휴머노이드 말입니까?"

"네. 일본이 최근 몇 년 동안 로봇 군인들을 마구 사들이고 있었습니다. K 총비서님과 내가 그렇게나 막으려고 했던 상황이 현재 한반도에서 벌어지고 있습니다. 외국 군대가, 그것도 일본 군대가 한반도를 유린하고 있습니다. K 총비서님에게는 죄송한 마음이 큽니다."

"나한테 죄송할 게 무엇이겠습니까? 나보다 조 대통령님이 훨씬 힘들다는 거, 잘 알고 있습니다."

"무엇보다도 사상자가 너무 많습니다. 도저히…"

조현애 대통령은 갑자기 감정이 복받쳤다. 3년 전 전쟁이 발발하기 바로 직전에 K 총비서와 함께 일촉즉발의 위기를 탈출했던 상황이 떠올랐다. 전쟁을 막아 냈던 당시의 파트너가 자신을 위로하자 갖가지 감정이 솟구치며 눈물이 차올랐다. 당시 100년의 적대 관계에도 불구하고 한 민족이라는 공통점이 그 어려운 문제를 참 쉽게도 해결하게 했다는 생각이 들었었다.

"그래요. 조 대통령님. 그 마음을 내가 어찌 모르겠습니까? 하지만 대통령께서 힘을 내셔야 합니다. 이 말을 해 주고 싶었습니다. 당시 우리가 통일 선언을 할 수 있었던 것은 당신의 결단이 있었기에 가능했던 겁니다. 어떻게 될지 모르는 상황에서도 평양행 비행기에 몸을 싣지 않았습니까?"

"그러나 그 모든 것은 K 총비서님이 있어서 가능했습니다. 지금도 옆에 계신다면 힘이 될 것 같습니다."

도망치고 싶었으나 어디로도 갈 수 없는 상황에서 K 총비서의 말 한마디는 큰 위로가 되었다.

"조 대통령님. 제가 현명하신 조 대통령님에게 무슨 조언을 할 수 있겠습니까? 나 없이도 잘 해내실 겁니다. 우리가 만들어 낸 남북통일을 생각해 보십시오. 주변국의 이해관계 때문에 통일은 불가능할 거라고 다들 얘기하던 상황이 아니었습니까? 그런데 우리의 결정이 밖에서 보는 것보다는 훨씬 쉬웠던 거 기억납니까?
왜 쉬웠겠습니까?"

K 총비서가 조현애 대통령을 빤히 바라보면서 말을 이었다.

"우리는 딱 하나만 생각했었습니다. 사람들! 북과 남의 바로 그
보통의 사람들. 주변의 정치 지형을 계산하지 않고 오로지 사람들
만 생각하지 않았습니까? 지금도 단순하게 생각하는 것이 도움이
될 수 있을 겁니다. 생각이 많아지면 오히려 통찰력을 잃을 수 있
습니다. 조 대통령님은 그때처럼 잘 해내실 겁니다. 조 대통령님,
많이 피곤해 보이는군요. 이런 때일수록 잘 먹고 잘 쉬어야 합니
다. 다음에 볼 때는 웃으면서 볼 수 있기를 바랍니다."

K 총비서와의 화상 전화는 그렇게 끝이 났다.

남한과 북한의 관계가 일대 전환기를 맞은 시점은 남북연합 체
제가 선언된 2029년이었다. 그때부터 남북한은 서로의 국가 체제
와 주권을 인정하되 남북한의 교류는 국내법으로 처리하는 시대
가 열렸다. 남북한 사이에 발생하는 공동의 자원 개발, 투자, 법인
설립, 물자 교역 등은 모두 남북한이 합의한 남북연합공동법에 의
해 한 국가 내에서의 교류처럼 진행할 수 있었다. 남북연합 체제
이전에도 이미 북한의 관광지 개발이나 낮은 단계의 남북한 경제
협력은 순조롭게 진행되고 있었다. 이런 수년간의 교류 확대가 있
었기 때문에 남북연합 체제가 가능했던 것이다.

남북연합 체제를 가장 반기지 않은 나라는 일본이었다. 하지만

일본도 경제 침체가 오래 진행되고 있었고 그에 따라 국력이나 대외 영향력이 많이 약화됐었기 때문에 단독으로 남북연합 체제의 출범을 막기에는 역부족이었다. 남한 내 친일 세력들을 활용해 남북연합을 막아보려 했지만 이 역시도 성공적이지 못했다. 남한 내 일본 추종 세력들은 2030년대 들어 급속하게 쪼그라들었고, 이런 세력들에 대한 국민들의 여론도 점점 싸늘해졌다. 한반도에서 남북연합 체제가 공고해지자 남한에 주둔하던 주한미군의 철수도 자연스럽게 이루어졌다. 2038년의 일이었다.

남과 북의 교류가 확대되면서 2040년대가 되었을 때 북한의 경제는 어느덧 세계 40위권으로 도약하게 된다. 이런 발전이 가능했던 가장 근본적인 이유는 북한의 훌륭한 인적 자원이었다. 북한 주민들은 인건비가 싸면서도 머리가 좋고 성실한 노동 자원이었다. 이런 인력이 숙련도까지 갖추게 되자 북한산 제품들은 종류를 불문하고 세계적으로 인정받기 시작했다. 이미 세계적인 수출 네트워크를 가지고 있던 남한을 기점으로 북한의 제품들이 전 세계로 수출되었다. 이런 경험들이 십여 년 축적되면서 북한은 남한을 거치지 않고도 전 세계와 교역할 수 있는 환경과 역량을 갖추게 되었다.

북한 주민들의 생활과 교육 수준이 급격히 올라가자 자연스럽게 개인의 자유나 인권에 대한 관심도 덩달아 높아졌다. 하지만 오랫동안 기득권을 유지하던 정부나 군의 관료들은 과거의 방식을 고수했다. 이들 고위 관료들은 여전히 모든 일 처리에 뇌물을 요구했다. 일반 국민들과 관료들의 인식 격차가 벌어지면서 북한 사회 곳곳에서 인적 갈등에 의한 문제들이 터져 나오기 시작했다. 처음에는 특정인이나 특정 사건에 대한 일회적인 문제 제기로 시작됐지만, 점점 더 근본적인 변화에 대한 요구로 발전했다.

이때 북한의 변화를 적극적으로 주장한 사람들 중에 일본의 자금을 받은 사람들도 상당히 많았다. 데라우치 총리는 북한 체제가 감당하기 어려운 사회 혼란을 야기할 목적으로 이들을 지원한 것이었다. 국민들의 자발적인 민주화 운동이 이런 체계적인 불안 촉진 요소들과 결합하자 북한 국민들의 요구는 빠르게 시위 형태로 전환되었다. 과거의 북한에서는 상상도 할 수 없는 일이었다. 이런 변화 흐름에도 불구하고 북한의 고위 관료들은 시간이 지나면 시위는 자연스럽게 사그라질 것이라고 생각했다. 이런 정부 고위층의 안일한 대응은 시위대의 규모만 키울 뿐이었다. 시위는 이제 북한 사회 곳곳에 산적한 고질적인 병폐들을 완전히 뒤집어엎자는 방향으로 발전했다.

만 명 이상의 시민들이 집결한 최초의 대규모 시위는 함흥에서 시작되었다. 2045년 5월 18일이었다. 북한 당국은 공화국 수립 이후 이런 종류의 대규모 시위를 경험한 적이 없었다. 당황한 북한 당국은 군을 투입하여 시위 확산을 차단하고자 하였다. 하지만 북한 국민들은 이미 군 생활을 경험한 사람들이 대부분이었기 때문에 군의 진압 작전은 큰 효과를 보지 못했다. 함흥을 시작으로 정부의 개혁을 요구하는 시위는 순식간에 신포, 원산, 청진, 강계, 신의주, 해주, 남포, 개성 등 북한 전역으로 퍼져 나갔다. 시위가 없는 대도시 지역은 평양뿐이었다. 시위는 점점 더 과격해졌고 부상자들도 속출했다. 북한 시민들의 시위는 5월 내내 지속되었고 군의 진압 작전은 여전히 효과적이지 않았다. 일부의 투입된 군 병력은 시민들을 대상으로 소극적인 진압 작전을 펴거나 오히려 시위대에 동참하는 경우들이 생기면서 지역에 따라서는 군 투입이 시민들의 결집을 강화시키는 계기가 되었다.

시위대들은 정부와 군 고위층들의 즉각적인 퇴진을 요구했다. 하지만 시위대들은 이런 비난의 칼날을 북한 권력의 정점인 K 총비서에게 겨누지는 않았다. K 총비서가 병중이기도 했지만, 그게 아니라고 하더라도 그에 대한 북한 주민들의 지지도와 충성도는 여전히 높았다. 대다수의 북한 주민들에게 K 총비서는 부모와 같은 존재였기 때문에 그를 적대시한다는 것은 상상하기 어려운 일이었다. 대다수의 시민들은 K 총비서가 병중이라는 점을 이용해 간악한 무리들이 북한을 농단하고 있다고 생각했다. 그러다 보니 시위대 중에서 누군가가 K 총비서에 대해 직접적인 비난 구호를 외치면 다른 사람들이 그를 제지하거나 폭행하는 일이 발생했다.

북한 국민들의 시위가 몇 주일간 지속되자 미국과 중국이 군사적 개입을 할 것 같은 신호들이 감지되었다. 중국은 오랜 동맹국으로서 북한 정권의 안정을 위해 개입한다는 명분이 있었다. 미국은 북한에서 폭력 시위가 지속되면 동맹국인 남한의 안전이 위협받기 때문에 군을 투입한다는 명분이었다. 주한미군이 2038년 철수하면서 작성한 양자 간 합의문이 근거가 되었다. 이 합의문은 미군 철수 후에도 동맹국 관계를 유지한다는 점을 확인하는 선언적인 성격이 강했다. 그런데 합의 조항 중에 대한민국의 안전이 위협받는 경우에는 즉시 출동한다는 문구가 있었는데 이게 미군 투입의 근거가 된 것이다. 아이러니한 점은 북한은 중국군이 들어오는 걸 원치 않았고, 남한은 미군이 들어오는 걸 원치 않았다는 점이다.

당시 남한의 대통령이었던 조현애는 어떻게 해서든지 미군이 한반도에 들어오는 것을 막으려고 하였다. 외국의 군대란 들어오는 건 쉬워도 나가는 건 지극히 복잡하고 어렵다는 걸 잘 알기 때문이었다. 하지만 주변 상황은 조현애 대통령이 바라는 것과는 전혀 다르게 흘러가고 있었다. 일본은 외교 라인을 총동원하여 북한의 시위가 동북아 전체를 전쟁 위험에 빠트릴 것이라고 경고하며 미군 투입을 촉구했다. 일본 안에 주둔하는 주일미군의 숫자가 상당했기 때문에 이런 결정이 이루어지면 미군은 몇 시간 안에 한반도에 들어올 수 있었다.

미군이 들어오면 중국도 100% 북한으로 들어올 것이었다. 남북 연합 체제는 붕괴될 것이고, 남북은 순식간에 적대적인 관계로 회귀할 것이었다. 중국과 미국의 군대가 한반도에 들어오면 전쟁 가능성은 한층 높아질 것이었다. 외국의 군사적 개입을 찬성하거나 반대하는 남북한의 국민들까지 서로 충돌하기 시작하면 어떤 식으로든 전쟁은 발발할 것이었다. 절체절명의 순간이었다. 하지만 2045년 6월 10일 어느 누구도 예상하지 못한 일이 일어났다. 조현애 대통령과 K 총비서가 전 세계에 송출된 중대발표에 같이 등장했다. 먼저 입을 연 것은 K 총비서였다. 오랜 시간의 병원 생활 때문인지 얼굴에는 병색이 완연했고, 걷는 것도 부자연스러웠다. K 총비서는 조현애 대통령의 부축을 받으며 연단에 섰다.

"친애하는 북한 인민 여러분, 저는 오늘 천근만근 돌덩이가 가슴을 짓누르는 무거운 심정으로 이 자리에 섰습니다. 우리 공화국은 그동안 끊임없이 이어진 혹독한 시련들을 불굴의 의지로 이겨 왔습니다. 그 고난과 승리의 역사 한가운데에 조국의 영광만을 위해 달려온 영웅적이고 애국적인 여러분 인민들이 있습니다. 인민 동지들의 노력은 아직도 현재 진행형이며 당신들이 보여 준 헌신과 희생에 대해서는 감사의 눈물을 흘리지 않을 수 없습니다. 그동안 여러분들이 나에게 보내준 무한한 믿음은 이제 돌이켜 보면 꿈만 같고 아무리 생각해도 이제는 보답할 길이 막막한 일이 아닐 수 없습니다."

K 총비서는 목이 메어 잠시 울먹이며 말을 멈추었다.

"친애하는 인민 여러분! 나는 조국의 최고지도자가 되고 나서

누누이 풍족하고 문명한 생활을 약속했습니다. 여러분들의 노력으로 우리 공화국은 지난 수십 년 동안 전 세계가 놀랄 만한 경제 기적을 만들어 왔습니다. 이제는 세계에서 가장 잘사는 40개의 나라에 들어가는 쾌거도 이루었습니다. 하지만 나는 실패한 지도자입니다. 나라가 잘살게 됐을지는 모르지만 그런 성과가 조국의 주인인 인민들 모두에게 골고루 돌아가지 못했습니다. 그런 점에서 조국의 수많은 도시에서 들불처럼 번지는 인민들의 분노를 가슴 깊이 이해합니다. 나는 이제 인민들만을 생각하고자 합니다. 나는 북한의 최고지도자로서 모든 권력을 조건 없이 남한의 조현애 대통령에게 이양하고자 합니다. 나는 오늘 이후로 조현애 대통령의 국정 운영에 일체 관여하지 않을 것입니다. 사랑하는 인민 여러분! 이제 나는 여러분의 은혜를 가슴 깊이 평생토록 간직하고 살아가고자 합니다. 여러분도 나의 결정을 이해해 주시고 내가 전적으로 신뢰하는 조현애 대통령에게 무한한 믿음을 보내주시기 바랍니다. 위대한 우리 인민 만세! 북남통일 만세!"

K 총비서는 울음을 참으며 '위대한 우리 인민 만세! 북남통일 만세!'라는 마지막 말을 힘겹게 맺었다. 옆에 있던 조현애 대통령이 K 총비서를 뜨겁게 안아주었다. 곧바로 조현애 대통령이 통일선언문을 낭독했다.

"2045년 6월 10일 K 총비서와 나는 한반도의 통일을 선언한다. 통일한국은 이제 하나의 국가이며 남과 북, 북과 남의 국민은 그

인간의 한계

통일된 국가의 자랑스러운 국민이다. 통일한국의 주권은 오로지 한반도의 8천만 국민들로부터 나온다. 어떠한 외부 세력도 우리의 신성한 주권을 침해할 수 없으며, 그런 시도에 대해 온 겨레가 단호히 맞서 싸울 것임을 천명한다. 통일한국은 통일된 조국을 음해하려는 내부의 적들과도 단호히 맞서 싸울 것이다. 북과 남, 남과 북의 국민들은 이제 민족의 새로운 미래를 위해 담대한 여정을 시작할 것이다. 우리는 이 여정이 쉽지 않을 것임을 안다. 그러나 우리 겨레가 5천 년 동안 그래왔듯이 어떠한 고난이라도 용기 있게 헤쳐 나갈 것임을 맹세한다. 통일한국의 국민 여러분, 감사합니다."

통일 선언문을 낭독하고 두 지도자는 다시 한번 뜨겁게 포옹했다.

두 지도자의 중대발표가 있기 전날 조현애 대통령은 이미 평양에 와 있었다. 북한에서의 시위가 점점 격렬해지자 두 지도자는 전화로 정보를 공유하고 한반도 상황에 대해 깊이 논의해 오고 있었다. 두 지도자는 외국 군대의 한반도 진입과 그에 따른 전쟁 위기를 타개할 수 있는 혁명적인 결단이 필요하다고 공감했다. 조현애 대통령은 이미 주일미군이 한반도 쪽으로 이동 준비를 마쳤다는 보고를 받았다. 조현애 대통령은 측근들만 아는 상황에서 극비리에 평양으로 들어가 K 총비서를 만난 것이었다.

"이미 미국은 남한에 군대를 투입하기로 결정한 것 같습니다."

조현애 대통령이 K 총비서에게 말했다.

"결국 일본의 로비가 통한 거네요."

"그렇습니다. 일본 정부도 그렇고 테일러 주일미군사령관도 한반도 개입에 적극적이었기 때문에 미국 정부도 결국 승인한 것 같습니다."

침통한 표정의 K 총비서도 고민에 빠진 얼굴이었다.

"중국군도 언제든지 출격 준비를 마친 상황입니다. 미군이 남한에 들어오면 곧바로 중국군도 북한으로 들어올 겁니다…. 그렇게 되면 한반도는 다시 수십 년 전으로 돌아가는 겁니다."

K 총비서는 숨이 가쁜지 잠시 말을 멈추었다가 이야기를 이어갔다.

"미군이 들어온다고 해서 남한이 큰 문제를 겪을 거라고 생각하지는 않아요. 미군이 주둔했던 경험도 있고, 남한 자체가 강하니까요. 잘 견뎌낼 거라고 봅니다. 문제는 북한입니다. 중국군은 북한에 들어와도 우리 북한 문제를 해결하려고 하지는 않을 겁니다. 오히려 현재 북한의 고위층들과 시스템을 그대로 유지하는 게 중국한테는 더 유리할 테니까요. 아마 북한 인민들은 중국군을 상대로 지금보다 더 격렬하게 시위를 할 겁니다. 결국 엄청난 사상자가 나올 수밖에 없을 겁니다. 중국은 어떻게든 저를 끌어내리고 북한에 대한 직접 지배를 노골화할 겁니다. 그런 상황이 되면 결국 중국과 미국의 전쟁도 피할 수 없는 일이 될 겁니다. 그게 제

인간의 한계

가 예상하는 한반도 미래의 암울한 모습입니다."

K 총비서는 침통한 표정으로 말을 맺었다. 조현애 대통령은 현재 중국 정부의 실세들과 가까운 사람은 K 총비서가 아니라 북한 정부 요직에 있는 다른 사람들이라는 것을 알고 있었다. K 총비서가 중국과의 관계보다 남한과의 관계를 더욱 중시하기 시작하자 중국의 수뇌부는 오래전부터 K 총비서를 마음에 들어 하지 않았다. 다만 K 총비서에 대한 북한 국민들의 지지가 워낙 절대적이었기 때문에 즉각적인 정권 교체를 시도하기는 어려웠다. 하지만 중국 정부는 그때부터 K 총비서가 아닌 다른 인물들에 대한 지원을 노골화함으로써 북한 내부의 분열을 부추기고 있었다. 기회만 되면 언제라도 K 총비서를 최고 권력에서 끌어내리려고 했다. 조현애 대통령도 이런 상황을 알고 있었기에 K 총비서의 고뇌를 이해했다. 조현애 대통령이 순수한 마음으로 물었다.

"남한이 도울 수 있는 방법이 없겠습니까?"

"아니오. 그렇게 되는 순간 다시 북남 간의 전쟁입니다. 우리 군의 수뇌부들이 절대로 남한이 북한 문제에 개입하는 걸 두고 보지 않을 겁니다. 중국도 가만히 있지는 않을 거고요."

숨쉬기 불편해 보이던 K 총비서의 눈이 반짝거리며 조현애 대통령을 바라보았다.

"조 대통령님! 이 상황을 타개할 수 있는 방법은 한 가지뿐이라는 생각이 듭니다. 우리 둘이 완전한 통일을 선언해 버리는 겁니다."

조현애 대통령도 평양행을 결정했을 때 K 총비서가 통일에 관한 파격적인 제안을 할 거라고 짐작은 하고 있었다. 조현애 대통령도 그에 준하는 제안을 준비하고 있었다. 그러나 K 총비서가 지금 제시하는 것처럼 완전한 통일까지는 생각하지 못했었다.

"상당한 준비 작업이 필요할 겁니다. 또 시간도 오래 걸릴 겁니다."

"꼭 그렇지는 않습니다. 우리는 이미 십수 년 동안 북남연합 체제를 경험해 왔습니다. 그동안의 교류가 준비 작업이라고 생각하면 됩니다. 동서독은 우연한 기회에 통일이 되고도 잘해내지 않았습니까? 그에 비하면 우리는 훨씬 더 오랫동안 준비가 된 상황입니다. 통일이라는 것은 어떤 방식으로 온다 해도 엄청난 변화인 만큼 완벽히 준비된 순간은 있을 수 없을 겁니다. 내가 총비서에서 물러나면 됩니다. 여태까지의 북남 관계는 두 나라가 서로 조금이라도 자기 것을 빼앗기지 않으려고 하니까 어려웠던 것 아닙니까? 그러나 북과 남이 한 나라라고 생각한다면 고민할 게 없습니다. 제가 모든 권력을 다 내려놓겠습니다. 조 대통령님이 생각하는 것처럼 그렇게 어려운 일이 아닙니다."

엄청난 제안이었다. 여러 가지 통일 시나리오에 대해 남한 정부 내에서도 수없이 논의를 했었기 때문에 주제 자체가 생소하지는 않았다. 다만 한 쪽이 자신이 가진 모든 권력을 다른 쪽에 완전히 이양하는 것은 어떤 시나리오에도 존재하지 않는 해법이었다. 특히 그 얘기를 K 총비서의 입으로 직접 듣는다는 것은 상상할 수조차 없던 일이었다. 조현애 대통령이 순간 할 말을 잃었다.

"부탁합니다. 조 대통령님! 다시 한반도에 미군과 중국군이 들어온다면 그리고 우리가 그걸 막지 못한다면 우리는 역사에 씻을 수 없는 죄를 짓는 것 아니겠습니까? 현재로써는 이게 최선입니다. 조 대통령님이 한반도 전체를 맡아 주시기 바랍니다."

북한 국민들은 K 총비서를 전적으로 신뢰했기 때문에 K 총비서가 직접 권력 이양을 얘기하면 어느 경우보다 북한 국민들의 반발이나 소요는 적을 것이었다. 또한 남북연합 체제에서 조현애 대통령도 북한의 미디어에 자주 등장했었는데, 북한 주민들 사이에 그녀에 대한 신뢰도는 상당히 높았다. 하지만 두 지도자가 남북통일을 선포한 이후에 사태가 어떻게 전개될지는 어느 누구도 알 수 없는 일이었다. 그러나 조현애 대통령도 K 총비서의 제안이 현재로써는 외세의 개입과 전쟁을 막을 수 있는 단 하나의 수라는 것을 부인할 수 없었다.

"네. 한번 해 보겠습니다."

K 총비서의 연설과 조현애 대통령의 통일 선언문이 발표되고 나서 기적처럼 북한에서의 시위가 일시에 멈췄다. 아주 작은 규모의 시위가 곳곳에서 이어지기도 했지만 금방 사그라졌다. 시위에 호응하는 사람도 많지 않았고, 그보다 훨씬 많은 수의 사람들이 직

접 시위대들을 막아섰다. 통일한국은 전 국민들의 지지를 바탕으로 순조롭게 통일 작업을 완성시켜 나갔다. 남한보다는 북한의 시스템 변화가 컸기 때문에 북한 기득권층의 반발이 가장 심하게 나타났다. 그에 반해, 대다수의 북한 국민들은 남한의 공권력이 북한 고위층들의 비리를 엄벌하는 것을 열렬히 환영했다. 인권이나 자유에 대한 인식이 커지기 시작한 북한 중산층 시민들이 이런 사회 분위기를 주도했다.

하지만 무엇보다도 북한 국민들이 남한의 공권력을 지지할 수 있었던 가장 큰 이유는 K 총비서가 직접 조현애 대통령을 전적으로 신뢰한다고 말했기 때문이었다. K 총비서는 그가 연설에서 말했던 것처럼 통일 선언문 발표 이후 일체 국정에 참여하지 않았다. K 총비서가 미디어에서 완전히 사라지자 이미 살해됐다는 음모론이 시민들 사이에 퍼지기도 했다. K 총비서는 그런 루머를 불식시키기 위해 2046년 여름에 한 번 인터넷 방송을 통해 얼굴을 비친 적이 있었다. 그는 그 영상에서도 조현애 대통령을 전적으로 신뢰한다는 말을 했을 뿐 현안에 대해서는 일체 어떠한 언급도 하지 않았다.

안정된 통일한국에서는 자신들의 미래가 없다고 판단한 일부의 북한 고위층 인사들이 중국, 일본, 유럽 등지로 탈출하기 시작했다. 두 지도자의 통일 선언문 발표에 가장 충격을 받은 나라는 일본이었다. 데라우치 총리는 드디어 할아버지가 생전에 그토록 바라던 한반도 내의 전쟁이 실제로 임박했다고 생각하고 있던 참이었다. 주일미군의 한반도 투입 준비 상황을 보고 받으며 회심의 미소를 짓고 있었다. 상황에 따라 일본군도 한반도에 들어갈 수 있는 길이 열릴 것이었다. 외국 군대가 쏟아져 들어온 한반도는 자그마한 불씨로도 금방 전쟁이 발발할 수 있는 조건이 될 것이었다. 실제 전쟁이 나면 얼마나 많은 전쟁 특수가 기다리고 있을 것인지 상상만으로도 기분 좋은 일이었다.

이런 생각을 하고 있었기 때문에 데라우치는 남북한 지도자들의 통일 선언문 발표에 엄청난 충격을 받았다. 하지만 그 순간까지도 데라우치는 아직은 기회가 있을 거라고 스스로를 위안했다. 백만 명 이상의 사망자가 발생한 전쟁을 치르고 백 년이나 다른 시스템으로 살아온 사람들이 일거에 통합되는 것은 불가능하다고 보았다. 그러나 그의 기대와는 달리 통일한국은 순조롭게 한국가 시스템을 정착해 나갔다. 외교적으로도 미국이나 중국 등 주변국들과 그 전보다 더욱 우호적인 관계를 만들어나갔다. 미국이나 중국도 한반도의 통일을 바라던 것은 아니었지만 이미 통일이 된 상황이었기 때문에 이를 인정하기 시작한 것이다.

자책에 빠져 있던 조현애 대통령에게 K 총비서의 전화는 큰 힘이 되었다. 조현애는 2045년의 한반도도 이 이상 어려운 상황이었다는 점을 떠올렸다. 전쟁 전야와 같은 상황에서 통일이라는 성과를 만들어 냈었다. 지금도 답이 보이지 않는 상황이지만 어딘가에 해결책이 있을 것이었다. K 총비서가 말한 대로 국민만 봐야 했다. 이 전쟁이 여태까지의 전쟁과 다른 점은 로봇 군인들이 전면에 등장한 최초의 전쟁이라는 점이었다. 인간 군인들이 사력을 다해 싸우고 있지만 결국 인명 피해만 늘 것이었다. 정신력으로 이겨낼 수 있는 전투력 차이가 아니었다.

창의력을 발휘해야 했다. 로봇 군인을 막는 방법은 로봇 군인밖에 없다는 생각이 들었다. 제대로 된 로봇 군인을 만들 수 있는 나라는 미국과 중국뿐이었다. 미국산 로봇 군인들을 이미 일본이 싹쓸이한 상황에서 남은 것은 이제 중국산밖에 없었다. 중국에 지원을 요청해야 한다는 생각이 들었다. 조현애 대통령은 외국 군대의 힘을 빌리는 것만은 피하고 싶었다. 그러다 보니 처음부터 이 방법은 고려하지 않았었다. 하지만 하루에 수만 명 이상의 사상자가 발생하는 전황에서 다른 대안은 없어 보였다. 대통령은 비상 국무회의를 소집했다. 국방부장관과 외교부장관에게 명령했다.

"중국에 연락해서 로봇 군인들의 파병이 가능한지 알아보세요. 인도적 차원에서 지원이 가능한지, 구매를 한다면 어떤 조건으로 구매할 수 있는지 다양한 도입 방안을 알아보세요. 비용은 크게 고려하지 말고 되도록 빨리 도입할 수 있도록 하세요."

문선장 국정원장이 조심스럽게 말했다.

"중국이 우리의 이런 입장을 알면 말도 안 되는 가격을 부를 겁니다."

인간의 한계

우정엽 외교부장관도 심각한 얼굴로 말했다.

"가격도 가격이지만 절대 기술 이전 같은 것은 해 주지도 않을 겁니다. 괜히 중국군만 한반도에 들어오고 경제적으로도 중국에 종속되는 문제가 생길 수 있습니다. 대통령님, 제가 일본과 한 번 더 접촉해서 종전 가능성을 알아보겠습니다."

종전이 가능하다면 그게 가장 좋을 것이었다. 하지만 전쟁이 발발하고 며칠 만에 비슷한 종전 제안을 일본 정부에 했었지만 결렬되었었다. 그때도 외교부장관이 자신의 일본 인맥을 활용해 종전 회담을 추진해 본다고 한 것이었다. 당시 조현애 대통령은 로봇 군인들의 잔혹함에 놀라 종전 회담을 추진해 본다는 외교부장관의 제안을 받아들였었다. 한국의 회담 제안을 듣고 일본 정부는 종전에 대한 전제 조건을 제시했었다. 한국의 전쟁 책임을 받아들이고 전쟁에 투입된 모든 비용을 지불하라는 것이었다. 그들이 제안한 전쟁 배상금은 100조에 달했다. 거기에 독도를 일본에게 넘기라는 조항도 있었다. 도저히 받아들일 수 없는 조건들이었다.

"그러나 그 전제 조건들이라는 것들은 우리가 도저히 수용할 수 없는 것들이 아니었습니까?"

"지난번 조건에서 바뀐 내용이 있는지 알아보도록 하겠습니다."

외교부장관이 조율 가능성이 있는지 다시 알아보겠다는 것이었다. 모든 방법을 강구해 본다는 생각으로 일본 외무장관과의 협상을 승인했다.

"알겠습니다. 그것도 같이 진행하도록 하세요. 하지만 그것과는 별개로 중국과도 빨리 접촉해서 로봇 군인의 도입 여부나 시기를 알아보세요."

8.

외교부장관의 내통

(2048년 8월 24일, 외교부장관의 집)

집에 돌아온 우정엽 장관이 일본의 외무장관인 모리에게 화상 전화로 연락했다. 우정엽은 모리와 개인적인 이야기까지 할 필요가 있을 때는 언제나 집에서 통화를 했다. 외교부장관실의 컴퓨터는 보안 문제 때문에 사용하기 꺼림칙했다.

"비상입니다. 조현애 대통령이 중국에 로봇 군인들의 파병을 요청할 것 같습니다."

"미쳤군요. 그런 짓을 하다니. 결국 조현애는 끝까지 가자는 거군요."

"그런 것 같습니다. 그래도 종전 협정을 할 수 있다면 그 역시도 아직은 고려하는 것 같습니다."

"저번에 얘기했던 종전의 전제 조건은 전혀 수용할 생각이 없다고 하지 않았습니까? 지금이라도 전쟁을 멈춘다면 수많은 생명을 구할 수 있는데도 고집을 피우는군요."

"맞습니다. 대통령이 지나치게 감정적으로 대응하고 있습니다. 이대로 두면 큰일이 날 수 있습니다. 무슨 수라도 써야 하는 상황입니다. 중국군이 들어오는 것은 막아야 하지 않겠습니까?"

"음…. 일단 내가 총리께 보고하고 다시 연락드리도록 하겠습니다."

모리는 우정엽과의 통화 후 즉시 데라우치 총리에게 연락했다. 데라우치는 모리의 상황 설명을 듣고 화가 치밀어 올랐다.

"어리석은 놈들! 결국 다 죽고 싶다는 말이군."

데라우치는 중국이 참전하게 되면 전쟁은 한없이 장기화될 것이라고 예측했다. 중국 로봇 군인들의 성능은 미국산 못지않았다. 이들이 한반도에 들어오면 전장에서 일본 로봇 군인들의 이점이 즉각적으로 사라질 것이었다. 어떻게든 중국군의 참전을 막아야 했다. 데라우치는 중국군이 참전할 가능성이 있다고 생각은 하고 있었지만, 그중에서도 한국의 파병 요청으로 들어오는 것은 최악이었다. 만약 중국이 인간 군인들은 빼고 로봇 군인들만 한국으로 파병한다면 미국이 한반도에 들어올 명분도 없어질 것이었다. 미국도 자신들의 로봇 군인을 수년간 일본에 판매하고 있는 상황이기 때문이었다. 미국 정부가 파병을 한 것은 아니었지만 실질적

인간의 한계

으로 두 국가의 개입 정도에 큰 차이가 없을 것이었다.

데라우치는 종전 조건을 파격적으로 완화시켜서라도 한국 정부를 설득하라고 지시했다. 몇 가지의 가이드라인이 제시되었다. 한국이 직접적으로 전쟁 책임을 진다는 문구는 삭제해도 좋다고 했다. 원래 100조라고 했던 전쟁 배상금도 얼마든지 낮출 수 있도록 했다. 돈의 액수는 문제가 아니었다. 전쟁 배상금을 받을 수 있다면 1원이라도 괜찮다는 입장이었다. 전쟁 배상금이라는 문구를 명확히 사용하여 일본이 승전국임을 명시하자는 거였다. 데라우치는 중국군의 개입을 막기 위해서는 이 정도의 파격적 제안이 필요하다고 판단했다.

다만 몇 가지의 사실들은 문서에 반드시 언급하라고 지시했다. 한국의 기습 사격으로 인해 분쟁이 시작되었다는 사실과 그 과정에서 일본인 민간인이 사망했다는 점이었다. 이에 대해 한국 정부가 애도를 표한다는 표현을 넣도록 했다. 후에라도 전쟁 원인에 대한 공방이 벌어진다면 이런 문구 하나하나가 중요할 것이었다. 종전 조건에서 가장 핵심적인 난제는 독도의 영유권이었다. 하지만 이 역시도 일본의 독점적인 영유권을 주장하는 입장에서 후퇴한다고 입장을 정했다. 독도를 공동 관할하는 것까지도 수용할 수 있다고 제안하기로 한 것이다. 이 정도면 한국도 받아들일 수 있을 거라고 생각했다.

우정엽은 하루 종일 긴장된 마음으로 모리의 연락을 기다렸다.

우정엽은 모리로부터 변화된 조건을 전해 듣자마자 조현애 대통령을 면담했다. 우정엽이 가져온 일본의 제안은 원래의 조건에 비하면 파격적으로 변한 내용이었다. 조현애 대통령은 순간 고민이 되었다. 전쟁 전이라면 도저히 수용할 수 없는 조건이었지만 지금은 하루에 수만 명 이상의 사상자가 발생하는 상황이었다. 조현애가 우정엽을 바라보며 얘기했다.

"좀 더 고민해 봅시다. 장관은 수고가 많았으니 가서 좀 쉬도록 하세요."

우정엽을 돌려보내고 비서실장 권희선을 호출했다. 이런 위기 상황에서 가장 신뢰할 수 있는 사람이었다. 일본의 새로운 종전 조건에 대해서 말했다.

"대통령님, 그건 절대 수용하시면 안 됩니다. 아마 그 합의 문서는 두고두고 우리나라를 괴롭힐 겁니다. 전쟁 배상금의 액수 같은 건 중요한 문제가 아니라고 생각합니다. 전쟁의 원인이 명백하게 일본에 있는데 그게 빠져 있는 합의문입니다. 그리고 명시적으로만 쓰지 않았다 뿐이지 결국 한국의 전쟁 책임이 더 크다는 뉘앙스 아닙니까? 일본인 어부가 한국군의 폭격으로 사망했다는 것도 정황상 의심스러운 부분이 많습니다. 하지만 그게 만약 사실이라고 하더라도 이런 무자비한 전쟁을 개시하는 이유가 될 수는 없었습니다. 거기에다 우리나라가 가지고 있는 독도의 독점적 영유권까지 포기하는 조건이라니요. 절대로 받아들이시면 안 됩니다."

인간의 한계

조현애는 권희선의 말에 정신이 번쩍 들었다. 수많은 일본군 성노예 피해자들의 증언과 일본군의 공식 자료가 존재함에도 불구하고 100년이 지난 지금까지도 일본군 성노예의 동원에 일본 정부와 군이 관여했다는 사실을 인정하지 않는 나라였다. 조금이라도 자신들에게 유리한 증거가 발견되면 그 단편적 증거로 역사적 사건의 실체 자체를 부정하는 식이었다. 감언이설로 조선의 어린 여성들을 모집했던 민간 업자의 존재를 들어 일본 정부나 군이 성노예 동원에 관여했다는 사실을 희석시키는 방식이었다. 일본 정부나 군이 민간 업자를 고용하고 통제했다는 사실을 생각하면 완전한 역사 왜곡이었다. 총칼을 앞세운 모집은 없었으니 강제는 아니라는 논리였다.

이런 전례로 볼 때, 종전 합의문에 있는 문구 하나로 한일전쟁의 책임을 한국에 돌릴 수 있는 나라였다. 종전 이후에 한일전쟁의 책임이 일본에 있다는 증거들이 아무리 많이 나온다고 해도 이런 문구가 합의문에 있는 한 자신들의 주장을 굽히지 않을 것이었다. 그런 주장을 하면서 시간이 흐르길 기다릴 것이었다. 불편한 진실은 시간이라는 무덤에 묻어 버리면 그만이라는 일본인들 특유의 사고방식이었다. 조현애는 현재의 전쟁 피해 상황에 매몰되어 우정엽의 말에 솔깃했었다. 하지만 권희선의 말처럼 절대 수용할 수 없는 종전 조건이었다. 권희선이 이어서 말을 했다.

"일본에게 지금 중요한 것은 자신들에게 전쟁 책임이 없다는 것을 문서화하는 거라고 생각합니다. 공적인 합의 문서에 애매모호하게라도 우리의 책임이 더 큰 것처럼 명시해 놓으면 결국 그 조항을 가지고 두고두고 자신들의 잘못을 인정하지 않을 겁니다. 독도 문제만 해도 일본은 처음부터 독도를 공동 관할하는 정도가 현실적인 목표였으리라고 생각합니다. 어차피 우리가 어떤 경우에도 일본의 독점적인 영유권을 인정하지 않을 거라는 것을 알고 있었을 테니까요. 사실 일본은 독도를 진짜 자기 영토라고 생각해서 그런 주장을 하는 것은 아닙니다. 독도 영유권으로 인한 경제적 이점 때문에 여태까지 그런 주장을 했던 건데 공동 관할만 할 수 있어도 경제적 이득은 취할 수 있는 조건입니다. 어찌 보면 독도 공동 관할은 그들이 원하는 전부나 다름없습니다. 하지만 우리는 경제적 이유 때문에 독도 영유권을 주장하는 것이 아니지 않습니까? 독도가 역사적으로 우리 영토이기 때문에 그렇게 주장해 온 거 아닙니까? 그런 점에서 독도 공동 관할은 우리 입장에서는 전부를 잃는 것입니다. 이 문제 하나 때문에라도 수용할 수 없는 종전 조건입니다."

권희선이 확신에 찬 목소리로 말했다. 평소에 그녀는 매사에 신중한 사람이었다. 이렇게 확신을 가지고 말하는 경우를 거의 보지 못했다. 그녀의 반응만 봐도 일본의 제안이 얼마나 말도 안 되는 것인지 알 수 있었다. 권희선이 아직 분이 풀리지 않은 목소리로 말을 이어갔다.

"대통령님, 저는 이런 협상 결과를 가져온 외교부의 판단을 도저히 이해할 수 없습니다. 우정엽 장관이 일본 외무장관을 만나서 가져온 첫 번째 제안은 너무 황당해서 말하기조차 민망한 수준이었습니다."

"권 실장님은 어떻게 했으면 좋겠습니까?"

권희선은 그동안 우정엽의 언행들이 의심스럽다고 생각하고 있었다.

"사실 저는 우정엽 장관을 의심하고 있습니다. 전쟁이 시작되자마자 종전 협상을 해야 한다고 주장할 때부터 상당히 이상했습니다."

"그거야 우리 군의 피해가 너무 커지니까 그런 거 아니었을까요?"

"물론 그렇게 볼 수도 있을 겁니다. 그런데 최근 일들을 돌이켜 보면 의심스러운 부분들이 꽤 많았습니다. 전쟁 3일째인가부터 종전 협상을 위해 일본 측하고 접촉해 보겠다고 하지 않았습니까? 평소의 우 장관답지 않게 너무 적극적이라는 생각이 들었습니다."

"그랬죠…. 그때만 해도 사실 휴전이든 종전이든 전혀 생각을 하지 않고 있었으니까요. 일본의 갑작스러운 기습으로 정신이 없기는 했지만 그 상태에서의 종전은 생각도 안 하던 상황이었죠. 그리고 권 실장님이 말해서 생각났는데 일본 외무장관을 만나 보겠다고 하면서 우리 군과 일본군의 피해 상황을 너무 정확하게 얘기해서 놀랐던 기억이 납니다. 그때 나도 안보관계장관회의를 통해서만 피해 상황을 듣고 있었는데 그것보다 정확한 내용도 있었거든요. 단지 머리가 비상하다고만 생각했었는데….'

"맞습니다. 간혹 얘기하는 전황 정보가 지나치게 정확한 경우들이 있었습니다. 그래서 말인데 혹시 일본 외무장관으로부터 전황을 자세하게 듣고 있는 것이 아닌가 의심이 듭니다."

일반적인 경우에 인맥을 활용해서 관련 정보를 알아보는 것은 문제될 게 없었다. 그러나 지금은 전쟁 중이고 대화 상대는 적국의 주요 인사였다. 권희선 비서실장이 말을 이었다.

"만약 그게 사실이라면 문제가 심각합니다. 그만큼 일본 측에서 우정엽 장관을 믿는다는 이야기 아니겠습니까? 그렇다면 거꾸로 우리 쪽 정보도 일본 쪽으로 넘어가고 있다고 봐야 할 겁니다."

권희선 비서실장의 말은 일리가 있었다. 정보의 특성상 한쪽으로만 흐를 것 같지 않았다. 그런 경우도 있겠지만 그런 일방적인 정보의 흐름은 상하 관계에서나 나타나는 현상일 것이었다. 모리 외무장관이 우정엽 장관의 부하일 리는 없었다.

"권 실장님은 우정엽 장관이 스파이 노릇을 하고 있다는 겁니까?"

"저도 우 장관이 적극적으로 이적 행위를 했으리라고 생각하지는 않습니다. 하지만 우 장관이 의심을 살 만한 행동을 한 것은

인간의 한계

사실입니다. 종전의 전제 조건이라는 것들을 생각해 보십시오. 도저히 우리 측 대표가 일본의 대표와 조율한 내용이라고 할 수 없는 것들입니다. 모든 조건들이 다 일본의 입장을 대변하는 것들이었습니다. 지난번 국무회의 때를 생각해 보십시오. 중국에 로봇 군인 파병을 요청한다고 하니까 대뜸 일본 측에 종전 조건 변화를 알아본다고 하지 않았습니까? 당연히 그 자리에서는 중국 파병에 관한 후속 질문이 먼저 떠올라야 할 텐데 종전 조건 얘기부터 꺼냈습니다. 상당히 이상한 장면이었습니다. 만약 일본 정부가 그 자리에 있었다면 아마도 비슷한 말을 했을 겁니다. 중국의 로봇 군인 파병을 가장 당혹스러워할 측이 일본일 테니까요."

권희선 비서실장은 하고 싶은 말이 더 있었지만 참고 있는 얼굴이었다. 조현애 대통령이 심각한 얼굴로 입을 열었다.

"우정엽 장관이 일본 측과 국가 기밀을 주고받는다고 하더라도 그걸 우리가 어떻게 알 수 있을까요?"

"대통령님께서 이번에 우정엽 장관이 가져온 수정 조건을 수용한다고 하시는 겁니다. 그대로 수용하는 것은 아니고 약간 수정해서 우리가 일본에게 역제안을 하는 겁니다. 일본 측의 반응을 보면 우정엽 장관과 일본의 관계를 유추할 수 있을 겁니다. 그다음은 저에게 맡겨 주시면 제가 알아서 해 보겠습니다."

우정엽은 일본과의 외교 관계가 전격적으로 개선되기 시작한 시점에 기용된 인물이었다. 조현애 대통령은 앞으로 일본과의 관계가 더욱 중요해질 것이라고 판단해 일본통을 외교부 장관으로 발탁했다. 일본에서 박사까지 마치고 잠시 교수까지 하던 사람이었기 때문에 일본 인맥이 풍부했다. 일본 정부가 편하게 생각하는 파트너라는 점도 고려되었다. 조현애 대통령은 권희선 비서실장을 믿어 보기로 했다.

"네. 그렇게 해 보죠."

조현애 대통령은 다음 날 아침 우정엽 장관을 청와대로 불렀다. 대통령이 우정엽 장관을 보며 말을 했다.

"어제 일본이 제안했던 대로 종전 협상을 진행해 봅시다. 하지만 논의 내용들이 좀 더 확실하게 정해질 때까지는 극비로 진행하려고 합니다. 보안 유지에 각별히 신경 써 주시기 바랍니다."

"네. 대통령님."

"다만 독도 공동 관할은 곧바로 시행하기는 어려운 조건입니다. 아시겠지만 국민들이 정서적으로 받아들이기 힘들 겁니다. 어느 정도 전쟁 피해가 복구되면 그때 국민들에게 얘기할 수 있을 겁니다."

"그렇지만 어느 정도 기간을 유예할 것인지 정해 놓아야 일본도 받아들이지 않겠습니까?"

조현애 대통령은 순간 일본 정부 측의 인사와 대화하는 느낌이 들었다. 권희선의 말을 들어서인지 우정엽 장관의 태도가 더욱 마음에 들지 않았다. 하지만 그런 감정이 얼굴이나 말투에 드러나서

인간의 한계

는 안 되었다. 최대한 감정을 억누르고 말을 이어갔다.

"그건 일본 정부가 고민하도록 해 봅시다. 일본 정부가 몇 년 정도까지 유예를 수용할 수 있는지 알아보도록 하세요."

"네. 알겠습니다."

우정엽은 집에 도착하자마자 모리에게 연락했다.

"조 대통령이 종전 조건에 대해 긍정적으로 답변했습니다. 다만 독도 공동 관할은 곧바로 시행하기는 어렵다고 합니다."

"그것도 웃기는군요. 유예 기간을 명확히 하지 않으면 그게 무슨 의미가 있답니까?"

"안 그래도 그 부분을 물었는데 우선 일본의 이야기를 들어보고 싶다고 합니다. 하지만 종전 협정을 맺고 싶다는 의지는 확실했습니다."

"종전 후 1년을 얘기해 보세요."

"일본이 최대한으로 수용할 수 있는 유예 기간은 얼마나 될까요?"

"확실하게 실행만 될 수 있다면 10년 후라도 나쁘지 않은 조건일 겁니다. 그러나 정권이 바뀌면 또 다른 이야기를 할 수도 있지 않겠습니까? 그렇게 생각하면 늦어도 조현애 대통령의 임기 안에는 시작되어야 하겠죠. 그건 그렇고 중국군 파병 문제는 어떻게 진행되고 있나요?"

"일단 차관에게 관련 조사는 해 놓으라고 지시했습니다. 아시겠지만 최대한 천천히 진행할 예정입니다. 중국 측 인사들은 일부러 중국군 파병에 부정적인 인사들을 중심으로 접촉하고 있습니다. 국방부에서도 중국 군부와 비공식적인 접촉은 시작했다고 합니다. 하지만 그쪽도 일이 많이 진행되지는 못했을 겁니다. 어차피 외교부와 공동으로 진행해야 되는 사안이니까 우리 측에서 자료를 틀어쥐고 있으면 중국군 파병 문제는 빠르게 진행되기 어려울 겁니다. 그것과 관계없이 종전 협정만 빨리 타결되면 중국군의 파병은 없던 일이 될 테니까 크게 신경 쓸 일은 아니라고 생각합니다."

"맞습니다. 우 장관이 그동안 애 많이 썼습니다. 이제 조금만 더 노력해 봅시다."

"그렇게 해야죠. 중국군이 한국에 들어오면 한일관계는 완전히 끝장날 겁니다. 어떻게든 막아야죠. 오늘 늦게라도 조 대통령에게 연락해서 확답을 듣도록 해 보겠습니다."

"데라우치 총리께서는 이 종전 문제는 결국 정상급 회담으로 마무리를 해야 한다고 생각하고 계십니다. 이번에 들어가시면 조현애의 일정도 좀 알아보기 바랍니다."

"그렇게 하겠습니다."

우정엽이 급하게 청와대로 들어가던 중 전화벨이 울렸다. 권희선 비서실장이었다.

"어디 계십니까? 혹시 청와대로 들어오실 일이 있으면 제 사무

인간의 한계

실로 좀 와 주시겠습니까?"

"아, 네. 어차피 지금 청와대에 들어가고 있습니다. 도착하는 대로 들르도록 하겠습니다."

우정엽이 청와대에 전화했을 때 조현애 대통령은 군사 지휘관들과 회의 중이었다. 우정엽은 한시라도 빨리 대통령을 만나 종전 협정을 확정 짓는 게 중요하다고 생각했다. 청와대 비서관이 조현애 대통령이 회의를 마치면 곧바로 우정엽 장관과 면담 약속을 잡아 주기로 했다. 우정엽이 청와대에 도착해 비서실장 사무실에 들어서자 권희선 비서실장과 문선장 국정원장이 기다리고 있었다. 권희선 비서실장이 소파를 가리키며 말했다.

"좀 앉으시죠."

우정엽은 뭔가 심상치 않은 분위기가 느껴졌다. 소파 건너편에 권희선과 문선장이 앉았다. 권희선이 우정엽에게 말했다.

"우 장관님. 모리 장관하고는 얘기가 잘 끝났습니까?"

"네. 잘 됐습니다. 하지만 여기서 말씀드리기는 곤란합니다. 대통령님에게 우선 보고를 드려야 합니다."

"그렇겠죠. 혹시 모리 장관이 독도 공동 관할은 1년 정도 유예하자고 하지 않던가요?"

권희선이 차가운 눈빛으로 우정엽에게 물었다. 우정엽의 가슴이 철렁 내려앉았다.

"아니… 그걸…"

우정엽은 무슨 말을 어떻게 해야 할지 몰랐다. 우정엽이 우물쭈물하자 권희선이 이어서 말했다.

"아무리 늦어도 조현애 대통령님 임기 안에는 해야 한다고 하던가요?"

우정엽은 여기까지 이야기를 듣자 권희선이 자신과 모리의 대화 내용을 알고 있다고 확신했다.

"혹시… 저를 도청했습니까?"

"그건 중요한 게 아닙니다. 당신의 행동은 명백한 이적 행위입니다."

문선장 국정원장이 자신의 손을 우정엽 쪽으로 쭉 뻗었다. 문선장의 손에는 손바닥 크기의 납작한 기계가 들려 있었다. 문선장이 잠시 우정엽 목덜미에 그 기계를 들고 있었다. 우정엽은 미세하지만 무언가가 자신의 목덜미에서 떨어져 나가는 느낌이 들었다. 문선장이 들고 있는 그 기계에 투명한 피부 조직 같은 게 붙어 있었다. 문선장이 우정엽을 보고 싱긋 웃으며 말했다.

"생체 도청 장치입니다."

권희선은 어제 조현애 대통령에게 우정엽 장관 건에 대해 이야기를 하고 나서 문선장 국정원장을 찾았다. 우정엽 장관에 대한 자신의 의구심을 털어놓았다.

"우 장관이 대놓고 이적 행위를 했다고는 생각하지 않아요. 설마 그러기야 하겠습니까? 그래도 만에 하나 그게 정말 사실이라면 그리고 아무 조치도 취하지 않는다면 나중에 너무 후회가 될 것 같습니다."

잠시 말이 없던 문선장 국정원장이 입을 열었다.

"사실 저도 우 장관의 언행에 문제가 많다고 생각하고 있었습니다. 저도 우 장관 조사에 대해 찬성합니다…. 그런데 이 일은 권 실장님이나 저나 직을 걸고 하는 겁니다. 만약 우리 예측이 틀리면 자리에서 물러날 각오를 해야 합니다. 경우에 따라서는 법적인 처벌도 각오해야 할 겁니다."

"압니다. 저는 이미 문 원장님에게 말씀드릴 때 그런 각오가 되어 있었습니다."

"좋습니다. 그럼 진행해 봅시다. 전 사실 처음부터 외교부장관이 지나치게 일본통이라는 것도 마음에 들지 않았어요. 우 장관이 들어올 때만 해도 어쩔 수 없는 면이 있었지만 지금처럼 일본과 전쟁을 하고 있을 때에는 아주 고약한 상황이거든요."

"그렇죠. 일본의 넓은 인맥이라는 게 이런 경우에는 꼭 좋지만은 않다는 생각입니다."

두 사람은 말은 안 했지만 동시에 우정엽 장관 청문회의 일들을 떠올리고 있었다. 우정엽은 일본의 대학에서 박사 과정을 공부할 때 야마모토 재단으로부터 꾸준히 장학금을 받았었다. 야마모토 재단은 민간단체이기는 하지만 일본 정부의 입장을 옹호하기 위해 외국의 학자들을 관리한다고 알려진 관변단체에 가까운 곳이었다. 그는 일본에서 교수를 할 때에도 야마모토 재단으로부터 자금 지원을 받고 『한국과 일본의 조화를 위하여』라는 책을 출간한 적이 있었다. 책은 한국과 일본이 과거의 악연을 잊고 미래로 나아간다면 양국 모두에게 밝은 미래가 있을 것이라는 내용이었다.

가장 문제가 됐던 이력은 박사 과정 당시 일본의 우익 단체가 주최하는 세미나에 토론자로 참석한 일이었다. 당시 세미나 발표자였던 일본 학자가 일본군 '위안부'는 사실상 매춘부였다는 주장을 했는데 우정엽은 그런 취지에 대해 동의한다는 발언을 했었다. 이 발언이 청문회에서 문제가 됐던 것이다. 우정엽은 박사 학생 신분으로 일본인 대학자를 정면으로 반박하기 어려워서 그렇게 얘기한 것일 뿐 실제로 그렇게 생각하는 것은 아니라고 답변했었다.

"그런데 대통령께서는 이 사실을 어디까지 알고 계십니까?"

문선장이 권희선에게 물었다.

"제가 우 장관을 의심하고 있다는 말씀은 드렸습니다. 하지만 제가 어떤 조치들을 취할지에 대해서는 일부러 말씀드리지 않았습니다."

"잘하셨습니다. 만약 자세한 내용까지 인지하고 있다가 일이 잘못되면 대통령님에게 정치적 부담이 너무 클 수 있습니다."

의기투합한 권희선과 문선장은 우정엽에게 생체 도청 장치를 부착하기로 결정했다. 그다음 날 그러니까 오늘 아침 조현애 대통

인간의 한계

령이 우정엽 장관을 면담하는 일정은 미리 알고 있었다. 우정엽이 대통령 집무실에서 나올 때 자연스럽게 권희선 비서실장과 문선장 국정원장을 만나도록 동선을 짰다. 권희선이 우정엽에게 말을 거는 순간 문선장이 이 생체 도청 장치를 우정엽의 목덜미에 붙였던 것이다. 생체 도청 장치는 피부 위에 갖다 대면 자연스럽게 피부와 붙게 된다. 넉살 좋은 문선장 국정원장이 우정엽 장관에게 수고가 많다고 너스레를 떨며 자연스럽게 붙인 것이었다.

이 장치는 투명해 보이는 막이기 때문에 육안으로는 피부와의 식별이 불가능하다. 워낙 미세한 두께여서 본인이 손으로 만져도 실제 피부와 차이를 느끼지 못하는 정도였다. 물에 닿아도 손상되지 않는 재질이었기 때문에 샤워나 수영을 해도 떨어지지 않았다. 이 장치의 최대 작동 시간은 48시간이었다. 그 후에는 아주 작은 입자 상태로 피부 각질처럼 서서히 피부에서 떨어져 나간다. 그러다 보니 이 장치가 붙어 있었던 사람도 이 장치가 떨어지고 있다는 사실을 전혀 인식하지 못한다. 48시간 전에 이 장치를 떼고 싶을 때는 문선장이 들고 있었던 기계를 사용하면 된다.

"저는 잘못한 거 없습니다. 양심에 거리끼는 일은 하지 않았습니다."

처음에는 당황해하던 우정엽이 이제는 화가 난 표정이 돼서 자신의 행동을 변호했다.

우정엽의 말에 권희선의 눈이 분노로 이글거렸다.

"우 장관은 중국군 파병 문제를 일부러 천천히 진행한다고 하셨죠? 그거 대통령님 지시 사항 아니었습니까?"

"대통령님이 잘못 결정하면 우리라도 바로잡아 줘야 하는 거 아닙니까? 제가 생각할 때는 그게 애국입니다."

"우리가 왜 중국군 파병을 얘기했는지 기억 안 납니까? 한국의 젊은이들을 더 이상 희생시키지 않기 위해 하루라도 더 빨리 중국 로봇들을 들여오자는 것 아니었습니까? 그런데 우 장관은 그 순간에도 오로지 일본의 입장에서만 얘기하고 있더군요."

"그게 왜 일본의 입장입니까? 그게 결국 한국의 국익을 위한 것입니다. 한국에 중국군이 들어오는 것보다는 일본군이 들어오는 게 훨씬 더 나은 상황입니다."

우정엽은 강하게 나가기로 작정한 듯 한마디도 지지 않고 권희선의 말에 맞대응을 했다.

"이 전쟁을 시작한 게 일본이라는 거 모르십니까? 이 상황에서도 침략자들을 옹호하는 당신은 도대체 어느 나라 외교부장관입니까?"

권희선 비서실장이 뻔뻔한 우정엽의 태도에 화가 나서 목소리를 높였다.

"누가 전쟁을 시작했는지는 아직 확실히 모르는 겁니다. 당신들은 일본을 싫어하니까 일본이 전쟁을 시작했다고 생각하지만 기습 사격을 먼저 한 것도, 폭격으로 민간인을 죽인 것도 한국군이

인간의 한계

라는 걸 잊으셨나 봅니다. 내가 볼 때 당신들이야말로 머리가 굳어서 제대로 사고하지 못하는 겁니다. 미래지향적으로 일본을 바라봐야 합니다. 일본은 우리가 이용할 수 있으면 철저히 이용해야 하는 이웃 국가란 말입니다. 이제는 옛날 일은 좀 캐비닛 안에 넣어둡시다. 언제까지 일본을 적으로만 볼 겁니까? 종전만 되면 한국으로서도 더 좋은 것 아닙니까? 그러면 당신들이 그렇게 걱정하는 한국 젊은이들도 더 이상은 죽지 않을 거 아닙니까?"

가만히 듣고 있던 문선장이 입을 열었다. 평소답지 않은 차가운 표정으로 말을 하기 시작했다.

"우 장관, 이건 일본을 좋아하고 싫어하고의 문제가 아닙니다. 당신은 일본 쪽이 제시하는 증거만 가지고 주장을 하고 있습니다. 이 전쟁이 어떻게 시작됐는지 우리 쪽 정보까지 모두 검토하면 이 전쟁을 시작한 쪽은 일본이라는 것을 잘 아실 겁니다. 말하는 걸 들으니 우리 쪽 자료를 훑어볼 생각도 없다는 건 잘 알겠습니다. 하지만 대통령님의 지시를 거부하고 적과 내통하여 적국을 이롭게 한 것만은 부인 못 할 겁니다."

그 순간 청와대의 경호실 직원들이 비서실로 들어왔다. 문선장이 경호실 직원들에게 말했다.

"우 장관을 경찰에 넘기도록 하세요. 긴급체포 건으로 이미 연락해 놓았으니까 인계만 해 주시면 됩니다."

권희선은 우정엽을 경찰에 넘기고 조현애 대통령을 찾았다. 무거운 마음으로 여태까지의 상황을 대통령에게 설명했다. 모든 내용을 보고하지 않고 진행한 점에 대해서는 사죄를 드렸다. 조현애 대통령은 자신에게 정치적 부담을 주지 않기 위해 보고의 수위를 조절했다는 점을 알고 있었기에 권희선을 탓하지 않았다.

조현애 대통령은 외교부장관직무대행을 맡게 된 외교부 1차관에게 중국군 파병 문제를 빠르게 진행하라고 지시했다. 국방부도 중국 군부와의 협상에 속도를 내기 시작했다. 중국도 자신들의 로봇 군인들을 실전에서 시험해 보고 싶은 마음이 간절했던 터라 파병 협상은 급물살을 타기 시작했다. 중국은 한일전쟁으로 인해 일본의 영향력이 동북아에서 커지는 것도 견제해야 했다. 하지만 자신들이 전쟁에 참전하면 미국도 참전할 수밖에 없으리라는 우려가 있었다. 중국은 그렇게까지 확전되는 것을 원하지 않았다. 중국 정부는 미국과의 물밑 협상을 통해 로봇 군인들의 파병을 사전 조율했다. 미국 정부는 최소한의 인간 병력만 보낸다면 로봇 군인들의 파병 숫자는 문제 삼지 않기로 합의했다. 한국군은 우선 500대의 중국산 로봇 군인들을 수입하기로 결정했다.

이렇게 들어온 로봇 군인들은 2048년 9월 중순경부터 전장에 투입되기 시작했다. 중국의 로봇 군인들이 한국군 소속으로 배속되고 나서 전쟁의 향방이 바뀌기 시작했다. 일본의 로봇 군인들이 일방적으로 행하던 살육이 멈춘 것은 다행이었다. 이때부터는 전쟁 초기처럼 대규모 사상자가 발생하지는 않았다. 이제 한일전쟁

인간의 한계

은 미국산 로봇과 중국산 로봇의 성능 시험장으로 변모되었다. 그에 따라 전투 중에 파괴되는 로봇 군인들의 숫자도 급증하기 시작했다. 더 많은 로봇 군인들이 미국과 중국에서 수입되었고 이는 고스란히 한일 양국의 빚으로 쌓여 갔다.

9.

남관호와 이자현

(2048년 8월 30일, 부산)

　전쟁이 보름 정도 지났을 때 동해안 지역의 군사 시설들은 쑥대밭이 되었다. 동해안을 통해 상륙한 로봇 군인들이 이들 군사 시설에 근무하는 인간 군인들을 무자비하게 도륙했다. 내륙이나 서해안 쪽의 군사 시설들도 일본 전투기들의 폭격을 받았지만 로봇 군인들의 지상 공격은 없었기 때문에 상대적으로 피해가 적었다. 일본군이 선호하는 전투 장소가 도심이다 보니 민간인들의 피해도 빠른 속도로 증가했다. 가족이나 지인들이 사망하거나 다치면서 전쟁은 한국인들의 삶에 치유되기 힘든 상처를 남기고 있었다.

　남관호와 이자현은 부산에 살고 있는 30대 부부였다. 남관호는 중학교 수학 교사였고 이자현은 꽤 인기가 있는 개그 장르의 웹

툰 작가였다. 이들은 일본의 공격이 가장 심했던 부산에 살고 있었기 때문에 전쟁의 공포를 전쟁 첫날부터 생생히 경험했다. 일본이 2048년 8월 17일 저녁 한국에 선전포고를 하고 있을 당시 이들 부부는 집에서 멀리 떨어지지 않은 백운포 시민 공원의 잔디밭에 앉아 있었다. 이 공원은 원래 있었던 백운포 체육공원을 확장해서 만든 시민 공원이었다. 공원 중앙에 대규모의 잔디광장이 조성되어 있어서 많은 지역민들이 휴식 장소로 이용했다.

이 공원의 바로 앞에는 해군의 전투부대를 지휘 통제하는 해군사령부가 위치하고 있었다. 잔디광장에 앉아 있으면 해군사령부 건물의 정문 위병소가 훤하게 보일 정도로 민간인 지역과 가까운 거리에 부대가 위치했다. 건물 옆 바닷가에는 해군의 군함들이 정박해 있어서 군사 시설이라는 점이 확연히 드러났다. 하지만 시민들은 부대 바로 옆에서 낚시를 즐길 정도로 군사 시설에 대한 위화감은 없었다.

남관호와 이자현은 낮 동안의 더운 날씨에 힘들어하다가 날씨가 좀 선선해지자 집 근처로 산책을 나온 것이었다. 8살의 민재와 3살의 호정이도 함께 있었다. 아이들도 밖에 나오는 걸 좋아해서 너무 덥지만 않으면 매번 저녁마다 하는 일이었다. 집에서 인터넷이나 TV를 보고 있던 사람들은 속보로 일본의 선전포고 소식을 들었지만 아직 이들 부부는 전쟁이 시작됐다는 사실을 모르고 있었다. 민재가 들뜬 표정으로 자신이 나중에 만들고 싶은 게임 캐

릭터에 대해 신나게 얘기하고 있었다.

'상상력이 좋네.'

그런 생각을 하며 흐뭇한 눈으로 민재를 바라보던 남관호가 하늘로 눈을 들었다. 갑자기 하늘이 밝아졌기 때문이었다.

"쉬…쉬…쉬…이!"

소름끼치는 바람 가르는 소리가 점점 가까워졌다. 남관호의 머릿속에 '뭐지?' 하는 불안한 의문이 들자마자 거의 동시에 엄청나게 큰 폭발음 소리가 해군사령부 쪽에서 울려 퍼졌다. 해군사령부 건물 곳곳이 금방 불에 타오르기 시작했다. 부부는 해군사령부 건물에서 약 300m 이상 떨어진 잔디밭에 앉아 있었지만, 폭탄의 충격으로 대지가 흔들리는 것을 느낄 수 있었다. 부부가 놀란 표정으로 서로를 바라보았다. 순간적으로 '아! 전쟁인가? 이제 끝인가?'라는 생각을 눈빛으로 주고받았다. 동시에 부부 모두 우선 아이들을 살려야겠다는 생각이 들었다. 이자현이 물었다.

"뭐지?"

"모르겠어. 일단 어디로 피하자."

전쟁이라는 생각이 들었지만 '전쟁'이라는 단어를 사용해서 단정적으로 말하기는 겁이 났다. 근래 며칠간 동해에서 한국군과 일본군 사이에 군사적 충돌이 있었다는 것은 알고 있었다. 연일 방송에서 그 얘기를 했지만 '또 그런다.' 정도로 대수롭지 않게 생각하고 있었다. 한일관계는 최근 몇 년간 좋아지고는 있었지만, 동해에서 한일 간의 군사적 충돌은 불과 몇 년 전만 해도 비일비재하던 일이었다. 부부가 이런 뉴스에 크게 신경 쓰지 않은 이유였다. 남관호가 자리에 깔았던 담요와 가져왔던 음식들을 챙기려다가 쓸데없는 짓같이 느껴져 그대로 두고 호정이를 안았다.

"어디로 가야 되지?"

남관호는 갑자기 어찌할 바를 몰라 아내에게 물었다.

"일단 집으로 가자."

이자현이 민재의 손을 잡고 남편을 따랐다. 집까지는 빠른 걸음으로 가도 15분은 걸리는 거리였다. 아이들을 데리고 가는 걸음이라 족히 20분은 걸릴 것이었다. 지나가는 사람들이 '일본군의 공격'이라고 이야기를 했다. 인가 쪽으로는 폭격이 이루어지지 않는 것으로 봐서 해군사령부가 공격 목표라는 생각이 들었다. 여기저기서 아이들의 울음소리와 사람들의 아우성 소리가 끊이지 않았다. 사람들이 내는 온갖 소리 때문에 길거리 전체가 '웅웅웅웅'하는 소리로 가득 찼다. 사람들은 좁은 길에서 서로 부딪히며 각자의 집으로 향했다. 아수라장이었다. 부부도 사람들을 헤치며 앞으로 나아갔다. 부부가 10분 정도 걸어갔을 무렵 앞쪽에서 로봇 군인들이 뛰어오는 모습이 보였다. "아!" 하는 신음 소리가 자동으로 나올 정도로 위압적인 모습이었다.

고속정을 타고 상륙한 FAA705들이었다. 로봇은 어른 키의 두 배는 되어 보였다. 로봇들은 모두 한쪽 손에 총을 들고 있었다. 다리나 팔은 여러 개씩 달려 있는 것 같았는데 영화에서나 보던 괴물의 형상이었다. 로봇 군인들은 좁은 차도를 따라 뛰어왔기 때문에 차들이 로봇들을 피해 서행했다. 로봇들은 기본적으로 차를 피해서 뛰었지만 자신들에게 다가오는 자동차들은 가차 없이 손으로 밀거나 발로 찼다. 당황하거나 운전 미숙으로 로봇의 진로를 막는 경우에도 여지없었다. 앞에서 그런 상황이 벌어지자 이제는 많은 운전자들이 차를 버리고 인도 쪽으로 뛰어들어 갔다. 로봇들은 일부러 민간인들을 공격하는 것 같지는 않았다. 하지만 자신들의 앞에서 거치적거리는 사람들은 손이나 팔을 이용해 힘껏 밀쳐냈다. 적극적으로 진로를 막아서는 사람들에게는 주먹을 휘두르기도 했다.

"픽!" "툭!"

그들의 손이나 발에 맞은 사람들은 비명 소리 한번 제대로 내지 못하고 쓰러졌다. 그 옆에 있던 가족들만이 갑자기 벌어진 상황에 소리를 지르거나 울부짖었다.

"아빠! 엉엉. 우리 아빠 좀 살려 주세요."

"엄마!"

"영진아! 영진아! 여기 사람 좀 살려 주세요."

"악!"

도저히 눈을 뜨고 볼 수 없는 장면들이 이어졌다. 로봇들은 빠른 속도로 부부가 왔던 길을 거슬러 올라갔다. 해군사령부에 가는 거라는 생각이 들었다. 부부는 겨우겨우 진로를 만들며 집으로 향했다. 호정이는 길에서 벌어지는 상황들에 놀라서 울다가 이제는 아빠 품에 얼굴을 파묻고 눈을 감고 있었다. 민재는 전쟁 상황이 어느 정도 이해됐는지 울지도 않았고 보채지도 않았다. 사람들이 피를 흘리며 쓰러지는 모습은 만화책에서 보던 전투 장면과 흡사했다. 로봇의 주먹을 맞고 정신을 잃고 축 늘어진 사람들을 보며 '죽음'이라는 단어가 떠올랐다. 만화책에서 수없이 보던 그 단어의 의미를 이제는 알 것 같았다.

'살아 움직이던 것들이 저렇게 움직이지 못하게 되는 거!'

전신에 수없이 많은 구멍이 뚫린 듯 서늘한 기운이 온몸으로 느껴졌다. 민재는 어떤 상황에서도 아빠가 자신을 지켜 줄 거라 믿는 천진한 소년이었다. 하지만 아빠도 저 괴물들을 당해낼 수는 없을 거라는 무력감이 온몸을 감쌌다.

'아빠도 죽는다면 저 사람들처럼 저렇게 움직이지 못하게 되겠지.'

민재의 온몸과 마음이 돌처럼 차가워졌다. 부부는 어떻게 사람들을 헤치고 왔는지 기억하지 못할 정도로 정신없이 집에 도착했다. 지옥을 지나온 것 같았다. 남관호는 집에 들어서자마자 인터넷을 켜기 위해 음성으로 명령했다.

"인터넷 켜줘, 로봇프론트라인코리아."

어떤 상황인지 파악해야 했다. '로봇프론트라인코리아' 채널은

인간의 한계

언론 기업인 '로봇프론트라인'의 코리아 지사였다. '로봇프론트라인'은 취재부터 보도까지 전 분야에 로봇 시스템을 도입한 세계적인 언론 기업이었다. 남관호가 주로 사용하는 인터넷 뉴스 채널이었다. 남관호가 아내에게 말했다.

"당신이 애들 좀 데리고 있어요. 내가 뉴스 좀 확인해 볼게."

"네."

이자현이 아이들을 데리고 방으로 들어갔다. 아이들은 긴장이 풀렸는지 울음을 터트렸다. 공포로 넋이 빠져서인지 크게 울지는 못했다. 호정이보다 민재의 공포심이 극에 달한 것 같았다. 호정이는 초반 장면들을 빼고는 눈을 감고 있었기 때문에 머릿속에 남아 있는 게 없었다. 하지만 민재는 걸어오면서 모든 상황을 빠짐없이 다 목격했다. 로봇의 주먹에 맞아 쓰러지던 사람들, 피를 흘리며 고통에 신음하던 사람들이 떠올라 몸서리가 쳐졌다. 민재가 울먹이며 물었다.

"엄마, 우리 다 죽는 거야?"

"괜찮아. 민재야. 아빠가 무슨 일인지 알아보고 있으니까 이제 곧 괜찮아질 거야."

우선은 아이들을 진정시켜야 했다.

남관호는 거실에서 아나운서 로봇이 전하는 속보를 보고 있었다.

"일본의 데라우치 총리가 2048년 8월 17일 20시 03분 한국에 선전포고를 했습니다. 현재 시각 20시 58분 전국의 주요 군사 시설들이 일본군의 전투기 공격을 받고 있습니다. 일본 해군은 동해안에 있는 네 개의 도시로 상륙했습니다. 현재 이 도시들은…"

"부산 상황 알려줘."

무엇보다도 부산 상황이 궁금했다. TV 화면의 아나운서 로봇이 사라지고 다른 외양의 아나운서 로봇이 나타났다.

"남구 용호동에 위치한 해군사령부 건물에 일본의 공격이 집중되고 있습니다. 20시 30분 이후 부산 앞바다 10km 근처에서 다섯 대의 일본 군함이 해군사령부 건물 쪽으로 함포 공격을 퍼부었습니다. 현재 함포 사격은 멈춘 상태입니다. 현재까지 파악된 바로는 부산 해안으로 접근한 고속정들을 통해 일본의 로봇 군인 수백 대가 상륙했습니다. 현재 해군사령부 앞에 도착한 로봇 군인들이 한국 군인들과 치열한 전투를 벌이고 있습니다."

영상 속에 보이는 일본의 로봇 군인들은 집에 오면서 봤던 로봇들이었다.

"정부에서 발표한 내용이 있으면 보여 줘."

부산 지역 뉴스를 말하던 아나운서 로봇이 사라지고 조현애 대통령이 화면에 나타났다. 침통한 표정의 조현애 대통령이 담화를 발표하는 모습이었다. 화면 오른쪽 위에 담화 발표 시간이 적혀 있었다.

2048년 8월 17일 20시 19분.

일본이 선전포고문을 발표하자 조현애 대통령이 곧바로 대국민 메시지를 낸 것이었다. 40분 전에 방송된 내용이었다. 아직 일본의 공격이 본격적으로 시작되기 전에 녹화된 영상이었다.

"존경하는 국민 여러분! 10분 전 일본이 우리나라에 선전포고를 했습니다. 최근에 있었던 동해상에서의 군사적 충돌을 이유로 우리나라를 침공한다는 것입니다. 일본은 자신들이 도발을 시작했음에도 불구하고 온갖 거짓 이유들로 침략을 합리화하고 있습니다. 우리 국군은 무도한 일본군에 대항해 통일한국을 반드시 지켜 내겠습니다. 하지만 전쟁이 시작되면 국민 여러분의…"

그렇게 시작된 일본군의 공격은 2주가 지난 8월 30일 현재까지도 계속되고 있었다. 이제 국내 사망자 수는 20만 명을 넘어섰고, 그중 민간인 사망자도 7만 명이나 되었다. 남관호는 전쟁이 시작된 이후 매일 한국 정부가 운영하는 인터넷 뉴스 채널에 접속해서 속보를 확인했다. 동시에, 일본군이 방송하는 채널도 매일 빠짐없이 확인했다. 일본군이 자신들이 정한 통금 정책 등을 따르지 않는 시민들을 무자비하게 살육하고 있다는 이야기도 끊임없이 들리고 있었다. 일본군이 부산 도심을 완벽하게 통제하는 상황은 아니었기 때문에 유언비어가 섞여 있었겠지만, 가족의 안전을 위해서는 일본군의 공지 사항들을 숙지할 필요가 있었다. 한국 정부는 오늘 2-30대의 모든 군필자들에게 징집령을 내렸다. 한국군의 초기 피해가 극심해지고 전쟁이 장기화될 것 같자 모든 군필자들을 소집한 것이었다. 예상했던 일이었다.

부부는 모두 징집 대상이었다. 부부는 양성 의무 복무제가 시행된 이후의 세대이기 때문에 둘 다 오래전에 군 복무를 마쳤다. 남북통일 이후 현재 병사들의 의무 복무 기간은 10개월로 단축된 상황이지만 부부가 군 생활을 할 때만 해도 14개월이었다. 부부 모두 나이가 30대였기 때문에 징집 명령을 받은 것이었다. 자녀가 있는 부부가 모두 징집령을 받은 경우에는 그중 한 명만 소집에 응하면 되었다. 나머지 한 명은 자녀를 돌볼 의무가 있었다.

"둘 중에 누가 징집에 응할지 내일까지 지역 예비군에 보고해야 된다네. 아무래도 내가 가는 게 나을 것 같아."

이자현이 남편에게 말했다. 누구라도 징집에 응할 수 있었지만 남편보다는 자신이 전쟁 상황에 더 맞을 것 같았다. 자신은 전방 부대에서 군 생활을 했었고, 남편은 후방에서 행정병으로 일했었다. 평소에도 이런 군대 경험의 차이를 가지고 농담을 주고받곤 했었는데 실제 그런 날이 오고 말았다. 이자현은 자신보다 남편이 더 세심한 성격이기 때문에 어린아이들의 양육에도 더 적합하다고 생각했다. 이자현의 제안에 남관호가 대답했다.

"내 생각으로는 애들이 아직 어려서 자기가 옆에 있는 게 더 좋을 것 같아."

"아니지. 애들은 자기가 더 잘 돌보잖아. 그리고 현재 상황을 보면 예비군이라고 해도 곧바로 전투에 투입될 거야. 무시하는 건

인간의 한계

아니지만 당신은 총도 거의 쏴 본 적 없잖아. 내가 가는 게 맞을 거야."

남관호는 기본적으로 아내의 말이 맞는다고 생각했다. 그러나 지금 군에 들어가면 언제 죽을지 모르는 상황이었다. 그런 상황에서 아내를 군에 보낼 수는 없었다.

"무슨 말인지 알아. 그런데 아직은 호정이가 어리잖아. 당신 손이 많이 필요할 거야. 내가 보통은 자기 말 따르잖아. 이번에는 내 말대로 하자. 응? 부탁이야."

남관호가 부드럽게 그러나 단호하게 말했다. 이자현은 남편이 왜 그런 이야기를 하는지 잘 알고 있었다. 그런 마음을 알기에 더 이상 고집을 피우기는 어려웠다. 2일 후 남관호는 소집 장소인 인근의 군부대로 들어갔다. 이미 부산 지역의 군필자들이 부대에 많이 들어와 있었다. 이렇게 모인 예비군들은 밤에 군용 트럭을 타고 실제 전투가 벌어지는 지역으로 이동했다.

전쟁이 시작되고 3주 정도가 되었을 때 동해안에 있는 대부분의 도시들은 일본군에게 넘어간 상황이었다. 하지만 한국군도 로봇 군인들에 대처하는 방법을 터득하기 시작했기 때문에 마냥 당하지는 않았다. 지역에 따라서는 효과적으로 로봇 군인들을 막아내고 있는 군사 기지들도 있었다. 사천 공군기지도 그런 곳들 중의 하나였다. 경상남도 지역에서 가장 치열한 전투가 벌어지는 곳이었다. 남관호가 도착한 곳이 이곳이었다. 2048년 9월 8일이었다. 일본군은 전쟁 개시 이후 하루에도 몇 번씩 이 기지를 폭격하기 위해 전투기를 출격시켰다. 한국군도 상시적으로 전투기를 띄워 대응 체제를 가동하고 있었다. 상황이 이렇다 보니 이곳에서는 제공권을 차지하기 위한 공중전이 매일같이 벌어졌다. 한국 전투기들의 감시 체계 때문에 일본의 로봇 군인들도 침투하기 어려운 곳이었다.

로봇 군인들을 그나마 가장 효과적으로 막는 한 가지 방법이 공군의 무차별 폭격이었다. 로봇 군인들이 아무리 빠르다고 해도 전투기 속도를 따라갈 수는 없었다. 넓은 지역을 한꺼번에 폭격하면 야전에 있는 로봇 군인들은 전투기의 공격을 피할 방법이 없었다. 사천 공군기지는 주위에 민간인 구역이 없었기 때문에 이런 식의 공격이 가능했다. 이 지역에서 상당수의 일본 로봇 군인들이 파괴되었다. 일본군의 침공을 효과적으로 막아내고 있었지만 국군의 피해도 막심했다.

원래 이곳을 지키던 현역병들은 전쟁 시작 1주일 만에 반 이상 전사했다. 현재 사천 공군기지를 방어하는 대다수의 병력들은 이 지역 출신의 예비군들이었다. 부산시, 창원시, 마산시, 진주시 등에서 소집된 군필자들이었다. 사망자들이 속출했지만 남아 있는 이들도 더 이상 물러설 곳이 없다는 점을 잘 알고 있었다. 이들 중 많은 수의 사람들이 로봇들에게 가족이나 동료를 잃은 사람들이었다. 인간의 힘으로 당해내기 힘든 로봇들이라는 것을 알았지

인간의 한계

만, 죽은 이들에 대한 복수심으로 두려움을 이겨내고 전장을 지켰다. 또한 집에 두고 온 가족들을 생각하면 절박한 투쟁심이 솟아올랐다. 곧 중국의 로봇 군인들이 수입된다는 이야기는 한 줄기 희망이었다. 예비군들은 그때까지는 죽음을 무릅쓰고 기지를 방어하자고 서로를 격려했다.

사천 공군기지에 도착한 예비군들은 몇 번의 사격 훈련만을 마치고 방어 진지에 배치되었다. 휴대용 대전차 미사일을 다루는 사격 훈련이었다. 개인이 로봇 군인들을 상대할 수 있는 유일한 방법이었다. 로봇 군인들의 외피는 2cm의 두께에 불과했지만 일반 장갑차보다 훨씬 깨뜨리기 어려운 특수 합금이었다. 이들을 상대로 소총과 같은 대인 화기를 사용하는 것은 아무 소용이 없었다.

남관호가 훈련받은 화기는 '통궁'이었다. 통일한국에서 제작한 대전차 미사일이었다. 통궁은 발사기와 포탄을 합친 무게가 15kg밖에 되지 않는 초경량 대전차 미사일이었다. 휴대와 이동 편이를 위해 무게를 지속적으로 낮춘 덕분이었다. 훈련을 받으면 성인 여성도 어깨에 걸쳐 놓고 안정적으로 사용할 수 있었다. 혼자서도 미사일 장착과 사격을 할 수 있었지만 야전에서는 보통 2인 1조로 움직였다.

FAA705도 이 미사일을 몸통 중앙에 정통으로 맞으면 산산조각으로 부서졌다. 하지만 FAA705가 워낙 빠르고 순발력이 좋았기 때문에 정통으로 맞추기는 거의 불가능했다.

통궁으로 타격을 가하는 가장 좋은 방법은 동시에 여러 곳에서 발사하는 것이다. FAA705가 아무리 빨라도 유도탄 기능이 있는 통궁의 미사일들을 한꺼번에 피하는 것은 쉽지 않았다. 몸통이 아니라 팔이나 다리만 맞출 수 있어도 FAA705의 기동력이나 전투력은 현저히 떨어졌다. 공군기지 건물 주위에도 500여 문의 포들이 배치되어 있었는데, 이 포들이 후방에서 지원 사격을 했다. 로봇 군인들이 지상의 포와 전투기로부터 협공을 받고 있을 때 통궁을 사용하면 그 효과는 배가되었다.

사천 공군기지 주위에 구축된 방어 진지는 차륜형 장갑차를 이용한 이동형 진지였다. 이동형 진지라고 불리기는 하지만 진지 자체가 움직이는 것은 아니었다. 정확하게 얘기하면, 구덩이에 들어가 있는 장갑차가 진지 역할을 하다 상황에 따라 구덩이 밖으로 나오기 때문에 그렇게 불리는 것이었다. 로봇 군인들에게 대항하기 위해 새롭게 고안된 방법이었다. 고정된 진지에서는 단 한 번만 사격을 잘못해도 진지에 있는 병사들 모두 로봇 군인에게 전멸되었다. 로봇 군인에게 지근거리에 있는 인간 군인들은 그저 철없는 아이 앞에 놓인 개미떼일 뿐이었다.

장갑차의 최고 속도는 시속 120km이기 때문에 방향 전환이 많은 지형만 아니라면 얼마든지 로봇 군인으로부터 벗어날 수 있었다. 어느 정도 거리가 확보되면 그때 다시 로봇 군인들을 공격하는 식이었다. 이 장갑차는 보통 장갑차 크기의 1.5배 정도 되었고 외부 충격에 대한 내구성도 강화된 모델이었다. 장갑차 윗부분에 해치가 2개 있었는데 여기에서 통궁을 사용했다. 장갑차가 구덩이 안에 들어가 있으면 지상에서는 해치에 앉아 있는 두 명의 경계병만 보였다. 평소에 경계병들은 망원경을 이용해 전방을 주시했다. 로봇 군인들이 나타나면 경계병은 차 안에 있던 통궁 사격병과 자리를 교체한다. 로봇 군인들이 가까워지면 장갑차는 구덩이 밖으로 나와서 기동 전투를 벌이게 된다. 이동형 진지는 공군기지를 중심으로 다섯 라인으로 구성되어 있었는데 가장 외곽 쪽의 진지를 1라인, 기지와 가장 가까운 쪽의 진지를 5라인으로 구분했다. 라인과 라인 사이의 거리는 200m 정도였고 한 라인에는 20개 정도의 구덩이 진지가 공군기지를 에워싸고 있었다.

장갑차에는 총 7명이 탑승했다. 통궁 사격병 2명, 예비 사격병 2명, 경계병 2명, 운전병 1명으로 구성된다. 통궁은 한 번 사격을 하면 미사일 장착에 걸리는 시간이 필요했기 때문에 예비 사격병도 통궁 사격병과 마찬가지 역할을 교대로 수행했다. 단지 선임자가 먼저 사격을 한다는 것뿐이었다. 통궁 사격병이 사격을 하고 미사일을 장착하기 위해 장갑차 안으로 내려오면 그 사이 예비 사격병이 해치로 올라가서 통궁 사격을 하는 것이다. 운전병 1명이 가장 전문적인 병력이었고, 나머지는 모두 경계나 통궁 사용을 멀티로 할 수 있는 사람들이었다. 이들 7명은 한 팀으로 운영됐는데 사망자가 나오면 새로운 사람이 그 자리를 메꾸었다.

남관호도 네 명이 한꺼번에 사망한 팀에 새로 합류한 것이었다. 남관호의 직책은 예비 사격병이었다. 남관호가 배치된 장갑차에는 한 명만 현역이었고 나머지 여섯 명은 모두 예비군이었다. 성별로는 남성이 네 명, 여성이 세 명이었다. 현역 군인을 빼고 예비군들 중 사천 기지에 가장 먼저 배치된 사람이라고 해 봐야 5일 정도밖에 되지 않았다. 기존에 팀에 있던 두 명의 예비군들도 로봇과의 전투 경험은 딱 한 번뿐이었다. 상황이 이렇다 보니 어느 누구도 로봇 군인들과의 전투에 대해 조언해 줄 수 있는 처지가 아니었다. 물어볼 것도 대답할 것도 많지 않았다. 하지만 로봇 군인들과의 전투에서 명심할 것은 오직 한 가지뿐이었다. 최대한 거리를 확보하는 것이다. 로봇이 눈앞에까지 다가온 상황이면 이미 죽은 목숨이나 다름없었다.

장갑차가 들어갈 구덩이 진지의 선정은 3일에 한 번씩 무작위로 정해졌다. 외곽 쪽에 있는 1라인 진지일수록 로봇 군인들과 직접 맞닥트릴 위험이 크기 때문에, 각 진지를 특정 팀에 고정시키는 것은 지나치게 가혹하다는 지휘부의 판단이었다. 1라인 진지에 배치된 병사들은 1주일 안에 반 정도가 전사할 정도로 위험한 곳이었다. 남관호가 팀에 합류하고 첫 번째로 배치된 진지는 5라인이었다. 멀리서 전투기 소리와 기관총 소리가 끊임없이 들려왔다. 공중전을 하고 있는 것이라고 현역병이 얘기했다. 간혹 엄청난 폭음이 들리기도 했는데 전투기가 지상으로 떨어져서 폭발하는 소

인간의 한계

리라고 했다. 공중전 소리가 들리기 시작하고 조금 더 있으면 로봇 군인들의 공격이 시작될 것이라고 말했다.

그 말이 떨어지기 무섭게 본부에서 무전이 들어왔다. 열 대의 로봇 군인들이 공격을 시작했다는 것이었다. 앳돼 보이는 현역병의 얼굴에 두려움이 적나라하게 드러났다. 남관호는 예비 사격병이었기 때문에 장갑차 내에서 대기하고 있었다. 두 명의 통궁 사격병이 해치로 올라가서 사격 준비를 했고 두 명의 경계병이 장갑차 안으로 내려왔다. 남관호의 온몸이 긴장으로 덜덜덜 떨렸다. 아내가 말한 대로 자신은 전투 상황을 잘 이겨내지 못할 거라는 불안감이 스쳐 지나갔다. 멀리서 통궁의 미사일 발사 소리들이 이어졌고 뭔가 크게 부서지는 소리들이 들렸다. 부서지는 것이 장갑차인지 로봇인지 알 수 없었다.

30분 정도 비슷한 소리들이 이어지다가 잠잠해졌다. 얼마 지나지 않아, 로봇 군인들이 퇴각한다는 통지가 본부의 무전을 통해 전달되었다. 본부는 전투 중에 사상자가 있는 팀들을 즉각 귀환시켰다. 그 외의 팀들에게는 로봇 군인들이 다시 공격할 수 있으니 자신의 진지를 철저히 지키라고 명령을 하달했다. 남관호가 소속된 팀은 밤이 되어서야 다른 팀과 교체하고 본부로 귀환할 수 있었다. 남관호는 첫날에는 직접적인 전투에 전혀 참여하지 않았지만 긴장감 때문인지 극도로 지쳐 있었다. 본부에 도착해서 당일 전투의 사상자가 90여 명이라는 이야기를 들었다. 사망자도 30명이 넘는다고 했다.

부상자들의 신음 소리가 사방에서 들려왔다. 뼈가 드러나거나 얼굴이나 몸이 너덜너덜해진 사람들이 복도에서 치료를 받기 위해 대기하고 있었다. 그중에서도 특히 부상이 심한 병사들은 곧바로 후방의 병원으로 옮겨졌다. 예비군들은 이곳에서 살아나가는 유일한 방법은 죽지 않을 정도로 다치는 방법밖에 없다는 이야기를 농담처럼 했다. 농담만은 아니었다.

오늘 로봇 군인들은 2라인까지 침투해서 전투를 벌이다가 퇴각했다고 한다. 전파된 로봇 군인은 1대뿐이었고 나머지 9대는 일부 파손됐지만 모두 일본군 진지로 귀환했다고 한다. 남관호는 전장의 상황이 이 정도로 심각한지는 몰랐다. 후방에서 뉴스로만 접하던 전황과 몸으로 겪는 현실은 전혀 달랐다. 일주일에 10만 명이나 사망하는 전쟁이 이렇지 않을 수 없겠지만 숫자로 들을 때는 실감이 가지 않았었다. 하지만 직접 경험한 전쟁의 공포는 보통의 사람이 감당할 수 있는 수준이 아니었다.

남관호가 소속된 팀은 5라인을 지키는 3일 동안 실제 전투에는 참여하지 않았다. 그 기간 동안 로봇 군인들은 3라인까지 침투하는 데 그쳤다. 3일 후 남관호 팀은 2라인 진지에 배치되었다. 소속 팀의 현역병은 3일 안에 무조건 전투를 한 번은 경험하게 될 것이라고 말했다. 그런 말을 전하는 현역병의 얼굴은 사색이 되어 있었다. 그 말을 듣는 다른 팀원들의 얼굴에도 죽음의 그림자가 깃

인간의 한계

들었다. 남관호는 이곳에 오기 전만 해도 살아서 집으로 돌아갈 희망을 가지고 있었다. 그러나 며칠 이곳에 있어 보니 그럴 가능성은 희박해 보였다. 그런데 그럴수록 살고 싶은 욕망은 더욱 강해졌다. 아내와 이야기하고 싶었고, 아이들이 보고 싶었다.

남관호는 2라인에 배치된 첫날부터 로봇 군인들을 맞닥뜨렸다. 1라인을 뚫고 들어온 한 로봇 군인이 남관호의 이동형 진지를 향해 빠르게 다가왔다. 이미 다리가 한 개, 팔이 한 개 부서진 모습이었다. 남관호도 장갑차 내에 있는 영상을 통해 밖의 상황을 보고 있었다. 다리 한쪽이 부서졌지만 무시무시한 모습으로 장갑차를 향해 달려왔다.

두 명의 통궁 사격병이 로봇을 향해 미사일을 발사했다. 미사일을 쏘자마자 운전병이 장갑차를 구덩이 밖으로 움직였다. 로봇이 미사일을 피하려고 공중으로 점프를 해서 공중제비를 했다. 미사일 두 발 중의 한 발이 로봇의 몸통을 스치고 지나갔다. 로봇이 지상에 착지했을 때 장갑차는 로봇으로부터 200m 정도 떨어진 곳에 위치해 있었다.

그 사이 두 명의 통궁 사격병이 장갑차 안으로 내려오고 남관호와 또 다른 예비 사격병이 해치로 올라갔다. 로봇을 향해 다시 두 발의 통궁 미사일을 발사했다. 로봇은 이번에는 두 발의 미사일을 스치지도 않고 모두 피했다. 다시 로봇이 장갑차를 향해 달려왔다. 운전병이 재빠르게 자리를 벗어나려고 장갑차의 방향을

오른쪽으로 갑자기 틀었다. 그 반동으로 왼쪽 해치에 앉아 있던 남관호가 땅바닥으로 굴러떨어졌다.

"사람이 떨어졌다."

다른 쪽 해치에 있던 예비 사격병이 소리를 질렀다. 하지만 장갑차를 멈추면 장갑차 자체가 로봇의 공격에 당할 수 있는 상황이었다. 다급하게 누군가가 소리쳤다.

"출발해."

눈 깜짝할 사이에 로봇 군인이 남관호의 앞에 서 있었다. 남관호는 도망가려고 엉거주춤 서 있는 상태였다. 로봇은 조금의 망설임도 없이 주먹을 휘둘러 남관호의 얼굴을 강타했다. 얼굴에 통증이 느껴진다고 생각하는 찰나 눈앞의 모든 움직임이 슬로비디오로 바뀌었다. 보이는 것은 로봇이 아니었다. 멀어지는 장갑차의 뒷모습도 아니었다. 아이들이 보였다. 민재와 호정이의 어린 시절이 파노라마처럼 지나갔다.

민재가 남관호를 보고 환하게 웃고 있었다. 호정이도 남관호를 보고 환하게 웃고 있었다. 그런데 아이들의 웃음소리가 들리지 않았다. 아이들의 입모습은 '아빠!'라고 부르는 것 같았지만 아무 소리도 들리지 않았다. 이상하리만치 조용했다. 아이들의 등 뒤에서 비치는 환한 빛에 남관호의 눈이 부셨다. 남관호도 아이들을 보고 환하게 웃어주었다. 거기까지였다. 남관호의 삶은 거기까지였다.

인간의 한계

이자현은 남편이 군에 소집된 이후 아침마다 하는 일과가 있었다. 일명 '죽음의 전화'를 거는 것이었다. 사실은 '죽음의 전화'가 아니라 군에 간 가족의 생사를 알려주는 국방부 전화 서비스였다. 전쟁 중 사망자가 급증하면서 이 전화 서비스를 통해 사망 통보를 듣는 경우가 많아서 사람들이 그렇게 부르기도 하는 것이었다. 이렇게 전화로 가족의 생사를 듣는 것이 비인간적이라는 의견도 있었지만, 더욱 많은 사람들이 최대한 빨리 가족의 생사를 알 수 있다는 점에서 이 서비스를 선호했다. 부상병이 후방의 병원으로 이송된 경우에는 가족들이 빠르게 찾아갈 수 있는 이점도 있었다. 전화 통보와 관계없이, 전사자의 유골이 확보된 경우에는 며칠이 지난 후에 인편으로 사망 통지서와 유골이 가족에게 전달되었다.

그날도 이자현은 아침에 일어나자마자 떨리는 마음으로 전화를 했다. 평소에는 "군번 32-76073835 남관호는 안전하게 조국을 수호하고 있습니다. 감사합니다."라는 안내 말이 흘러나왔다. 아침에 그 말을 들으면 하루는 걱정 없이 지낼 수 있었다. 하지만 그날은 다른 말이 흘러나왔다.

"군번 32-76073835 남관호는 2048년 9월 14일…"

이자현은 '2048년 9월 14일'이라는 말이 나올 때부터 이미 온몸이 경직되고 목이 메어 왔다. 평소와 다른 말이 나오는 것으로 봐서 남편이 잘못됐다는 걸 직감했다.

"일본군과의 전투에서 장렬하게 산화하셨습니다. 조국을 위해 목숨을 바치신 남관호 님을 전 군의 이름으로 애도합니다. 잠시 후 남관호 님이 마지막으로 남기신 유언이 이어집니다."

남편의 마지막 말이 들려왔다.

"아… 뭐라고 해야 하지? 오자마자 이런 걸 녹음하라고 하네. 민재 엄마. 나 살아 돌아갈 거야. 걱정하지 마. 그런데 어차피 살아 돌아가면 이 소리는 못 들을 거 아냐…."

갑자기 이 유언을 아내가 들을 때면 자신은 이미 사망한 상태라는 것을 깨달은 남관호의 목소리가 착 가라앉았다.

"만약… 만약 자기가 이 소리를 듣는다면… 나 당신하고 사는 동안 정말 행복했었다고 말해주고 싶어…. 사랑해. 애들 잘 부탁하고… 민재, 호정이… 애들한테는 사랑했다고… 사랑한다고 말해주고…."

남관호는 말을 하다가 갑자기 감정이 복받쳐 올라 말을 제대로 맺지 못했다. 남편의 유언을 들으며 이자현의 눈에서는 눈물이 멈추지 않았다.

이자현은 남편의 죽음을 빠르게 받아들여야 했다. 아이들을 어떻게 키울지 막막했지만, 민재와 호정이를 생각하면 무너질 수 없었다. 그동안 모아 놓은 돈도 없었기에 일을 해야 했다. 전사자 유족 연금을 받기 시작했지만 그것만 가지고는 살 수 없었다. 그렇지만 웹툰을 그릴 수는 없었다. 평소의 작품들이 다들 개그 장르

였는데 이제는 더 이상 그런 이야기가 떠오르지 않았다. 몸을 움직이는 일을 하기로 했다. 아이들이 어려서 전일제 일을 하기는 어려웠다. 민재가 초등학교에 가고 호정이가 어린이집에 가면 오전에 택배 분류하는 일을 했다. 몸은 힘들었지만, 오히려 그 편이 나았다.

남편 생각이 날 때마다 아이들을 생각하며 마음을 다잡았다. 아이들에게는 아직 아빠가 어떻게 됐는지 말하지 못했다. 아이들에게는 너무 큰 충격일 것이었다. 이자현은 아이들이 중학생 정도가 되면 말하리라고 마음먹고 있었다. 이자현이 사는 지역에 위치한 해군사령부는 일본군이 가장 먼저 점령한 군사 시설들 중의하나였다. 일본군들은 부산 주변에 있는 군사 시설들을 순환 공격하면서 부산 도심을 휘젓고 다녔다. 전쟁 초반에는 로봇 군인들만도심 전투에 참여했다. 하지만 전세가 일본 쪽으로 기울기 시작하자 일본의 인간 군인들도 도심에 나타나기 시작했다.

이자현은 길에서 일본군들이 보일 때마다 가슴에서 피 응어리가 올라오는 것 같았다. 남편이 저런 놈들한테 죽임을 당했다는 생각을 하면 당장에라도 달려가 돌이라도 던지고 싶어졌다. 하지만 아이들을 생각하면 참아야 했다. 아이들이 성인이 되는 모습까지는 봐야 했다. 한국인들 중 많은 사람들이 이자현과 같은 마음이었다. 2048년 말부터 전국적으로 자발적인 민병대들이 생겨나기 시작했다. 민병대는 정규군으로 전쟁에 참여하지 못하는 20

살 이전의 젊은이들과 40대 이상의 장년층이 주축이 되었다. 민병대들이 점점 체계화되고 무장 상태가 강화되면서 일본의 인간 군인들뿐만 아니라 로봇 군인들과의 전투에서 종종 정규군 이상의 성과를 올렸다. 이자현도 아이들이 어느 정도 자라면 그리고 그때까지도 일본군을 한반도에서 몰아내지 못했다면 자신도 민병대에 합류하리라 다짐하고 있었다.

해군사령부가 가지는 상징성과 전략적인 위치 때문에 해군사령부 주위에서는 한일 간의 크고 작은 전투가 끊이지 않았다. 중국 로봇 군인들이 한국군에 합류한 이후 양국의 군대는 일진일퇴를 거듭하는 상황이었다. 2050년 2월에 중국산 로봇들을 앞세운 한국군이 드디어 해군사령부를 일본군으로부터 완전히 탈환하는 데 성공한다. 이 전투에서 수많은 일본군이 사망하고 일본 로봇 군인들도 상당수 부서졌다. 이 전투에 민병대도 참여해서 큰 성과를 거두었는데 일본군은 이를 빌미로 이자현이 사는 민간인 지역을 대대적으로 공격했다. 이자현이 사는 지역으로 민병대의 일부가 숨어들어 갔다는 이유였다. 역사적으로 일본군의 오래된 전술이었다. 일본군이 피해를 입으면 적군의 민간인들을 대상으로 그 이상 되갚음을 하는 것이었다. 일본군은 이자현이 사는 마을에 로봇 군인 20대를 급파했다.

그때 이자현은 새벽에 일어나 아이들 아침 식사를 준비하고 있었다. 새벽부터 물건들이 넘어지고 부서지는 소리와 사람들의 비명 소리가 들렸다. 그녀는 이런 소리들이 로봇 군인들의 공격 때문이라는 직감이 들었다. 아이들을 깨워서 어디로든 숨어야 한다고 판단했다. 우선 민재 방으로 급하게 달려갔다. 놀란 눈으로 잠에서 깬 민재가 엄마를 바라보았다. 민재를 베란다 벽장 안으로 밀어 넣으며 다급한 목소리로 말했다.

"여기서 나오면 안 돼!"

그렇게 말하고 호정이 방에 가려는데 집의 현관문이 부서지는 소리가 들렸다. 급하게 호정이가 있는 방으로 뛰어갔다. 로봇 군인은 벌써 현관문을 부수고 집 안에 들어와 있었다. 악마 같은 로봇이 현관문 옆에 붙어 있는 호정이 방문을 부수고 있었다.

"아아아악!"

이자현이 소리를 지르며 로봇 군인에게 달려들었다. 이미 호정이 방에 들어선 로봇 군인이 고개를 돌려 이자현을 바라보았다. 침대에서 덜덜 떨면서 로봇을 바라보던 호정이가 엄마를 보자 울음을 터트렸다.

"엄마… 어어엉."

로봇 군인은 다시 고개를 호정이 쪽으로 돌려 손으로 호정이를 내리쳤다. 호정이의 몸에서 피가 사방으로 솟구쳤다. 그 작은 몸이 그대로 앞으로 나무토막처럼 쓰러졌다.

"호정아!"

이자현의 목소리가 찢어지듯 절규했다. 이자현이 호정이 쪽으로 달려가자 로봇 군인이 이번에는 팔을 휘둘러 이자현의 얼굴을 세게 쳤다. 이자현의 얼굴이 터지면서 몸 전체가 날아가 벽에 부딪혔다. 이자현은 얼굴에서 느껴지는 아픔보다 호정이의 참혹한 모습 때문에 느껴지는 심리적 통증이 더 고통스러웠다. 이자현은 그렇게 부모가 죽을 수 있는 가장 잔인한 방법으로 죽어갔다. 호정이를 바라보는 이자현의 눈에서 피와 눈물이 섞여 흘러내렸다. 민재는 무시무시한 소리가 밖에서 들렸지만 몇 시간 동안이나 벽장에서 나오지 못했다. 이제 10살의 민재에게는 아무도 남지 않았다. 참혹하지 않은 전쟁은 없겠지만, 한일전쟁은 10살의 민재에게 말할 수 없이 가혹했다. 죽음보다 더한 고통이 민재를 기다리고 있을 것이었다.

10.

이치로의 고뇌

(2050년 7월, 독일)

이치로는 한일전쟁이 장기화되면서 극한의 무력감과 죄책감에 시달렸다. 자신과 엄마의 거짓말로 전쟁이 시작됐고 그로 인해 수많은 사람들이 죽어간다는 생각이 들었다. 자신이 거짓말을 시작한 것은 아니었지만 결국 군의 제안을 수락한 것은 자신이었다. 자신이 동조하지 않았다면 전쟁은 없었을 것이라는 생각이 머릿속을 떠나지 않았다. 당시 일본 정부의 수뇌부들은 고바야시 사이토의 사망이 아니어도 다른 곳에서 전쟁 명분을 찾아냈을 것이었다. 이치로는 한일전쟁은 정부의 책임일 뿐이라고 스스로의 행동을 합리화시키기도 했다.

이치로는 아버지가 사망하기 전만 해도 자신의 또래 친구들과는 다르게 섬 생활을 사랑하던 학생이었다. 친구들은 하나같이 도시로 나가고 싶어 했지만 이치로는 평화로운 섬 생활이 좋았다. 아버지와 함께 배를 타고 고기잡이를 할 때 행복감을 느꼈다. 고등학교를 졸업하고 성인이 되면 아버지와 같은 어부의 삶을 살 것이라고 마음먹었다. 아버지는 그런 아들의 결정에 겉으로는 반대했지만 가슴 한 편에 흡족한 마음도 있었다. 사이토도 아들과 고기잡이를 할 때만큼 행복한 때가 없었기 때문이다.

이제 이치로는 성인이 됐지만, 어부가 되고 싶다는 꿈은 사라진 지 오래였다. 인생의 목적이란 게 생기지 않았다. 한일전쟁 중에도 지부리 섬은 군함들이 간혹 기항지로 사용하는 것 외에는 전쟁 전과 크게 다르지 않은 상황이 이어졌다. 지부리 섬의 어부들은 여전히 하루하루 고기를 잡으며 생활했고 아이들은 성인이 되면 본토로 일거리를 찾아 떠났다. 한일전쟁의 출발점이었다는 이유 때문에 기자들이나 호사가들이 간혹 섬을 찾는다는 점이 전쟁 발발 후 달라진 것이라면 달라진 것이었다.

지부리 섬 사람들은 전쟁에 대한 이야기는 매일 한반도 상황을 업데이트해 주는 일본 언론을 통해서만 듣고 있었다. 2050년 7월까지 한국에서는 140만 명 이상의 사망자가 나왔다고 한다. 그중 민간인 사망자는 110만 명을 넘어섰다. 한일전쟁에서 민간인 사망자가 특히 많았던 이유는 몇 가지 이유들이 겹쳐서 나타난 현상이었다. 첫째, 일본군의 원래 작전이 도심에서의 전투를 의도했

인간의 한계

기 때문이었다. 둘째, 한국의 예비군들은 민간인 신분인데 이들이 전장에 투입되면서 민간인 피해가 급증한 것으로 집계됐다. 셋째, 일본군은 전쟁 상황이 애초에 생각했던 대로 흘러가지 않자 민간인들을 대상으로 분풀이를 하는 경우들이 많아졌다.

일본에서는 그때까지 약 40만 명 정도의 사망자가 나왔는데 거의 다 군인들이었다. 초기 한 달 정도에는 거의 사망자가 없다가 중국산 로봇 군인들이 전장에 투입된 이후에 사망자가 증가하기 시작했다. 이치로는 TV에서 한일전쟁에 대한 뉴스가 나올 때마다 자리를 피하거나 채널을 돌렸다. 전쟁 초기에 가졌던 일본인으로서의 자부심은 사라진 지 오래였다. 하지만 아무리 뉴스를 피한다고 해도 몇 년째 이어지는 전쟁 뉴스를 다 피할 수는 없었다. 전쟁의 원인에 대한 정부나 군 관계자들의 얘기는 거짓말투성이였고, 사망자 소식이나 전쟁의 참혹함을 보여 주는 이미지는 스스로를 향한 구토감 없이 보기 어려웠다. 이치로는 '죽고 싶지만 그저 하루하루 견뎌낸다.'는 마음으로 생활했다.

개인적인 희망이나 꿈을 이루려고 하는 행동들이 무책임하고 역겨워 보였다. 무엇이 되고자 하는 노력이 대체 무슨 의미가 있나 싶었다. 가토 중장의 제안을 듣고 애국심으로 가슴이 뛰던 청년은 이제 이치로의 안에 없었다. 전쟁 피해자들에 대한 죄책감과 삶에 대한 허무함이 그 자리를 차지했다. 언제부터인가 마을 사람들을 만나는 것도 힘들어졌다. 어느 누구도 아버지 사이토에 대해 이야기하지 않았다. 지부리 섬에서 아버지의 이름은 금기어였다. 자신이 없을 때는 모르겠지만, 이치로 앞에서는 철저히 아버지의 이름을 입에 올리지 않았다.

그런 분위기 때문에 아버지와 친했던 사람들 앞에서는 더욱 처신하기 어려웠다. 무겁고 불편한 공기가 사람들을 짓눌렀다. 아버지의 친구들은 이치로를 보고 말없이 웃었지만, 그 미소의 의미는 되도록 빨리 이치로와 헤어지고 싶다는 뜻이었다. 이치로가 옆에 있으면 사이토 생각이 나지 않을 수 없었다. 사람들은 불편해서 이치로를 피했고, 이치로는 그 사람들이 불편해하지 않도록 그들을 피했다. 이치로는 이제 집 밖에 나가는 일이 점점 줄어들었다. 이제 이치로는 거의 집 안에서만 히키코모리처럼 생활했다. 이치로가 느끼는 죄책감에 대해 그나마 털어놓을 수 있는 사람은 엄마뿐이었다. 야스코도 이치로가 느끼는 양심의 가책을 이해했다. 그녀 역시도 그런 감정에서 자유로울 수 없는 당사자였다

'그러나 죄책감이 든들 이제 와서 무슨 소용이 있다는 말인가?'

야스코는 그렇게 생각했다. 전쟁과 관련하여 야스코 모자가 할 수 있는 일은 하나도 없었다. 그게 제대로 된 현실 인식이라고 생각했다. 야스코는 아들이 전쟁과 관련된 얘기를 할 때마다 외면하거나 화제를 돌렸다. 야스코는 아들의 이야기를 들어 준다고 했지만 듣지 않았다. 아들의 감정을 이해한다고 말했지만, 그 감정이 아들이나 자신이 감당할 수 없을 만큼 커지는 것을 두려워했다.

전쟁이 몇 년째 이어지자 이치로는 점점 더 술에 의존하기 시작했다. 술에 취하면 괴로움이 조금은 사라졌다. 술을 마시면서 NHK에서 하는 동물 다큐 프로그램을 보는 게 유일한 낙이었다. 뉴스는 철저하게 피했다. 전쟁 비슷한 이야기라도 들으면 죄책감으로 가슴이 요동쳤기 때문이다. 몇 번은 술에 취해 야스코에게 자신의 심정을 토로했다.

"엄마! 나 도저히 못 살겠어요. 전쟁 때문에 너무 많은 사람들이 죽고 있어요."

"네 잘못이 아니다. 어쩔 수 없는 상황이었다."

"그래도 가토 중장의 부탁을 우리가 승낙하지 않았다면…."

"아니다. 국가에서 그런 요구를 하는데 누구인들 따르지 않았겠냐?"

"아니에요. 우리 때문에 전쟁이 난 거라고요. 이제라도 사람들한테 아버지가 어떻게 죽었는지 말해야 되겠어요."

"쓸데없는 소리! 그래서 무엇이 바뀌는데. 네가 외부에다 그런 말을 하는 순간 너나 나나 죽은 목숨이야."

야스코의 목소리가 높아졌다. 그녀는 다른 사람들이 사건의 전말을 알게 되면 아들이나 자신은 살 수 없을 것이라고 생각했다. 야스코는 아들을 부드럽게 위로하기도 했지만, 외부에 알리는 문제에 대해서만큼은 단호하게 아들을 꾸짖었다.

"아아악…"

이런 이야기가 나오는 날이면 이치로는 어김없이 소리를 내지르며 울다 잠이 들었다. 이치로는 이러지도 저러지도 못하는 상황에 가슴에 돌덩이가 놓인 듯 답답했다. 엄마마저 자신의 말에 동의하지 않자 이치로는 점점 더 말이 없어졌다. 이제 엄마와의 대화마저 완전히 단절되었다.

그렇게 지내던 어느 날 이치로는 NHK의 다큐 프로그램에 나오는 요시다 미사키를 우연히 보게 되었다. 그녀는 프리랜서 기자이자 작가였다. 그녀는 자신의 저서인 『일본에서 소수자로 살아남기』에 대해 얘기하는 중이었다. 요시다의 눈빛은 강렬했고 말투는 확신에 차 있었다.

"일본에서 소수자로 산다는 것은 견디는 것입니다. 그건 사는 것이 아닙니다. 그저 주류가 뿜어내는 무거운 공기에 짓눌리지 않기 위해 그 칼날에 베이지 않기 위해 사력을 다해 방어할 뿐입니다. 그 방어가 그들에게는 삶 자체입니다. 주류 일본인은 이해할 수 없는 고단한 삶입니다."

그녀는 장애인, 농어촌 빈민들, 외국인 노동자 등 일본 내 소수자들의 이야기를 심도 있게 분석한 기사들로 유명해진 사람이었다. 그녀는 자신의 취재 경험들을 책으로 엮었다. 이치로는 그녀라면 자신의 이야기를 들어 줄 수 있을 것이라고 생각했다. 인터넷 검색을 통해 그녀에 대해 자세하게 알아보았다. 그녀는 전형적인 소수자가 아니면서도 소수자의 심리를 정확하게 묘사했다는

인간의 한계

점에서 찬사를 받는 사람이었다. 여성이라는 소수자 경험만 빼면 말이다.

요시다의 얘기를 들으면서 이치로는 자신이 얼마나 비겁한 사람이었는지 깨달았다. 사람들에게 아버지의 죽음에 대한 진실을 알리자고 엄마에게 얘기했지만 그 이상의 행동은 하지 않았다. 그렇게 말하고 나면 죄책감이 다소 누그러지고 마음이 조금이나마 편해졌다. 그뿐이었다. 비겁하고 기만적인 행동이었다. 엄마에게 진실을 말하자고 얘기했지만, 이치로의 마음속 깊은 곳에서는 엄마가 계속 단호하게 자신을 막아 주기를 바라는 마음이 있었다. 엄마가 자신의 의견에 동의한다고 해도 이 문제를 어떻게 시작해야 한단 말인가? 자신이 없었다. 그렇게 시간이 흐르고 서서히 자신의 목숨이 다하기를 바랐다.

평생을 충실한 아내로 자애로운 엄마로 살아온 사람에게 모든 책임을 전가하고 있었다. 진실을 알리자고 마음먹었다면 이치로 자신이 시작해야 했다. 엄마에게 미룰 일이 아니었다. 돌이켜보면, 일본 군부의 거짓말을 적극적으로 수용하기로 한 사람도 이치로 자신이었다. 그런 자각이 들자 더 이상의 기만을 때려치우자는 생각이 들었다. 이치로가 요시다에게 이메일을 보냈다.

"안녕하세요. 저는 지부리 섬에 사는 고바야시 이치로라는 사람입니다. 한일전쟁의 원인이 된 고바야시 사이토 씨의 아들입니다. 아버지의 죽음과 관련하여 하고 싶은 말이 있습니다."

간략한 내용이었다. 이치로는 그녀가 답장을 하지 않을 수도 있다고 생각했다. 하지만 하루 만에 그녀로부터 만나고 싶다는 연락이 왔다. 둘은 돗토리현의 요나고시에서 처음 만났다. 2050년 8월 8일이었다. 실제 요시다를 만나게 되자 이치로는 입이 떨어지지 않았다. 머릿속으로 수천 번도 더 되뇌었던 이야기였지만 입 밖으로 나오지 않았다. 머뭇거리는 이치로를 요시다가 격려했다.

　"어떤 얘기라도 좋습니다. 이름을 밝히기 어려우시면 익명으로 기사를 낼 수도 있습니다."

　요시다는 이치로의 이메일을 받자마자 데라우치 총리의 선전포고 기자회견이 떠올랐다. 그때 총리 옆에 서 있던 미망인과 아이들. 아직도 생생한 기억이었다. 어느 일본인이 그날의 기억을 잊을 수 있을까? 담담하게 자신의 심정을 얘기하던 미망인과 결의에 차 보이던 젊은 아들의 표정이 많은 일본인들의 마음을 움직였다. 그 젊은이가 아버지의 죽음에 대해 얘기한다고 했을 때 특종감이라는 생각이 들었다. 그러나 그 이상의 불안감이 엄습했다. 2백만 가까운 사망자가 발생한 전쟁의 발단. 그 한가운데에 서 있는 사람이 그 발단에 대해 얘기하려고 한다. 그 이야기가 무엇이든 감당하기 쉬운 이야기는 아닐 것이라고 생각했다.

　"익명으로 할 수 있는 이야기는 아닙니다."

　이치로는 단호하게 대답했지만 그다음에 무슨 말을 어떻게 해야 할지 다시 한번 망설여졌다. 힘을 내자고 스스로에게 다짐하며 마침내 이야기를 시작했다.

"제 아버지 고바야시 사이토는 군에서 발표한 것처럼 한국군의 폭격으로 사망한 것이 아닙니다."

요시다는 둔기로 머리를 맞은 기분이었다. 전혀 예상 밖의 이야기였다. 약속 장소까지 오며 이치로가 말하려고 하는 일이 무엇일지 여러 가지로 생각해 보았다. 하지만 이런 종류의 이야기는 상상하지 못했다.

'아버지의 죽음에 대한 군에서의 보상이나 후속 절차에 불만이 있었던 것이 아닐까.'

'이 문제 때문에 가정이나 마을에 불화가 생긴 것은 아닐까?'

그런 정도의 짐작들이었다.

"그러면 어떻게 돌아가셨다는 말입니까?"

요시다가 놀란 가슴을 쓸어내리며 물었다. 이치로가 다시 한번 망설였다. 입이 말랐다. 수없이 많은 문장들이 입 안에서 만들어졌다 사라졌다.

"저… 한국군의 폭격 때문은 아니었습니다."

백만 가지 말을 내뱉고 싶었지만 정작 입에서 튀어나온 말은 방금 한 말과 똑같은 말이었다.

"그러면요?"

이치로는 결심한 듯 단호한 표정으로 말을 시작했다.

"단순 익사 사고였습니다. 아버지는 풍랑이 왔을 때 바다에 나갔다가 변을 당하신 겁니다. 아버지가 돌아가시고 그다음 날 새벽에 한국군 폭격이 있었으니까 폭격으로 사망하는 것은 시간적으로도 불가능합니다."

"네?"

"아버지가 사망하시고 군인들이 찾아왔었습니다. 한국군의 폭격으로 아버지가 사망한 것으로 하자는 제안을 받았습니다. 이렇게까지 일이 커질 줄은 몰랐습니다. 이렇게 될 줄 알았다면 절대 그렇게 하지는…"

이치로는 갑자기 전쟁의 참상이 생각나서 울컥했다. 이치로의 말에 요시다의 머리가 하얘졌다. 요시다의 직감으로 볼 때 이치로의 말은 사실일 것이었다. 이런 거짓말을 통해 이치로가 얻는 게 하나도 없었다. 요시다가 당황한 이유는 발언의 진위 여부 때문이 아니었다.

'이 진실을 어떻게 해야 하나?'

'이를 기사화해도 되는가?'

그런 고통스러운 고민이 순간적으로 요시다의 마음을 스쳐 지나갔다. 이치로의 말이 사실이라면 일본은 전쟁을 시작하기 위해 가짜 이유를 만들었다는 말이 된다. 조작으로 시작한 전쟁이 되는 것이었다. 200만 명이 거짓 이유 때문에 죽은 것이다.

'내가 그런 내용을 기사화할 수 있을까?'

자신이 주로 다뤄 왔던 '소수자들'의 이야기와는 비교할 수조차 없는 무게의 이야기였다. 갑자기 쓰나미 같은 두려움이 밀려 왔다.

"어려운 얘기해 주셔서 대단히 고맙습니다. 기사를 내기 위해서는 제가 좀 더 취재해 볼 내용이 있을 것 같습니다. 제가 다시 연락드리겠습니다."

요시다는 며칠 동안 일이 손에 잡히지 않았다. 좀 더 취재해 본다고 했지만 그건 핑계였다. 취재할 것도 없었다. 당사자의 증언이었기 때문이다. 이치로에게 필요한 것은 양심선언을 하는 기자회견 자리였다. 이치로의 말을 확인하는 것도 어렵지 않았다. 지부리 섬 사람들이나 국방부 고위 관계자들을 대상으로 취재를 시작하면 단서들이 쏟아져 나올 것이었다. 그러나 취재 중에 자신의 목숨이 위험해질 것이라는 점은 확실해 보였다. 이치로 가족의 안전도 장담할 수 없었다.

요시다는 자신이 일본 내에서 가장 양심적인 기자들 중 한 명이라고 자부해왔다. 무엇보다 진실이 중요하기 때문에 취재에 따르는 위험은 감수해야 한다고 생각해왔다. 그게 설사 죽음이라고 하더라도 말이다. 하지만 지금 요시다를 망설이게 하는 것은 죽음보다 더 두려운 것이었다. 일본인으로서 일본을 파렴치한 전범 국가로 만드는 일을 할 수 있는가의 문제였다. 발생할 수 있는 개인적인 피해는 그것에 비하면 보잘것없이 하찮은 것이었다. 이 진실은 일본을 두고두고 괴롭힐 것이었다. 일본의 간악한 모습에 일본의 아이들이 괴로워할 것이었다. 아이들에게 자랑스러운 일본에 대해 얘기하던 일본의 어른들 모두를 곤경에 빠트릴 것이었다. 그런 고민 앞에 진실 추구라는 가치가 초라해졌다.

'나의 언론인으로서의 사명감이나 자부심이 이 모든 것들을 감내할 만큼 소중한가?'

요시다는 끝이 보이지 않는 심연의 고민에 빠졌다. 아무리 생각해도 자신은 그 일을 할 수 없다는 생각이 들었다. 그렇다고 어렵게 진실을 얘기한 이치로라는 사람을 그대로 둘 수는 없었다. 어떤 일본인이라도 그의 입장이 됐다면 군의 요구를 거부하기 어려웠을 것이다. 그도 결국 피해자라는 생각이 들었다. 며칠 후 같은 장소에서 둘이 다시 만났다.

"저는 고바야시 씨의 이야기를 믿습니다. 하지만 제가 그 이야기를 계속 취재하기는 어려울 것 같습니다."

이치로도 그녀의 입장을 이해했다. 자신의 이야기가 얼마나 다루기 힘든 이야기인지 누구보다도 잘 알고 있었다.

'나도 이 끔찍한 진실을 2년이나 외면하지 않았던가?'

"하지만 제가 독일 기자 한 분을 소개해 드리겠습니다. 이름은 야코프 그라프라는 분입니다. 제가 얘기를 해 놓았으니까 여기로 연락하시면 됩니다."

요시다가 그라프의 연락처를 건넸다. 그 정도가 그녀가 할 수 있는 최선이었다. 독일은 다른 선진국들과 마찬가지로 로봇 뉴스 시스템이 정착된 나라였다. 인력을 기반으로 하는 언론 기업들은

인간의 한계

몇 년 전에 거의 자취를 감추었다. 인간 기자도 대부분 사라진 상황이었다. 그라프는 로봇 뉴스 시스템이 독일에 정착되기 전 독일 방송사의 일본 특파원으로 일했었다. 요시다는 개인적인 친분으로 그라프에게 연락했고, 독일에 있던 그라프가 기자회견을 준비해 주기로 약속한 것이었다. 독일로 떠나기 1주일 전 이치로는 한참 동안 야스코 주위를 맴돌았다. 더 이상 참을 수 없다는 듯 야스코에게 다가갔다.

"저 독일에 갈 거예요."

야스코는 아무 말도 하지 않았다.

"아버지가 한국군 폭격 때문에 돌아가신 게 아니라고 기자회견을 할 거예요."

야스코는 깜짝 놀랐지만 내색하지 않았다. 여전히 아들에게 아무 대꾸도 하지 않았다.

"이렇게는 살 수 없어요. 엄마도 같이 가요."

야스코는 여전히 아무 말이 없었다. 잠시 생각에 잠겨 있던 야스코가 이치로를 바라보았다.

"이치로, 난 이곳에 남을 거야."

"제가 사실을 폭로하면 사람들이 가만히 있지 않을 거예요."

"그건 아무래도 괜찮아."

야스코는 바다에 나갔던 남편 사이토가 차가운 시신으로 돌아왔을 때 자신의 인생은 끝났다고 생각했다. 이제 다른 어려움이 온다고 해도 그건 자신의 인생에서 큰 의미를 갖기 어려웠다.

"그러면, 마유미는 제가 데려갈 거예요."

"그래. 그게 낫겠다."

야스코는 그게 최선이라는 생각이 들었다. 야스코는 원래 오사카시 출신이었다. 남편을 처음 만난 것은 2026년 야스코가 21살 때였다. 당시 야스코는 오사카 시내에 있는 우동집에서 아르바이트를 하고 있었다. 이들의 관계는 우연히 식당에 들렀던 사이토가 야스코에게 반하면서 시작되었다. 그녀를 처음 봤을 때 사이토는 자신의 친구들과 같이 있었기 때문에 그녀에게 말도 붙이지 못했다. 사이토는 친구들과 오사카, 교토, 나라 지역을 관광 중이었는데 아직 3일이나 관광 일정이 더 남아 있던 상황이었다. 사이토는 일정을 모두 마쳤지만 그녀에 대한 생각이 머리를 떠나지 않았다. 친구들은 모두 집으로 돌아갔지만, 사이토는 오사카의 그 식당에 다시 가야겠다고 마음먹었다.

그녀에게 고백을 하겠다는 마음보다는 다시 그녀를 보고 싶다는 마음뿐이었다. 다행히 사이토가 찾아간 그 시간에 야스코가 일을 하고 있었다. 그녀는 여전히 천사 같이 예뻤다. 그녀를 다시 보면 무슨 말을 할지 고민하면서 찾아갔지만 막상 그녀를 보자 할 말이 떠오르지 않았다. 조용히 자리에 앉아 3일 전 그녀가 권했던 카레우동을 시켰다. 말없이 카레우동을 다 먹었지만 말할 기회는 없었다. 손님들은 많았고, 그녀는 바빠 보였다. 붙잡고 무슨 이야기를 한다는 게 그녀에게 너무 큰 폐를 끼치는 것 같았다. 결국 말할 기회를 찾지 못하고 계산대로 갔다. 계산대에서 그녀가 사이토에게 말했다.

"1,280엔입니다."

"네?"

사이토의 머릿속이 수만 가지 생각으로 복잡하다 보니 그녀의 이야기를 잘 듣지 못했다.

"카레우동은 1,280엔입니다."

"아! 네."

마지막 기회라는 생각이 들었지만 역시 아무 말도 하지 못하고 계산만 하고 나왔다.

'바보! 멍청이!'

사이토는 스스로를 자책했다. 그러나 이대로 집에 갈 수는 없었다. 다시는 그녀를 못 볼 수 있다는 생각을 하니 기다리는 것 외에 다른 방법이 없다는 생각이 들었다. 무작정 그녀를 기다렸다. 4시간 정도 기다렸을 때 그녀가 식당에서 나왔다. 그 사이 오사카는 깜깜한 밤이 되어 있었다. 두근거리는 마음을 안고 그녀에게 다가갔다. 그녀는 놀란 눈으로 사이토를 바라보았다.

"저… 안녕하세요. 제가…드릴 말씀이 있는데요."

그녀는 사이토를 알아봤다. 오늘 사이토가 혼자 식당에 들어왔을 때부터 그가 3일 전에 친구들과 같이 왔었던 사람이라는 것을 알아보았다. 오늘 그가 아무 말도 하지는 않았지만 계속 무슨 말을 하려는 것 같은 표정을 지었던 기억들이 떠올랐다. 무서운 사람은 아니라는 생각이 들었다.

"네."

"바보스럽지만… 제가 당신이 마음에 듭니다."

야스코가 그 상황을 이해하려고 빤히 사이토를 바라보았다. 사이토는 야스코의 표정이 거부의 표시라고 생각하고 낙담했다.

"죄송합니다. 나쁜 뜻은 아닙니다."

당황하여 얼굴이 빨개진 사이토를 보자 야스코의 얼굴에 천천히 미소가 번졌다. 그렇게 사이토와 야스코의 사랑이 시작되었다. 야스코는 사이토의 다정하고 착한 마음씨가 좋았다. 주변의 남자들과는 다른 풋풋한 매력이 있었다. 사이토는 야스코와 사귈수록 그녀의 마음이 그녀의 얼굴만큼 마음에 들었다. 그렇게 사이토와 야스코는 사랑에 빠졌고 부부가 되었다. 결혼하면서 야스코의 섬 생활이 시작되었다. 야스코는 도시 출신이었지만 섬에서의 생활이 마음에 들었다. 도시처럼 번잡스럽지 않은 생활이 야스코의 성격과 잘 맞았다. 간혹 불편한 점이 있었지만 심각한 것들은 아니었다.

몇 년 후에 이치로가 태어났다. 야스코는 이 정도면 행복한 삶이라고 생각했다. 하지만 남편이 사망하고 모든 것이 안 좋은 쪽으로 변했다. 희망은 사라지고 운명만 남은 삶이 되었다. 이치로와 마유미가 섬을 떠났지만 야스코에게 달라진 것은 없었다. 때가 되면 밥을 먹었고 또 때가 되면 잠을 잤다. 며칠 후 TV 뉴스에 아들이 나왔다. 아들이 있는 곳은 독일이라고 했다. 아들의 얼굴에 생기가 있어 보였다. 그런 아들의 얼굴을 보니 야스코는 기분이 좋아졌다. 아들이 또박또박 말했다.

"저의 아버지 고바야시 사이토 씨는 익사 사고로 사망했습니다. 아버지가 돌아가시고 그다음 날 한국군의 폭격이 있었습니다. 한국군의 폭격이 있던 날 새벽, 우리 가족은 이미 집에서 아버지의 장례 준비를 하고 있었습니다."

씩씩한 아들의 입을 통해 진실을 들으니 그동안 쌓였던 답답함이 풀리는 것 같았다. 아들의 행동을 말렸었지만 지금은 아들이 자랑스러웠다.

'잘했다. 이치로!'

이치로가 독일에서 기자회견을 한 그다음 날부터 사람들이 야스코의 집 앞으로 몰려들었다.

"배신자를 처단하라!"

"이치로를 죽여라!"

야스코의 집 밖에서 들려오는 시위대들의 목소리는 며칠째 그치지 않았다. 시간이 지날수록 점점 더 많은 사람들이 모여들었고 시위 소리는 더욱 격렬해졌다. 일본 전역에서 비슷한 생각들을 가진 사람들이 몰려든 것이었다. 이제는 집 앞에 간이 텐트를 치고 확성기를 틀어 놓는 사람들도 있었다. 집 주위에 배치된 경찰들이 없었다면 시위대들은 이미 집 안으로 쳐들어왔을 것이었다. 야스코는 오히려 그게 나을 것 같았다. 시위대들의 손에 죽는다면 이 고통도 끝날 것이라는 생각이 들었다. 5일째 이어지는 시위대의 소리에 야스코는 생각을 할 수도 없었고 잠을 잘 수도 없었다. 저 사람들이 이치로와 마유미를 가만둘 것 같지 않았다. 야스코는 아이들이 독일로 떠날 때 이미 마음먹었던 일을 해야 할 때가 되었다고 생각했다.

이치로와 마유미는 그라프의 도움으로 라이프치히 근처에 정착했다. 그들은 최대한 문밖출입을 하지 않았다. 그라프가 전하는 밖의 상황은 심각했다. 기자회견 이후 일본에서는 많은 사람들이 이치로의 행동을 국가에 대한 배신이라고 성토한다고 했다. 이치로 암살단이라는 조직까지 만들어졌다고 한다. 이들은 이치로와 그 가족들을 살해하기 위해 어디든 찾아가겠다고 위협하고 있었다.

"어쩔 수 없죠. 예상했던 일입니다."

말은 그렇게 했지만 가슴이 철렁 내려앉았다. 자신도 자신이지만 마유미가 걱정이었다. 일본에 있는 엄마도 걱정이었다. 사람들의 반발을 예상했지만 이 정도일 줄은 상상하지 못했다. 자신들을 죽이기 위해 독일까지 찾아올 거라고는 생각하지 못했다. 이치로는 기자회견을 준비하면서 자신의 양심선언으로 인해 한일전쟁

인간의 한계

이 끝날 수도 있다고 생각했다.

'결국 내가 말하는 것이 진실이니까!'

'진실을 알고 있는 다른 사람들도 나서 주겠지.'

아버지의 죽음과 관련된 사실을 알고 있는 사람들은 한두 명이 아니었다. 지부리 섬 사람들은 물론이고 정부에도 진실을 알고 있는 사람들이 많을 것이었다. 어차피 드러날 일이라고 생각했다. 당사자의 용기가 필요한 시점이라고 생각했다. 이치로는 기자회견으로 인해 자신이 영웅이 될 수도 있다고 생각했다. 자신의 기자회견 때문에 전쟁이 끝난다면 말이다. 그러나 이제 자신은 전 일본이 증오하는 인물이 되어 있었다. 이치로는 심리적으로 지칠 대로 지쳐 있었다. 이제는 어떤 게 옳은지 그른지 모르겠다는 생각이 들었다. 그 전에 가졌던 확신은 이미 사라졌다.

'과연 나의 행동은 옳았는가?'

'나는 일본을 배신했는가?'

'평생 비밀로 간직했어야 했는가?'

며칠 후 요시다가 독일에 있는 이치로의 비밀 거처로 찾아왔다. 이치로는 다방면으로 자신을 도와주고 있는 요시다를 만나자 반가운 마음이 들었다.

"고생이 많으시죠?"

요시다가 따뜻하게 물었다.

"저는 괜찮습니다. 요시다 씨도 잘 지내시죠?"

"네, 저도 괜찮습니다. 마유미는 좀 어떤가요?"

"마유미는 아직 좀 힘들어합니다. 사람들이 우리를 죽이려고 독일까지 쫓아온다는 말에 충격을 받은 것 같습니다."

마유미는 이런 상황을 겪으면서 점점 더 말수가 줄어들었다. 요새는 자기 방에서 컴퓨터를 하는 것 외에는 특별히 하는 일이 없었다. 이치로가 무슨 얘기를 해도 고개를 끄덕이는 것 외에 별다른 반응을 보이지 않았다. 이치로는 그런 마유미가 안쓰러웠다.

"또래 친구들이라도 만날 수 있으면 좋을 텐데…."

"안 그래도 마유미 문제는 그라프하고 좀 얘기해 보았습니다. 일단 상황이 조금만 진정되면 심리상담사하고 만나보게 하기로 했습니다."

"네. 항상 여러모로 정말 감사합니다."

"아니에요. 더 도와드리지 못해서 죄송합니다…. 사실은…."

요시다가 이치로의 표정을 살피며 망설였다. 이치로는 요시다의 표정을 보며 요시다가 말하려는 게 좋은 소식은 아닐 것이라고 짐작했다.

"이치로 씨 어머니께서 이틀 전 돌아가셨습니다."

"네?"

이치로의 가슴이 내려앉았다.

"이틀 전에 집에서 스스로 목숨을 끊으셨습니다."

요시다가 천천히 자신의 가방에서 유골함을 꺼냈다. 이치로가

인간의 한계

물끄러미 유골함을 바라보며 어루만졌다. 눈물이 나지는 않았다. 유골함의 차가운 표면으로 엄마의 서늘한 외로움이 전해졌다.

"이치로 씨 앞으로 유서를 남기셨습니다."

사랑하는 이치로, 마유미에게.

요시다 씨로부터 잘 지내고 있다는 이야기는 들었다.

이치로, TV로 네 모습을 보니 기분이 참 좋았다.

용기 있게 행동해줘서 자랑스럽다는 이야기가 하고 싶었다.

이치로, 마유미를 잘 부탁한다.

난 오늘 세상과 작별하려고 한다.

너희들을 끝까지 지켜주지 못해서 미안하구나.

내 앞으로 남아 있는 재산은 다 네 이름으로 옮겨놓았다.

사랑한다. 아들.

이치로가 기자회견을 하고 며칠 후에 야스코가 자살하자 지부리 섬 전체가 다시 전 세계 언론의 주목을 받기 시작했다. 기자들은 이치로의 이야기를 뒷받침할 만한 이야기를 찾아다녔다. 하지만 섬 주민들은 예전보다 더욱 침묵하기 시작했다. 섬사람들은 외지 사람들이 멀리서 보이기만 해도 피해 다녔다. 할 수 없이 그

들을 맞닥트리는 경우에도 어색한 웃음만 지을 뿐 전쟁과 관련해서는 어떠한 말도 하지 않았다. 이치로의 기자회견이 일본 정부를 압박하는 것만큼, 일본 정부의 반박 수위도 높아졌다. 이치로가 하는 말은 하나같이 다 믿을 수 없는 날조된 것들이라고 발표했다. 마을 사람들은 뉴스에 나오는 정부의 발표만큼은 놓치지 않고 철저하게 숙지했다. 그게 전쟁에 대한 그들의 기억이 되었고 의견이 되었다.

"엄마도 같이 왔어야 했는데…."

이치로는 집에서 홀로 죽음을 맞이했을 엄마를 떠올리며 말끝을 흐렸다. 엄마를 일본에 두고 온 후회가 뼈에 사무쳤다. 이치로는 자신이 지부리 섬을 떠날 때 엄마가 이미 자살을 결심하고 있다는 것을 어렴풋이 느꼈었다. 그때 좀 더 적극적으로 말해서 독일에 같이 왔어야 했다. 독일에 와 있는 동안 엄마가 내내 마음에 걸렸는데 이제는 후회해도 소용없는 일이 되었다.

"어머니는 돌아가시기 전날도 편안하셨어요. 이치로 씨가 잘 지낸다는 이야기를 듣고 참 좋아하셨어요. 다행이라고. 어머니가 돌아가신 건 이치로 씨 잘못이 아니에요. 어차피 어머니는 이치로 씨가 뭐라고 해도 지부리 섬을 떠나지 않으셨을 거예요. 가족들이 모두 일본을 떠나 버리면 일본인들이 가족 전체를 더욱 증오할 거라고 생각하셨어요. 자신이 자살하면 남아 있는 가족에 대한 비난이 줄어들 거라고 생각하신 것 같아요."

인간의 한계

요시다는 며칠 전 이치로와 마유미 소식을 전해 주려고 야스코의 집을 방문했었다. 야스코는 아이들이 독일에서 잘 지낸다는 소식을 듣고 그다음 날 목숨을 끊은 것이었다. 요시다는 엄마의 사망 소식을 듣고 힘들어하는 이치로의 마음이 고스란히 느껴졌다. 20살의 나이로 이 모든 것을 감당하기는 어려울 것이었다. 자신에 대한 일본인들의 증오와 비난, 부모의 죽음, 전쟁 책임에 대한 죄책감, 어린 동생에 대한 책임감. 요시다는 이치로에게 말로 다 표현할 수 없는 연민이 생겼다. 이치로는 요시다의 다정한 말에 울음이 터졌다.

'이치로 씨 잘못이 아니에요.'

그 말이 듣고 싶었다. 누군가의 위로가 필요했다. 모든 일본인들이 자신을 저주하는 것 같았다. 자신을 지지해 주던 부모님조차 이제는 모두 세상을 떠나셨다. 이치로는 세상에 혼자만 덩그러니 남겨진 기분이었다. 요시다는 흐느끼는 이치로를 말없이 안아 주었다. 요시다는 이치로 남매도 전쟁의 또 다른 피해자라고 생각했다. 일본의 전체주의적 사회 분위기 속에서 18살의 일본인 소년이 그 당시 군부의 부탁을 거부하는 것은 거의 불가능에 가까운 일이었다.

요시다는 그 후로도 이치로와 마유미를 도우며 독일에 머물렀다. 그런 생활이 길어지자 일본에 돌아가고 싶은 마음이 점점 옅어졌다. 이미 오래전부터 일본에서의 기자 생활에 흥미를 잃고 있었다. 진실조차 얘기하기 어려운 풍토에서 기자 일을 한다는 회의감이 들던 때였다. 결국 기자라는 직업도 사라질 것이었다. 전 세계적으로 기자 직업이 사라지고 로봇들이 그 역할을 대체하고 있었다. 일본만 예외적으로 인간 기자 시스템이 강력하게 유지되고 있었다. 일본은 권력 상층부의 정보 통제에 대한 욕구가 엄청나게 컸기 때문에 로봇 뉴스 시스템을 수용하기 어려워했다. 하지만 일본도 결국엔 대세를 거스를 수 없을 것이었다.

이치로 암살단은 결국 이치로의 독일 거처를 찾아냈다. 그때부터 이치로 남매는 유럽 전역을 떠돌아다니는 고단한 망명 생활을 시작했다. 요시다는 이치로 남매와 그 길을 같이 하기로 결심했다. 연민 때문만은 아니었다. 일본 내 소수자의 인권에 대해 이야기하던 사람으로서 이치로 남매에게 연대 의식이 생겼다. 자신마저 그들을 떠난다면 남매의 삶은 더욱 피폐해질 것이라는 책임감도 생겼다. 그렇게 세 명의 망명 생활이 시작된 것이다. 그 사이 요시다와 이치로는 연인 사이로 발전했다. 요시다가 15살 이상 연상이었지만 나이는 중요하지 않았다. 둘은 서로에게 가장 소중한 정신적 동반자가 되었다.

11.

종전 협상

(2050년 9월)

2050년 9월 13일 이치로의 양심선언은 전 세계적으로 큰 반향을 불러일으켰다. 고바야시 사이토의 아들인 이치로가 직접 일본 정부의 모든 발표들이 조작된 것이라는 기자회견을 하자 이 말의 진위 여부에 각국 정부와 언론들이 촉각을 곤두세웠다. 한국 정부는 일본 정부의 즉각적인 해명과 사과를 요구했다. 당시 한국과 일본은 종전 협상을 진행하고 있었는데 전쟁의 책임과 배상 문제로 진전을 보지 못하던 상황이었다. 한국 정부는 이치로의 말이 사실이라면 일본 정부는 더 이상의 거짓말을 멈추고 전쟁에 대한 책임을 받아들여야 한다고 성명서를 발표했다. 전범자들에 대해서는 국제형사재판소가 이 문제를 정식으로 다루어 줄 것을 국제

사회에 호소했다.

이치로의 기자회견 이후 그의 말이 사실이라는 여러 가지 정황 증거들이 해외 언론들을 통해 보도되기 시작했다. 익명의 군 관계 자는 일본 초계기 도발이 있기 훨씬 전부터 일본 전투기들이 출격 대기를 하고 있었다고 증언했다. 동해에서의 초계기 도발과 이와쿠니 비행장에서의 전투기 출격은 처음부터 계획된 도발이라는 증거였다. 일본 정부 측 인사들 중에서도 복수의 내부고발자들이 나왔다. 한일전쟁은 데라우치 총리와 내각의 수뇌부들이 오랜 기간 철저히 준비한 것이라는 증언이었다. 이들의 내부고발은 익명으로 이루어졌다는 점에서 한계가 있었지만, 여러 이야기들이 서로 아귀가 맞으면서 한일전쟁이 계획된 범죄라는 주장의 신빙성이 높아졌다.

고바야시 사이토가 한국군의 폭격이 있기 전날 바다에서 익사했다는 이야기를 들었다는 사람이 나타나기도 했다. 히로시마에 사는 사람이 자신의 지인으로부터 그런 이야기를 들었다고 했다. 사이토의 형이 그런 얘기를 처음 시작한 것이었는데, 이를 들은 누군가가 제보를 한 것이었다. 그러나 정작 사이토의 형은 일본 기자와의 인터뷰에서 그런 이야기를 들은 적도 한 적도 없다고 하는 바람에 결정적인 증거가 되지는 못했다.

의회에서 선전포고가 이루어진 과정이 석연치 않았다는 일본 중의원들의 증언도 있었다. 선전포고가 있었던 당일 대부분의 의원들은 중의원 회의에 들어가기 전에는 지부리 섬에서 무슨 일이 있었는지조차 모르고 있었다고 한다. 회의가 시작되기 바로 전에야 내각의 각료들로부터 상황을 전해 들었다고 한다. 이미 선전포고는 결정된 사안처럼 얘기를 들었고 의원들은 그런 분위기에 휩쓸릴 수밖에 없었다는 것이다.

이치로의 말이 사실이라는 증거와 증언들이 이어졌지만 결정적으로 지부리 섬 주민들의 제보는 하나도 없었다. 이런 사실을 근거로 이치로의 주장을 의심하는 사람도 있었다. 이치로는 한 명이고 지부리 섬 전체 주민들은 수백 명인데 그 진실의 무게가 다르다는 것이었다. 이치로 혼자 거짓말을 하는 것은 쉽지만 수백 명의 주민들이 동시에 거짓말을 하는 것은 불가능하다는 논리였다. 일본 정부는 해외 언론의 보도들은 일부 사실이 있지만 전체적으로는 완전히 날조된 거짓말이라고 반박했다.

그런 조작을 하는 저의가 의심스러우며, 그 배후를 한국 정부로 지목하고 맹비난했다. 일본 정부의 대변인은 현재 종전 협상을 진행 중인데 이 협상에서 유리한 위치를 점하기 위해 한국 정부가 거짓말로 국제 여론을 호도하고 있다고 주장했다. 하지만 일본 정부의 입장과는 상반되는 증거들이 쌓이면서 국제 여론은 일본에게 불리하게 돌아가고 있었다.

데라우치 총리는 현재와 같은 전쟁 상황을 수치스럽게 생각했다. 길어야 한 달이라고 생각하고 시작한 전쟁이었다. 그렇게 단기간에 전쟁을 승리로 마무리하면 전 세계가 일본의 인내심과 단호함에 찬사를 보낼 것이라고 생각했다. 그 사이 자신은 일본의 영웅이 되어 있을 것이라고 생각했다. 데라우치의 어떤 희망도 실현되지 않았다. 현재로써는 시간을 더 끈다고 해서 전쟁을 이길 가능성도 보이지 않았다. 전쟁을 시작할 때만 해도 상상하지 못했던 2년 후의 모습이었다.

일본 내각 안에서도 한반도에서의 전면 철수 문제를 거론하기 시작했다. 경제적으로도 지나치게 비싼 전쟁이었다. 미국산 로봇 군인들은 모두 국가 빚이었기 때문에 전쟁이 길어질수록 국가 재정의 파탄은 피하기 힘들 것이었다. 결국 다시 한번 소비세를 인상하는 수밖에 없을 것이라는 소문이 파다했다. 다소간 국민들의 저항이 있겠지만 국가가 어렵다고 하면 언제나 그렇듯이 일본 국민들은 수용할 것이었다. 현재로써는 국민의 충성심밖에 믿을 게 없었다.

전쟁 전에는 한국에 전쟁 배상금을 물려 모든 전쟁 비용을 청산할 수 있으리라고 예상했었다. 미국으로부터 이전받은 군용 로봇 기술로 세계 시장을 석권하는 그림도 당연한 미래상으로 여겼다. 독도를 공동 관할할 수만 있어도 그로 인한 경제적 효과는 전쟁 비용에 비할 바가 아니라는 계산 역시 있었다. 모든 게 일장춘몽이 돼 버렸다. 굴욕적인 상황이었지만 이제는 현실을 받아들여야 했다.

인간의 한계

국제 여론도 불리하게 변하고 있었다. 로봇 군인들의 잔혹성에 대한 전 세계인들의 비난이 고조되고 있었다. 일본의 로봇 군인들이 한국의 민간인들에게 자행했던 전쟁 초기의 만행들이 전 세계 언론을 통해 공개되기 시작했다. 그 전에도 이런 문제가 언론에서 다루어진 적은 있었지만 전쟁의 어쩔 수 없는 측면이라고 보는 시각이 우세했다. 한국군이 일본인 어부를 살해하면서 시작된 전쟁이라는 점에서 한국은 일본을 비난할 처지가 아니라는 것이었다. 그러나 이치로의 기자회견으로 일본 정부의 입장이 궁색해졌다.

일본 정부를 비난하던 국내외 인사들이 목소리를 더욱 크게 내기 시작했다. 데라우치는 이런 상황에서 이치로의 주장을 인정할 수는 없다고 생각했다. 이치로의 말이 사실이라고 인정하는 순간 전쟁 책임을 100% 져야 할 것이고 천문학적인 전쟁 배상금도 물어야 할 판이었다. 무엇보다 일본의 체면이 크게 손상될 것이었다. 그것만은 받아들일 수 없었다. 아무리 증거가 차고 넘친다고 해도 시치미를 떼는 수밖에 없다고 생각했다. 이제 진실은 일본이 감당할 수 없는 것이 돼 버렸다.

데라우치 총리도 이제는 종전 협정을 맺어야 된다는 점은 인정했다. 그러나 종전 협정을 맺더라도 전세가 어느 정도 유리해진 상황에서 협상을 진행해야 한다고 믿었다. 전세가 불리할 때 협상이 진행되면 한국의 모든 요구를 수용할 수밖에 없을 것이라고 생각했다. 여전히 한반도 곳곳에서 국지적인 전투가 계속되는 이유였다.

조현애 대통령은 이치로의 양심선언으로 전쟁의 실체가 밝혀진 것은 다행이라는 생각이 들었다. 이치로의 기자회견 이전에도 고바야시 사이토의 죽음이 조작된 것이라는 정황 증거는 많았다. 일본군은 선전포고를 하자마자 전 세계에 송출한 영상 자료를 통해 고바야시의 장례식과 그의 유족이 유골을 바다에 뿌리는 장면을 보여 주었다. 유가족의 애통해하는 모습은 전쟁의 개시가 정당했다는 인식을 심는 데 결정적인 역할을 했다.

그러나 영상 자료에는 정작 폭격 지역에 대한 수색과 실제 고바야시의 시신을 바다에서 수습하는 장면은 보이지 않았다. 만약 그런 장면이 존재한다면 활용하지 않을 일본 정부가 아니었다. 결국 그런 장면은 처음부터 없었다는 말이 된다. 그리고 일본 정부는 고바야시의 시신을 최초로 발견하고 바다에서 건진 사람이 후쿠다라는 이웃 주민이라고 발표했었다. 전투기 폭격이 있던 지점에 근처의 어부가 홀로 접근해서 시신을 수습한다는 것은 상식적으로 말이 되지 않았다. 폭격 이후, 군이 그 지역을 통제하지 않았을 리 없었다. 후쿠다라는 어부가 시신을 수습한 게 맞는다고 하더라도 그런 장면에 대한 일본군의 자료가 하나도 존재하지 않는다는 것은 그런 상황 자체가 없었다는 의심을 하게 했다. 그 지역에 폭격을 가했던 한국의 전투기 조종사들도 당시 바닷가에는 어떤 어선도 보이지 않았다고 일관되게 진술하고 있었다.

전쟁 발발 직후 일본 방송에 이치로가 아버지의 배를 타고 조업을 하는 모습이 나온 적이 있었다. 이치로가 타고 있는 배는 멀쩡했다. 당시 일본 방송에서는 아버지를 잃은 슬픔에도 불구하고 가업을 잇는 멋진 청년이라고 소개됐었다. 한국군의 집중 폭격이 있었다면 그 조그만 배가 그렇게 멀쩡할 리가 없었다. 이런 의심 사례들을 전쟁 초기부터 일본군에 문제 제기했지만 어떤 대답도 듣지 못했다. 이런 문제들에 대한 양측의 의견이 첨예하게 달랐기 때문에 종전 협상이 난항을 겪고 있던 것이었다.

이치로의 양심선언은 이런 일본의 주장을 일거에 무너트렸다. 이치로의 양심선언은 정치인 조현애에게는 다행스러운 일이었지만, 한 인간으로서는 분노가 치밀어 오르는 일이었다. 아무리 정치적인 목적이 있다고 하더라도 그걸 전쟁을 통해 달성하려 했던 일본의 정치인들을 용서할 수 없었다. 조작된 사건으로 시작된 전쟁으로 인해 현재까지 한국 측 사상자가 500만 명을 넘어섰고 일본도 100만 명 이상의 사상자가 발생했다. 특히 도심에서의 시가전이 많다 보니 민간인들의 피해가 극심했다. 로봇 군인들의 만행을 담은 영상은 그 잔인성 때문에 도저히 눈 뜨고 보기 힘든 정도였다. 그런 잔인한 일들을 수많은 시민들이 바로 눈앞에서 경험했다. 전쟁은 수백만 명을 죽이고 다치게 한 것뿐만 아니라 몸이 성한 사람들에게도 평생 씻을 수 없는 심리적 트라우마를 남겼다.

조현애 대통령과 같이 2020년대에 20대를 보낸 사람들은 이전

세대들과 비교해 일본에 대한 뿌리 깊은 적대감을 갖지 않은 세대였다. 역사에 대한 반성이 없는 국가라는 인식도 있었지만, 개별 일본인들에 대해서는 예의 바르고 조용한 사람들이라는 생각을 가지고 있었다. 식민지 경험에 대한 집단 기억조차 옅어진 시기였고, 대중매체 교류가 활발해지다 보니 일본 문화에 대한 이해와 공감이 높아졌다. 당시의 일본 젊은이들 역시 한국 문화나 한국인들에 대해 이전 세대보다 더욱 긍정적으로 생각했다. 젊은이들 특유의 역동성과 개방성이 상대국에 대한 인식 변화를 주도한 것이다. 한국이 여러 면에서 일본을 앞서기 시작하면서 과거 지배국가와 피지배국가의 개념이 완전히 사라진 점도 큰 역할을 했다.

젊은 시절부터 국제관계에 관심이 많았던 조현애 대통령은 일본과는 미래 지향적인 관계를 구축해야 한다고 생각해왔다. 정치를 시작하면서 이런 생각은 더욱 확고해졌다. 지리적으로 가까운 이웃 국가로서 서로가 서로의 발전을 위해 반드시 필요하다고 생각했다. 조현애는 이에 대한 전제 조건으로 일본 사회에서의 민주주의 정착이 필수적이라고 보았다. 당시도 일본이 민주주의 국가인 것은 틀림없었지만, 국력이나 경제력에 비해 민주주의 개념이 사회 전반에 충분히 뿌리내리지는 못했었다. 하지만 일본 문화가 가진 고립성 때문에 다소 늦어질 뿐이지 결국 민주주의 가치가 일본인들의 생활 전반에 정착될 것이라고 내다보았다. 한국의 민주주의도 참혹할 정도의 수준으로 떨어진 경우가 있었지만 지

인간의 한계

속적으로 역경을 이겨내며 민주주의를 발전시켜 왔다. 일본의 경우도, 국민들의 정치에 대한 관심이 높아지면 소수의 엘리트 가문이 지배하는 후진적인 정치 체제를 벗어날 것이라고 예측했다.

일본인들은 한국인들과 유전적으로 가장 유사한 사람들이었다. 유전자 기술이 발전하면서 현대 일본인의 주류는 한반도에서 넘어온 사람들이라는 사실이 수많은 연구들로 확인되었다. 이런 연구 결과를 불쾌하게 생각하는 한국인들이나 일본인들이 있었지만, 기분 때문에 과학적 사실이 바뀔 수 있는 것은 아니었다. 조현애는 이런 유전적인 유사성을 근거로 일본인들도 결국 생활 속 민주주의를 정착시킬 것이라고 생각했다. 물론 유전적 유사성이 모든 걸 결정하는 것은 아니지만 말이다.

일본에서도 민주주의가 제대로 작동하기 시작하면 한국과 일본은 세계의 어느 지역보다 강력한 동북아 블록을 건설할 것이라고 보았다. 그게 정치인 조현애의 꿈이었다. 국내 정치권에서 대일본 강경파의 목소리가 커질 때도 그 기저에 민족적 혐오가 끼어들지 못하도록 항상 주의를 기울였다. 그러나 한일전쟁을 거치면서 조현애의 믿음이 송두리째 흔들렸다. 유전적 유사성은 부정할 수 없는 과학적 사실이지만, 그 유전적 유사성 이상으로 강력한 것이 문화라는 생각을 갖게 되었다.

수많은 자연재해와 봉건제나 사무라이 문화를 거치면서 자신이 속한 조직이나 보스를 따르지 않으면 자신의 존재 자체가 위태로

워지는 경험이 그들의 정신 속에 깊숙이 각인되었다는 생각이 들었다. 새로운 삶을 찾아 한반도를 떠나 일본에 정착했던 그 진취성은 옅어지고 그 지역의 환경적 특성에 순응하게 된 것이다. 그러다 보니 일본 문화에는 개인이 할 수 있는 것이 많지 않다는 체념주의나 숙명주의가 깊게 뿌리내리고 있었다. 조현애는 이런 일본 특유의 문화가 개인의 인권과 저항 정신이 기초가 되는 민주주의 정신과 맞지 않을 수도 있다는 생각이 들었다. 그렇다면 그들이 언젠가는 민주주의를 생활 전반에 정착시킬 것이라는 믿음은 헛된 희망일 것이었다.

하지만 유전적 기질이 우선인지 문화의 영향이 우선인지 그녀가 어찌 확신할 수 있겠는가? 조현애는 이제는 알 수 없다는 마음이었다. 일본인들이 자신들의 생활 속에 민주주의 가치를 정착시킬 수 있다면 다행이고, 그렇지 못한다 한들 그 또한 어쩌겠는가? 다만 조현애는 이제 통일한국이 일본이라는 나라를 대상으로 해야 할 일은 명확해졌다고 생각했다. 그들은 언제라도 또다시 한국을 침공할 것이며, 한국은 항상 이에 대한 대비를 하고 있어야 한다는 것이었다. 그들이 하는 의례적인 말이나 행동에 현혹돼서는 안 된다.

결국은 국방력이라는 생각이 들었다. 남북통일 후 산적한 다른 문제들을 해결하려고 국방비를 줄이고 병력을 감축했었다. 돌이켜보면 그 이상 어리석은 짓이 없었다. 전쟁 한 번이면 수많은 생명과 수십 년 쌓아 올린 성과들이 한꺼번에 사라진다는 사실을 명심하지 않았다. 한일전쟁이 언제 어떻게 끝날지 알 수 없지만, 어느 경우에도 전후 복구를 위해 또다시 수십 년이 필요할 것이었다.

한일전쟁을 겪으면서 한국의 강점과 함께 한국의 문제점도 고스란히 드러났다. 그동안 한국인들은 2040년대에 이르러서는 다소의 부침은 있겠지만 한국의 민주주의가 더 이상 나락으로 떨어지는 일은 없을 것이라고 생각했었다. 한국의 정치 상황에서 다시는 혐오를 주 자양분으로 하는 극우 정치 세력이 등장할 가능성이 없다고 생각했다. 하지만 참혹한 전쟁은 과거의 망령들을 너무도 쉽게 불러들였다. 이는 특정인들만의 문제가 아니었다. 그 망령들은 모든 이의 마음속에 똬리를 틀고 있다가 상황만 맞으면 순식간에 개인의 정신을 지배했다.

극우적 사고가 발현되는 수월성에는 개인적 차이가 있었지만, 어느 누구도 100% 안전하지는 않았다. 2020년대 말 이후 몰락하기 시작한 극우 세력이 전쟁의 피를 먹고 다시 등장했다. 인구의 5% 정도까지 쪼그라들었던 극우 세력이 30% 이상으로 늘어났다. 이들이 한일전쟁을 겪으면서 이렇게 급증한 이유는 한국 극우의 특성에서 기인하는 바가 컸다. 이들은 일본의 공격으로 한국인 사상자가 급증하자 자신들의 정체성을 자랑스럽게 드러내기 시작했다. 한국의 극우는 다른 나라의 극우와는 다르게 극단적 민족주의를 사상적 배경으로 하지 않았다.

한국 극우들의 가장 특이한 점은 한국을 비하하고 일본을 숭배한다는 점이었다. 이는 우연이 아니었다. 이들이 생각하기에 일본은 가장 이상적인 사회에 가까웠다. 소수 엘리트에 의한 지배, 순종적인 대중, 외집단 혐오 등 이들이 추구하는 세상이 이미 완성체로 존재하는 셈이었다. 한국의 극우 세력은 민주주의 자체를 혐오했기에 국내에서는 그동안 대다수 시민들의 지지를 받지 못했다. 사람들의 관심에서 멀어지던 이들에게 한일전쟁은 자신들의 주장이 옳다는 것을 증명하는 최적의 사건이었다.

수많은 한국인들이 일본군의 공격에 죽어가자 이들은 오히려 한국 정부를 비난했다. 그들은 강한 자가 살아남는 것이 세상 이치이고, 그 강한 자가 일본이라고 주장했다. 한국은 망해야 하고 일본의 시스템을 도입할 수만 있다면 그들의 속국이어도 행복하다는 입장이었다. 이들은 전쟁 중에도 끊임없이 일본에 항복하라고 한국 정부에 요구했다. 처음에는 대다수의 한국인들이 이들의 주장에 분노했지만, 사망자들이 급속도로 증가하자 서서히 이들의 주장에 동조하는 사람들이 늘어났다.

이들은 수감 중인 우정엽 전 외교부장관이야말로 진정한 애국자라는 성명서를 발표했다. 중국 로봇 군인들의 파병을 막고 일본에 조기에 항복했다면 사상자가 많이 줄어들었을 것이라는 주장이었다. 이들은 전쟁 책임을 조현애 대통령에게 돌리고 즉각적인 퇴진을 요구했다. 이들은 공공연히 군인 출신의 남성을 지도자로 추대해야 한다는 주장까지 하기에 이르렀다. 군의 쿠데타를 촉구하는 목소리였다.

사실 조현애는 한국 최초의 재선 대통령일 정도로 인기가 높았다. 남북통일 이후 최초의 대선이었던 2047년 압도적인 지지로 재선에 성공했었다. 2034년 5년 단임제에서 5년 중임제로 개헌이 이루어졌지만 재선 대통령은 그녀가 처음이었다. 조현애 대통령은 전쟁의 상처가 깊어지면서 극우 정치 세력에 대한 지지도가 높아지는 상황을 크게 우려했다. 2052년 대선에서 극우 사상을 가진 사람이 대통령이 되면 한국의 민주주의는 다시 한번 크게 후퇴할 것이었다. 한국 극우들의 사상적 기반 중의 하나가 지역차별주의였는데 극우 세력이 집권하면 이미 한반도에 존재하던 지역 차별에 더해 북한 출신의 국민들 전부를 차별하는 형태로 확대될 것이었다. 그런 지역 차별이나 지역 혐오는 통일한국을 내부로부터 무너지게 할 것이었다.

다음 대선에서는 필히 한일전쟁의 후유증을 치유하고 통일한국의 모든 국민을 포용하는 사람이 대통령이 되어야 하는 이유였다. 극우 세력이 세력을 확장하던 한국의 정치 환경이 이치로의 기자회견으로 반전되기 시작했다. 전쟁의 원인이 명백하게 일본에 있었다는 점이 드러나자 일본을 지지하던 정치 세력이 국민들의 지지를 잃기 시작했다. 이들 세력을 대표하는 상징적 인물이었던 우정엽과 야마모토 재단의 유착 관계가 여태까지 알려졌던 것보다 훨씬 더 깊다는 증거들도 속속 드러났다. 우정엽은 야마모토 재단으로부터 일본에 있을 당시 장학금이나 연구비는 물론 생활비 명목으로도 매달 금전적 지원을 받고 있었다. 우정엽이 한국으로 귀국한 이후에도 이런 공생 관계는 지속되고 있었다.

더욱 놀라운 사실은 야마모토 재단에서 관리하는 이런 친일 인사들이 한국 내에 수백 명이나 존재한다는 것이었다. 이들은 전쟁 초기 일본의 승리가 점쳐지자 자신감을 가지고 자신들의 실체를 드러내기 시작했었다. 일본을 숭배하는 자신들의 판단이 내내 옳았다는 것을 보여주기 위해 고무된 것이었다. 일본의 한국 내 친일파 양성 프로젝트는 100년 이상 된 일이었지만 현대에 와서는 거의 사라진 것으로 생각하고 있었다. 국민들의 지지를 기반으로 해야 하는 정계에 이런 사람들이 줄어들면서 착시 현상이 발생한 것이었다. 그러나 우정엽 사건을 계기로 이런 친일파 양성 프로젝트가 여전하다는 점이 드러났다. 단지 더욱 은밀해졌을 뿐이었다.

학계나 예술계 인사들 중에는 아직도 그런 사람들이 넓게 포진되어 있었다. 야마모토 재단은 일본의 입장을 대변할 가능성이 있는 사람들에게는 지원을 아끼지 않았다. 그런 사람들에게는 교수 자리를 제공해 주거나 예술 작품의 제작이나 전시 지원을 해주는 방식으로 네트워크를 관리했다. 우정엽같이 철저한 관리 대상도 있었고 '친절한' 일본인들과의 소소한 교류를 통해 한국인들 스스로 일본 찬양을 하도록 하는 낮은 단계의 관리 대상들도 있었다. 조현애는 한일전쟁을 거치면서 이런 내부의 적이야말로 일본의 극우 정치인들보다 더욱 위험한 존재들이라는 점을 가슴 깊이 깨닫게 되었다.

한일전쟁이 장기화되자 미국은 적극적으로 한일 양국 모두에게 종전을 종용했다. 미국의 매닝 대통령에게 한일전쟁의 효용 가치는 2048년 11월 대선에서 정점을 찍고 서서히 내려오고 있었다. 그는 한일전쟁으로 인해 프론티어맨과 관련된 정치적 논란들을 완벽하게 틀어막을 수 있었다. 미국 국민들은 전쟁에 참전하지 않으면서도 막대한 국익을 챙긴 매닝의 외교력을 칭찬했다. 이런 국내 여론에 힘입어 매닝은 압도적인 표 차로 2048년 대통령에 당선되었다. 매닝은 상하원 선거에서도 압승을 거두었다.

그는 강력한 재선 대통령이 되어 초선 때 하지 못했던 다양한 국정 현안들을 강력하게 밀어붙일 수 있었다. 하지만 한일전쟁은 점점 골칫거리가 되어 가고 있었다. 전쟁의 참혹성에 대한 국제적 비난이 미국을 향했기 때문이었다. 로봇 군인의 제조국인 미국 정부에게도 한일전쟁의 책임이 있다는 시각이었다. 미국 입장에서는 프론티어맨의 재고 로봇까지 모두 판매 완료한 상황에서 이런 비난을 받으면서 전쟁을 지속시킬 이유가 없었다. 미국의 참전을 통해 주한미군까지 배치시킨다는 원래의 계획은 틀어졌지만 큰 문제는 아니었다.

미국이 직접 전쟁에 참전한다고 해도 주한미군을 주둔시키는 것은 애초부터 어려울 수 있었다는 생각이 들었다. 조현애 대통령의 강력한 반대 의사를 확인했기 때문이었다. 이런 상황에서 미국도 주한미군의 주둔에 목멜 이유가 없었다. 종전이 되면 주일미군을 더욱 확대하는 방향으로 아시아 태평양 지역의 방위 전략을 수립하는 것으로 방향을 잡았다. 구태여 주한미군이 한반도에 주둔하지 않아도 되는 그림이었다. 이치로의 기자회견으로 일본 정부의 입장이 난처하게 되는 것은 미국에게도 좋을 게 없었다. 한일 양국의 입장이 동등한 상황이어야 종전의 중재자로서 얻어낼 게 많을 것이었다. 미국이 일본의 입장이 더 이상 곤란해지지 않기를 바라는 이유였다.

중국도 한일전쟁이 지속되는 것을 바라지 않았다. 한국과의 로봇 거래를 통해 막대한 이익을 챙겼고, 실전에서 자신들의 군용 로봇을 충분히 테스트해 본 상황이었다. 미국과도 대립각을 세울 이유가 없었다. 사실 한일전쟁이 장기화되면서 미중 양국은 자신들에게 세계의 비난 여론이 쏟아지자 적극적으로 연대했다. 양국이 중심이 되어 로봇 군대 감축을 주제로 하는 세계적인 모임과 단체들을 설립했다. 이런 움직임은 한일전쟁 이후 군용 로봇 분야가 쇠퇴하고 민간 로봇 분야가 활성화되는 방향으로 세계 로봇 시장이 재편되는 계기가 되었다.

인간의 한계

12.

데라우치 가의 비밀

(2051년 2월, 양로원)

마침내 데라우치는 2051년 2월 24일 총리직을 사임했다. 결국 종전 협정은 마무리하지 못하고 내려왔다. 최대한 전세를 일본에게 유리하게 만들어 놓고 종전 선언을 하고 싶었지만 끝내 그런 상황은 오지 않았다. 시간이 갈수록 양측의 사상자 수만 증가할 뿐이었다. 종전 협정은 이제 후임 총리의 몫이 되었다. 사임을 발표하는 기자회견장에서 데라우치는 침통한 표정이었다. 그는 일왕에게 사죄하는 것으로 입장문을 시작했다. 평화를 바라는 천황의 염원을 완수하지 못한 점에 대해 용서를 구했다. 데라우치는 천황은 한일전쟁에 대해 일말의 책임도 없다는 점을 입장문 곳곳에서 부각시켰다. 천황에게 할 수 있는 마지막 충성이었다.

일본 국민들에게도 사과했다. 전쟁을 조기에 종식시키지 못해 국민 모두에게 말할 수 없는 고통과 피해를 입힌 점에 대해 사과했다. 일본군에게도 머리를 숙였다. 전쟁 중에 일본군은 누구보다 조국을 위해 희생한 사람들이라는 점을 강조했다. 그런 숭고한 희생이 헛수고가 된 것 같아 사죄를 드린다고 말했다. 고바야시 사이토에 대한 언급은 하지 않았다. 데라우치 총리는 한국인들에게 진정으로 사과할 수 있는 마지막 기회를 날린 것이었다. 애매하게만 그 사건을 언급했다.

"선전포고에 이르는 일련의 과정에서 문제점들이 발견되었고, 총리로서 그 상황을 주의 깊게 살피지 못한 점을 유감으로 생각합니다."

'일련의 과정'이 초계기 도발을 말하는지, 한국군의 경고 사격을 말하는지, 군부의 조작을 말하는지, 아니면 언급한 모든 사건들을 의미하는지 알 수 없었다. '주의 깊게 살피지 못한 점'이 유감이라는 이야기는 조작을 들키지 않도록 더 조심해야 했다는 것인지, 아니면 조작에 대해 사죄를 하는 것인지 명확하지 않았다. 일본의 언론이나 국민들은 데라우치 총리의 말을 자신의 정치적 성향과 입장에 따라 다 다르게 해석했다. 명확한 정부의 설명과 사과를 듣고자 했던 사람들은 데라우치 총리 자신조차 자기가 한 말을 정확하게 이해하지 못할 것이라고 조롱했다. 사실 데라우치는 누구에게도 사과하고 싶은 마음이 없었다. '사과'나 '사죄'라

인간의 한계

는 단어를 사용했지만 의례적인 표현이었다.

실제 데라우치는 분한 마음이 훨씬 더 컸다. 상황이 이렇게밖에 되지 못해서 드는 분한 마음이었다. 전쟁을 시작하고 처음에는 데라우치의 시간이었다. 국제 여론도 일본에 호의적이었고, 일본 국민들도 전폭적으로 총리를 지지했다. 그러나 전쟁 초반에 유리했던 전세가 한국의 거센 저항과 중국 로봇 군인들의 참전으로 답보 상태가 되면서 계획했던 일정에 차질이 생겼다.

전쟁의 승리가 명확하지 않게 되자 의회에서 전쟁 회의론자들이 목소리를 내기 시작했다. 한국 민간인들의 피해가 눈덩이처럼 커지면서 국제사회의 비난 수위도 높아졌다. 초반에는 한국인 사상자가 대부분이었지만 시간이 지나면서 일본군 전사자도 급증했다. 한일전쟁에 대한 국내외의 기류가 변하면서 총리의 사퇴를 요구하는 목소리가 나오기 시작했다. 이런 퇴임 압력이 최고조로 치닫게 된 결정적 사건이 2050년 이치로의 양심선언이었다. 데라우치 총리는 상황을 반전시키고자 모든 노력을 다했다. 그런 노력이 더 이상 의미가 없다고 느꼈을 때 총리직을 사임하게 된 것이다.

데라우치의 후임으로는 관방장관을 맡고 있던 고이즈미가 유력한 인물로 부상했다. 이노우에의 후임으로 관방장관을 하고 있던 사람이었다. 전쟁 중이었기 때문에 당 대회를 열지 않고 상하원 총회를 통해 고이즈미가 총리로 선출되었다. 고이즈미는 극우 세력을 대변하던 데라우치와는 달리 중도적인 인물로 알려진 사람이었다. 데라우치 총리에 대한 국민들의 지지가 최악으로 치닫게 되자 중도파인 고이즈미가 사태를 수습하기 위해 발탁된 것이었다. 극우파 정치인들이 목소리를 내기 어려운 상황이 되자 중도파들이 약진했고 그들 중 대표자 격인 고이즈미가 추대된 것이었다.

고이즈미는 총리에 오르자마자 한국 정부와 종전 협상을 마무리 지으려고 노력했다. 하지만 중도 성향의 고이즈미도 일본의 전쟁 책임을 공식화하는 것을 난감해했다. 고이즈미 총리도 자체 조사를 통해 나가타초 다도회의 존재와 몇 년에 걸친 한일전쟁의 준비 상황을 모두 알고 있었다. 그렇지만 전쟁 책임을 인정하는 문서에 자신의 이름이 올라가는 것은 원치 않았다. 그게 언젠가는 자신의 정치생명을 끊어놓을 거라고 예상했다.

한국 정부는 일본의 전쟁 책임을 명시하지 않는 종전 협정은 받아들일 수 없었다. 이미 드러난 사실만으로도 일본의 책임이 명백한 전쟁이었다. 한국 정부는 종전 선언문에 한일전쟁이 계획된 범죄였다는 문구를 포함시켜야 한다고 주장했다. 그래야 비슷한 일의 재발을 막을 수 있다고 강조했다. 일본 측 협상 대표는 그것만은 일본 국민들의 자존심이 수용할 수 없다는 점을 들어 반대했다. 진실을 인정하는 게 왜 자존심이 상하는 것인지 알 수 없었으나 이 문제는 또다시 종전 협상을 교착 상태에 빠트렸다. 오히려 미국과 중국 정부가 종전 협정을 타결하기 위해 더욱 적극적이었다. 그들의 패권 전쟁에 한국과 일본이 놀아난 전쟁이라는 세계의 비난 여론이 높아지고 있었기 때문이었다.

고이즈미 총리도 하루빨리 한일전쟁 문제를 해결하고 자신만의 정치를 하고 싶었다. 그는 종전 선언문에는 '전쟁 책임'이나 '범죄'라는 문구 등을 사용하지 않되 전쟁 배상금을 일본 측이 전액 부담하는 것으로 마무리할 것을 한국 정부에 제안했다. 조현애 대통령도 미중의 압력 때문에 한국의 요구 사항들을 완전히 관철시키는 것은 불가능하다는 점을 깨닫고 있었다. 최종적으로, 종전 선언문에는 '일본 정부가 정확한 정보에 기초하지 않은 채 선전포고를 해서 한국의 국민들에게 씻을 수 없는 상처를 줬다.'라는 문구와 '일본은 한국에게 전쟁 배상금을 전액 지급한다.'라는 문구를 넣는 것으로 합의했다.

데라우치는 총리직 사의를 결정하면서 또 하나 결심한 게 있었다. 자살이었다. 다른 방법은 없었다. 한일전쟁이 시작되기 전 데라우치는 뇌물 사건의 중심에 있었다. 전쟁이 시작되면서 모든 것이 수면 아래로 가라앉았었다. 전쟁에서 이겼다면 문제없이 지나갔을 일이었다. 하지만 총리직에서 물러나는 순간 이 사건은 다시 수면 위로 떠오를 것이었다. 이 사건을 지렛대로 이용하려는 주위의 정적들이 이 문제를 그대로 둘 리 없었다. 고이즈미 계파 의원들이 자기 쪽 검사들을 이용해 공격하는 시나리오가 가장 가능성이 높아 보였다. 내각을 장악하기 위한 방법으로 정적의 부패보다 좋은 공격거리는 없었다. 데라우치 총리와 그 측근들에 대한 수사는 무자비할 것이었다. 언론에게도 놓칠 수 없는 최고의 먹잇감이었다. 전쟁 실패에 대한 희생양이 필요한 상황이기도 했다. 일본 국민들의 상처 입은 마음을 달래야 했다. 데라우치만큼 그 조건을 완벽하게 만족시키는 사람은 없었다.

하지만 데라우치로서도 앉아서 그런 수모를 당할 수는 없었다. 자신이 받았던 뇌물이라는 것도 일본 정치인들 반 이상이 받는 그런 관행적인 돈이었다. 억울했지만, 법적으로 다투는 것은 의미 없는 일이었다. 법정에 나서기 전 언론 법정에서 난도질이 될 것이었다. 데라우치는 뇌물 사건이 아니라고 해도 어차피 자신의 정치 인생은 완전히 끝났다는 것을 알고 있었다. 사실 더 이상 정치에 대한 열정이 남아 있지도 않았다. 일본을 재건하기 위해 전쟁까지 불사했던 그런 열정적인 데라우치는 이제 흔적도 없이 사라졌다. 자살을 결심하고 나니 오히려 마음이 홀가분해졌다. 가족들의 명예도 지켜야 했다. 자신이 검찰의 수사로 발가벗겨진다면 아내와 두 아들이 가장 힘들 것이었다. 며칠 전 아내 에미코와 두 아들에게 총리직에서 물러날 뜻을 밝혔다. 데라우치는 아들들을 바라보며 이야기했다.

"히데오, 린타로…"

데라우치는 최대한 담담하고자 했다.

"난 일본이 이 전쟁을 승리로 이끌고 다시 도약할 수 있기를 바랐다. 일본은 한때 전 세계의 중심이었다. 난 그런 일본이 쇠퇴하는 것을 더 이상은 보기 힘들었다. 나는 국가를 위해 내가 할 수 있는 모든 일을 하려고 했을 뿐이다."

아직 스무 살이 되지 않은 아들들의 눈에서 말없이 눈물이 흘러내렸다. 아들들은 아버지의 진심을 이해했다. 엄격한 아버지였지만 진실하지 않은 적은 없었다. 두 아들은 아버지를 가슴 깊이 존경했다.

"하지만 나는 실패했다. 더 이상 내가 무슨 낯으로 총리직을 수행할 수 있겠냐? 곧 국민들에게 물러난다고 발표할 거다."

아들들은 이제 어깨가 들썩일 정도로 울음이 복받쳐 올라왔다. 데라우치는 아들들의 어깨를 두드리며 위로했다. 아내인 에미코를 바라보았다.

"그동안 고생 많았소. 항상 내 편이 되어줘서 고마웠소. 미안하오."

에미코는 남편의 표정과 말을 통해 남편이 어떤 마음으로 그런 말을 하는지 알 수 있었다. 남편은 혼자 모든 짐을 짊어질 계획이었다. 하지만 남편의 결정에 대해 자신이 무슨 말을 할 수 있겠는가? 남편은 항상 옳았다. 에미코야말로 남편에게 면목이 없었다. 에미코는 아무것도 도와줄 수 없는 자신의 처지가 한스러웠다.

사임 기자회견을 한 그다음 날 데라우치는 아침 일찍 집을 나섰다. 집을 나서며 아내에게 말했다.

"아버지에게 좀 다녀오겠소."

데라우치는 마지막으로 아버지를 봐야겠다고 생각했다. 평소답지 않게 에미코가 남편의 얼굴을 한참 바라보았다. 그게 마지막이라는 것을 직감하고 있었다.

"네."

데라우치는 더 할 말이 남아 있는 얼굴이었지만 이내 고개를 돌렸다. 걸어가는 남편의 뒷모습을 보는 에미코의 눈에서 눈물이 흘러내렸다.

데라우치는 시즈오카에 있는 양로원에 가는 동안 마스크를 썼다. 아무에게도 눈에 띄고 싶지 않았다. 데라우치는 아버지 이름 데라우치 마사오로 면회 신청을 했다. 면회실에서 기다리고 있자 복도 끝에서 휠체어를 밀고 오는 아버지가 보였다.

"잘 지내셨어요?"

데라우치가 건조하게 물었다. 아버지는 조심스럽게 아들의 얼굴을 살폈다. 갑작스러운 아들의 방문이었다. 양로원에서 하는 일이라고는 TV를 보는 게 전부였다. 아들이 총리직에서 물러났다는 것은 이미 알고 있었다. 그 아들이 자신을 찾아올지는 전혀 상상하지 못했다. 아버지는 아들이 자신을 가슴 깊이 싫어한다는 것을 알고 있었다. 마사오는 당연하다고 생각했다. 아들이 아버지를 가장 필요로 할 때 자신은 아들 곁에 없었다.

'무슨 변명이 필요하랴.'

후회스러웠지만 되돌릴 수 없는 시간이었다.

"타다요시, 괜찮니?"

"네. 괜찮아요."

아버지가 보기에 아들은 괜찮지 않았다. 아들의 얼굴을 체념의 기운이 덮고 있었다. 단순히 체념 정도가 아니라 아들의 얼굴에 죽음의 그림자가 드리웠다.

"죽지 마라."

데라우치는 자신의 의도를 정확히 알아챈 아버지의 말에 놀랐지만 내색하지 않았다. 데라우치가 빤히 아버지를 바라보자 아버지가 말을 이어서 했다.

"죽을 일은 없다. 아들들을 봐서라도 살아야 한다."

단호한 말투였지만 다정하게 들렸다. 데라우치는 할 말이 없었다. 이제 와서 다정한 아버지의 말에 화가 났다.

'내가 그토록 필요로 하던 시절에는 곁에 없던 당신이 이제 와서 왜!'

어린 시절 아버지의 부재 때문에 겪었던 안 좋은 경험들이 한꺼번에 떠오르며 원망하는 마음이 올라왔다. 다정한 말 한마디 따위가 자신의 결정을 되돌릴 수는 없었다. 아버지가 말한 바로 그 이유 '아들들'을 위해서라도 죽어야 하는 것이니! 데라우치가 아무런 표정 변화가 없자, 아버지가 아들의 손을 덥석 잡았다. 깡마르고 휠체어에 의지한 노인이라고 생각할 수 없을 정도로 힘이 들어가 있었다. 아버지가 간절한 표정이 돼서 말을 이었다.

"꼭 살아라. 부탁이다."

"아버지… 저는 실패했어요."

"아니다. 네가 혼자 할 수 있는 일이 아니었다. 그저 운명이었다."

"그럴 수도 있겠죠. 하지만 일본이 치욕을 겪었어요…. 다른 방법은 없어요."

아버지의 부탁 따위로 바뀔 수 있는 결심이 아니라는 것을 명확히 했다.

"국가가 뭐가 중요하니? 그거 그렇게 중요한 거 아니다."

데라우치는 죽을 결심을 한 상황에서도 아버지의 그런 얘기는 도저히 용납할 수 없었다.

"아버지, 제 삶은 일본인이라는 자부심 하나로 살아온 인생입니다. 함부로 말씀하지 마세요. 아버지가 그런 말을 할 자격이나 있어요? 언제 내 옆에 있어 줬다고 이제 와서 그런 말을 합니까?"

꾹 참았던 아버지에 대한 원망이 터져 나왔다. 화가 난 데라우치의 표정을 보고 아버지가 잠시 말을 멈추었다.

"미안하다."

한참을 말이 없었다.

"타다요시, 내가 시미즈를 왜 죽였는지 아니?"

갑자기 아버지가 과거의 살인 이야기를 꺼냈다. 시미즈는 아버지가 살해했던 요코하마 출신의 동향 사람이었다. 아들이 별 반응을 보이지 않자 아버지가 말을 이어나갔다.

인간의 한계

"네가 아주 어렸을 때 그가 우리 집에 찾아왔었다. 정확하게는 네 할아버지를 찾아왔었다…. 시미즈는 우리 조상이 한국인이라는 걸 언론에다 말하겠다고 협박했다. 자기가 입을 열지 않는 대신 돈을 요구했다."

데라우치는 아버지의 말이 무슨 말인지 이해가 되지 않았다.

"네?"

믿을 수 없는 이야기였다. '쓸데없는 소리!' '거짓말!'이라고 소리치고 싶었지만, 목소리가 나오지 않았다. 지금 이 순간 아버지는 데라우치가 기억하는 한 가장 진실한 눈으로 아들을 바라보고 있었다.

"네 할아버지도 처음부터 알고 있었다. 내가 왜 죽였는지. 시미즈는 네 할아버지를 여러 번 찾아와서 협박하고 있었다. 그날도 시미즈는 네 할아버지를 찾아와 돈 얘기를 하다가 언성이 높아졌었다. 그날 나는 그놈의 뒤를 따라가서 죽여 버렸다."

아버지는 과거의 기억이 생생하게 떠오르는지 몸을 부르르 떨면서 잠시 숨을 골랐다.

"아버지와 나와의 평생 비밀이었다. 아버지는 평생 내가 유약하다고 생각하셨다. 아버지는 나약한 내 성격을 좋아하지 않으셨다. 어찌 보면 내가 딱 한 번 효도를 했는데 그 효도 때문에 나는 아버지와 더욱 멀어졌다. 당시에 난 그 방법밖에 없다고 생각했다. 아버지를 구하고 집안을 구하는 방법은 시미즈를 죽이는 방법밖에 없다고 생각했다. 아버지한테 인정받고 싶었던 마음도 컸던 것 같다. 그런데 아버지는 나를 인정해 주지도 고마워하지도 않았다."

아버지는 잠시 말을 멈추고 창밖을 보았다.

"아버지는 그런 식으로밖에 해결하지 못한 나를 경멸했나? 모르겠다. 여하튼 아버지는 그 사건 이후로 나에게 더 차가운 사람이 됐다. 당시의 나는 그런 상황을 견딜 수 없었다."

데라우치에게는 충격적인 이야기들이 이어졌다.

"믿을 수 없는 이야기겠지만 다 사실이다. 네 할아버지의 5대 조부는 우리 데라우치 가로 양자로 오신 분이었다. 그런데 양자를 보낸 그 원래 집안이 임진전쟁 후 한국에서 도래한 한국계 집안이었다. 데라우치 가에서 집안의 족보를 정비하면서 이 부분을 삭제해 버렸다. 우리 집안사람들 중 이 사실을 알고 있는 사람은 없을 거다. 아는 사람들이 있다고 해도 평생 입을 닫고 살고 있겠지. 어쩔 수 없었을 거다. 나처럼 말이다. 고향 사람인 시미즈가 그 이야기를 어디서 듣고 네 할아버지를 협박하기 시작했다. 네 할아버지는 그 일로 엄청난 고통을 받고 계셨고 그 얘기를 내게 해 주셨다. 할아버지는 시미즈가 요구하는 대로 돈을 주려고도 하셨다. 하지만 돈만 준다고 해결될 일이 아니었기 때문에 더욱 고민이 되신 거다. 어디 가서 또 떠벌릴 수도 있었으니 말이다. 한마디로 네 할아버지의 지독한 골칫거리를 내가 해결해 준 거다.

인간의 한계

최소한 나는 그렇게 생각했었다."

데라우치는 어떻게 양로원을 빠져나왔는지 기억이 혼미할 정도로 정신이 없었다. 나오면서 아버지한테 악담을 한 것은 기억이 났다.

"말도 안 되는 소리 하지 말아요. 아들한테 그런 황당무계한 거짓말을 하고 싶어요? 그게 만약 사실이라고 하더라도 지금 그 얘기를 하는 이유가 뭐예요? 그 얘기 듣고 죽지 말라고요? 죽을 생각이 없다가도 그 얘기를 들으면 죽고 싶을 것 같은데요."

데라우치는 치가 떨렸다. 평생 상상도 해 보지 않은 일이 벌어졌다. 아버지한테 들른 일이 뼛속까지 후회스럽게 느껴졌다. 예전보다는 나아졌지만 일본에서 한국계에 대한 차별은 여전하다. 과거보다 은밀하거나 교묘하게 이루어진다뿐이지 근본적으로 변한 것은 없었다. 은밀한 차별이 한국계 일본인들에게는 더욱 힘든 일일 수 있겠지만 데라우치는 자신의 일이 아니다 보니 깊게 생각해 본 적이 없었다. 아버지의 말이 사실이라면 할아버지가 이 일로 얼마나 괴로워하셨을지는 능히 짐작 가능했다.

일본에서 한국계가 정치인으로 성공하는 것은 불가능한 일이었다. 수많은 면도날 검증이 도처에 도사리고 있었다. 그 면도날 검증을 견뎌 내면 더 예리한 면도날 검증이 기다리고 있을 뿐이었다. 일정 기간 동안은 성공할 수 있겠지만 결정적인 순간이 오면 정적에 의해 순식간에 제거될 것이었다.

할아버지는 주변의 경험으로 그 사실을 잘 알고 있었다. 그런 순간이 오면 같은 계파의 정치인들로부터도 버림받을 것이었다. 이미 정치인으로 많은 것을 이룬 그였지만 자신의 집안이 한국계라는 사실이 사람들에게 알려지는 순간 모든 것이 끝날 것이었다. 할아버지는 자신의 정치적 커리어를 지키기 위해 그리고 고바야시 가를 지키기 위해 시미즈의 입을 어떤 식으로든 막으려고 했을 것이다.

양로원을 나와 거리를 걷는 데라우치는 다리에 힘이 풀렸다. 죽음을 결심하고 홀가분해졌던 마음은 온데간데없어졌다. 아버지가 말한 내용은 총리를 사임하는 것보다 몇백 배 더한 충격이었다. 데라우치는 거짓말이라고 소리치며 양로원을 나왔지만, 마음속 깊이 아버지의 말이 진실이라는 것을 알고 있었다. 무엇이 됐든 이 충격에서 벗어날 수 있는 이유들을 떠올려야 한다고 스스로에게 절규했다. 그렇게라도 하지 않으면 용솟음치는 이 까닭 모를 증오심을 억제할 길이 없었다.

할아버지에 대한 증오인가?

스스로에 대한 증오인가?

한국인에 대한 증오인가?

일본인에 대한 증오인가?

이 모든 것이 사실이라면 평생 한국을 증오했던 자신의 삶은 무엇이 되며, 자신보다 더 한국을 증오할 두 아들은 또 무엇이 되나

인간의 한계

라는 생각으로 혼란스러웠다.

'내가 한국계라는 게 이제 와서 무슨 소용인가?'

'후대로 내려오면서 일본인 피도 섞였을 것 아니겠나? 그럼 일본인이 되는 것 아닌가?'

'이곳에서 자랐으면 일본인 아닌가?'

여태까지 자신이 살면서 했던 수많은 말과 행동에 대한 합리화를 하기 위해 애를 썼다. 일본을 위해 어떻게든 한국을 활용해야 한다고 했던 할아버지를 고뇌했던 한 인간의 입장에서 이해하려고도 해 보았다. 하지만 어느 것도 큰 위로가 되지는 않았다. 그저 쉬고 싶다는 생각이 들었다. 아버지를 만나고 마지막으로 야스쿠니 신사에 들러 참배를 하려고 했다. 그렇게 정리하고 나면 편안하게 죽을 수 있을 것 같았다.

자신의 허물을 애국심으로 이해해 달라는 짧은 메모만 국민들에게 남길 생각이었다. 진심이었다. 한일전쟁은 실패로 끝났지만 멋진 정치인으로 기억되고 싶었다. 평생을 바쳐 조국을 사랑한 사람으로 기억되고 싶었다. 데라우치에게 일본은 자기 개인이나 가족보다 더 크고 소중한 존재였다. 그 일본이라는 신성의 가치를 모독하는 사람들을 보면 분노가 치밀었다. 한국의 발전이 치욕적이라고 생각했던 근본적인 이유였다. 인권이니 민주주의를 얘기하며 과거 일본의 행동에 대해 끊임없이 반성을 촉구하는 한국인들의 행위는 일본이라는 나라를 조롱하는 것처럼 느껴졌다.

그러나 자신이 한국계라는 사실을 알고 나니 여태까지 철석같이 믿고 있던 생각들이 아무 의미가 없어 보였다. 머리는 어지러웠고 속에서는 구토가 올라왔다. 데라우치는 창백해져서 근처의 여관에 들어갔다. 최대한 마스크로 얼굴을 가렸다. 다행히 여관 주인은 자신을 알아보는 것 같지 않았다. 방에 들어가니 온몸에 힘이 빠졌다. 바닥에 털썩 주저앉았다. 데라우치는 이제 자신이 해결할 수 있는 것은 아무것도 없다는 무력감이 들었다. 확실한 것은 다른 선택지가 없다는 것뿐이었다.

'내가 죽지 않고 할 수 있는 일이 도대체 무엇이겠는가?'

'여태까지 한국을 비난했던 말이나 행동은 다 부질없었으니 잊으라 하나?'

'국가니 민족이니 하는 것들이 중요하지 않다고 하나?'

'전쟁으로 가족을 잃은 사람들에게는 죄송하다고 하면 되나?'

머리에 떠오른 어떤 말도 위선적이지 않은 것이 없었다. 더욱더 자신이 조용히 사라져야 할 이유가 많아졌을 뿐이었다. 데라우치는 자신의 아버지가 자신을 살려 보려고 시미즈 얘기를 했다는 것은 안다. 그러나 아버지는 데라우치를 몰랐다. 그런 감상적인 이야기로는 데라우치의 결심을 되돌릴 수 없었다. 데라우치는 자신의 아버지가 일본에 대해서도 모른다고 생각했다. 일본이라는 환경에서 '죽지 마라.'는 아버지의 조언은 전혀 도움이 되지 않았다.

아버지의 그런 무지가 자신을 죽는 순간까지 괴롭히고 있다는

인간의 한계

사실에 쓴웃음이 나왔다. 데라우치는 자신이 지금 죽지 않으면 자식들이나 아내의 삶은 더욱 피폐해질 거라는 것을 알고 있었다. 실패한 정치인의 가족이라는 타이틀이 한국계라는 것을 속인 정치인의 가족이라는 타이틀보다 백 번 천 번 나았다. 데라우치 자신도 지금 죽지 않는다고 해도 현재 이후의 삶이 절대 행복할 수 없다는 것을 잘 알고 있었다. 오늘 경험한 심적 고통을 매일매일 겪으며 살아야 하는데 그건 지옥일 것이었다. 여기서 끝내는 게 최선이었다. 가장 조용히 폐를 끼치지 않고 가야 했다.

잠시 후 에미코는 한 통의 문자를 받았다.

"에미코, 아버지가 계신 양로원 근처에 카츠타로라는 여관이 있소. 난 2층 24호에 있을 테니 그곳에서 봅시다. 다른 사람들에게는 연락하지 말고 혼자 오면 좋겠소. 미안하오."

남편에게 곧바로 통화 버튼을 눌렀지만 남편은 전화를 받지 않았다. 에미코는 정신이 황망했지만 서둘러 옷을 챙겨 입고 집을 나섰다. 여관 카운터에 전화를 하는 것은 남편이 바라지 않는 일이었다. 자신의 시신을 아내가 처리하기를 바라는 마지막 부탁이었다. 남편의 의견을 존중해야 했다. 그녀의 눈에서 눈물이 흘러내렸다. 한순간의 꿈같은 남편의 인생이었다. 그 안에 자신의 인생도 같이 있었다. 남편은 한 번도 자신을 먼저 돌보는 성격이 아니었다. 오로지 조국 일본만 생각하는 그런 삶이었다. 존경스러운 사람이었다. 다정한 남편은 아니었지만 불만은 없었다. 에미코는

온몸의 혈관에 수많은 바늘이 돌아다니는 것 같은 고통을 느끼
며 빠르게 기차역으로 향했다.

인간의
한계

초판 1쇄 발행 2023. 2. 15.

지은이 남일현
펴낸이 김병호
펴낸곳 주식회사 바른북스

편집진행 김주영
디자인 최유리

등록 2019년 4월 3일 제2019-000040호
주소 서울시 성동구 연무장5길 9-16, 301호 (성수동2가, 블루스톤타워)
대표전화 070-7857-9719 | **경영지원** 02-3409-9719 | **팩스** 070-7610-9820

•바른북스는 여러분의 다양한 아이디어와 원고 투고를 설레는 마음으로 기다리고 있습니다.

이메일 barunbooks21@naver.com | **원고투고** barunbooks21@naver.com
홈페이지 www.barunbooks.com | **공식 블로그** blog.naver.com/barunbooks7
공식 포스트 post.naver.com/barunbooks7 | **페이스북** facebook.com/barunbooks7

ⓒ 남일현, 2023
ISBN 979-11-92942-30-8 03810

•파본이나 잘못된 책은 구입하신 곳에서 교환해드립니다.
•이 책은 저작권법에 따라 보호를 받는 저작물이므로 무단전재 및 복제를 금지하며,
 이 책 내용의 전부 및 일부를 이용하려면 반드시 저작권자와 도서출판 바른북스의 서면동의를 받아야 합니다.